INDOCHINA
Escala
0 100 200 300 400
Kilómetros
Mer. de Greenw. 110
CHINA
TONKIN
GOLFO DE TONKIN
HAINAN
Estados Shans
SIAM
CAMBODGE
COCHINCHINA
GOLFO DE SIAM
MALACA
MAR DE LA CHINA MERIDIONAL (NAN-HAI)
Keng-hung
Luang Prabang
Vientiane
Nong-khay
Utaradit
Nakon Sawan
Korat
Ayuthia
BANGKOK
Battambang
Siem-reap
Pursat
Phnom-penh
Kampot
Ha-tien
Phu Quoc
Saigon
Tholon
My-tho
Bocas del Mekong
Rio Bassac
Soc-trang
Bac-lieu
Ca-mau
C. Ca-mau
HANOI
Hai-phong
Nam-dinh
Thanh-hoa
Vinh
Ha-tinh
Quang-binh
Quang-tri
Hue
Tourane
Quang-nam
Quang-ngai
Mo-duc
Binh-dinh
Phu-Yen
Khanh-hoa
Nha-trang
Phan-rang
Binh-thuan
Phan-tiet
Lei-chow
Kratie
Stung-treng
Khong
Bassac
M. Ubon
Savanaket
Koh chang
Koh Kut
Koh Kong
Khaw-Lwung
P.º Condor

Fernando Schwartz

EL CUENCO DE LACA

ESPASA

ESPASA NARRATIVA

Diseño de cubierta: Jesús Sanz
Guardas: Mapa de Indochina. *Enciclopedia Espasa,* tomo 28, 1925

Depósito legal: M. 53.389-2007
ISBN: 978-84-670-2599-6

Espasa, en su deseo de mejorar sus publicaciones, agradecerá cualquier sugerencia que los lectores hagan al departamento editorial por correo electrónico: sugerencias@espasa.es

Impreso en España/Printed in Spain
Impresión: Rotapapel, S. L.

Editorial Espasa Calpe, S. A.
Vía de las Dos Castillas, 33. Complejo Ática - Edificio 4
28224 Pozuelo de Alarcón (Madrid)

Para Yannick Vu, que inspiró esta novela
y fue generosa con sus recuerdos.

I

Liên

1

Hace muchísimos años, durante un festival del Tet, el tío Khuê me llevó a visitar el templo de la Literatura. Yo era una chiquilla saltarina de apenas seis o siete años que, vestida con una túnica azul y un pantalón blanco, brincaba de charco en charco, riendo y haciendo el payaso. Por debajo del *non la*, el sombrero cónico campesino robado a uno de los sirvientes de mi padre, sólo me asomaban las trenzas que me había hecho el aya aquella mañana.

Iba feliz, corriendo de un lado para otro. El tío Khuê, que me había sacado de casa para que dejara de importunar a mi abuela en la cocina, exclamó:

—Liên, si no te tranquilizas, los espíritus te acabarán llevando más allá del río o la tortuga del lago te raptará. Y luego, ¿qué haremos? Tendré que volver a casa a decirle a tu madre que has desaparecido y que no te devolverán hasta el próximo festival. Vamos, niña...

Vivíamos en el barrio de las Treinta y Seis calles y, para llegar al templo, teníamos que andar muchísimo. La nuestra era una gran casa que mi abuelo había mandado construir en el número 4 de la calle de los Ladrillos, al lado del mercado del arroz, y muy cerca de la catedral de San José; y hasta el final de la Pho Trang Thi, que es donde se encuentra el parque en el que se alza el templo, había que recorrer un buen trecho de la ciudad. Nos llevaría toda la mañana, pensaba yo. Por de pronto, para llegar hasta la avenida, debíamos bajar por la calle de la Seda y luego bordear el lago, cuyas orillas estaban hoy repletas de gente festiva y apacible. Algunos paseaban mientras los niños se entretenían jugando a su alrededor, pero la mayoría de las familias se habían instalado en la hierba del parque para comer. Todos celebraban juntos el nuevo año. Muchos familiares habían acudido a Hanoi desde pueblos alejados, desde Haiphong o desde la bahía de Halong, incluso desde Cao Bang, en la remota frontera con China.

Como en cada festival del Tet, mi abuela se había encargado de decorar la casa: estaba preciosa, con los árboles de *kumquat* instalados en el patio y ramas de capullos de melocotón rosa asomando por todos lados. Íbamos en tropel a comprarlos al mercado de las flores, que en aquellos días parecía un carnaval de mil colores y aromas.

Mi abuela también preparaba el *bánh chung*, el pastel de arroz pringoso que todos comíamos como una golosina hasta que nos dolía el estómago. Aún hoy, en Francia, en las fechas del Tet, lo cocino para mis nietos. Y ellos se arremolinan a mi alrededor mientras preparo los ingredientes, las hojas de *dong,* el lomo de cerdo, el arroz, que compro en una pequeña tienda vietnamita en el centro de Béziers, la soja verde y el *nuoc mam cham,* la salmuera concentrada de pescado sazonada con azúcar, guindilla y ajo. Una vez, los más pequeños, viendo que me había ausentado de casa, decidieron beber de este misterioso brebaje que tan buen gusto da a las cosas de comer y que yo guardaba en una botella en la despensa; pasaron el resto del día ingiriendo grandes cantidades de agua para aplacar su sed y el ardor de sus paladares... sin conseguirlo. Los pobres.

Mis nietos mayores siempre me piden que les deje envolver el pastel con las hojas de *dong,* como si cumplieran así con un rito lleno de tradiciones secretas del lejano Oriente. Aunque casi ninguno tiene rasgos verdaderamente orientales ni conserva muy arraigada la cultura vietnamita, el Tet es para todos ellos un regreso a las ceremonias tradicionales de unos antepasados que se les antojan muy exóticos, desde luego, más que Papá Noel. Cada año me obligan a contarles la leyenda del rey Hung Liên, que tenía veintidós hijos y los mandó a recorrer el planeta para que le encontraran delicias comestibles que él jamás hubiera probado. Veintiuno se fueron, pero el más joven, el príncipe Lang Lieu, se quedó en Hué, incapaz de decidir hacia dónde dirigir sus pasos. Asustado y sin saber qué hacer, Lieu se preguntaba un día y otro día y otro qué plato podría haber en el mundo que su padre, el más sabio, rico y poderoso de los reyes de la Tierra, no hubiera probado hasta entonces y dónde podría encontrarlo. Una noche en que dormía un sueño inquieto se le apareció un duende que le dijo: «El hombre no puede vivir sin arroz»; y le dio la receta del *bánh chung*. Los veintiún príncipes regresaron de sus viajes. Pero ninguno traía plato alguno que el rey no hubiera probado ya o que resultara suficientemente delicioso. Defraudado, decidió probar el *bánh chung* de su hijo menor. Y le gustó tanto y tanto comió de él que le preguntó a Lieu: «¿Dónde has encontrado esta receta tan maravillosa?». Cuando el joven príncipe le contó la historia de su sueño y del duendecillo que se le había aparecido, Hung Liên quedó impresionado de la ayuda divina que había recibido su hijo y, viendo en ella una señal propicia de los cielos, allí mismo lo nombró heredero del trono.

Cuando concluyo el relato, mi nieta más pequeña siempre asegura que esa misma noche se le ha aparecido un duende. «Es como un hada y tiene el pelo rubio con muchos rizos», explica. «¿Y qué te ha dicho?», le pregunto. «Me ha dado una receta», dice; «se hace con arroz pringoso y miel, cerezas, mazapán, chocolate y mucho azúcar y hojas de *dong*». «Vaya», suelo contestar, «me parece que esa receta va a resultar muy, muy empalagosa». «¡Pero me la ha dado el duende! ¿Me dejarás que la pruebe, abuela?».

Claro, para mí, como para cualquier niño, las leyendas que me iba contando el tío Khuê a medida que caminábamos hacia el templo de la Literatura, eran cuentos de hadas. Nuestros cuentos de hadas.

—Tío Khuê, ¿me cuentas la historia de Tao Quan? Por favor, tío Khuê —le decía, tirándole de los faldones de la túnica.

Y el tío Khuê suspiraba como si le costara gran esfuerzo acceder, y por fin me decía:

—Bueno, te la cuento, pero sólo con la condición de que no te muevas de mi lado. Tao Quan, los tres espíritus del hogar, viven en las cocinas de las casas y todos los años, justo antes del fin de año, emprenden a lomos de grandes carpas un viaje larguísimo para visitar al Emperador de Jade. Ocurrió hace muchos, muchos años, en la víspera de una fiesta del Tet. Un leñador, felizmente casado con una mujer muy dulce y muy hermosa, tiempo atrás había empezado a angustiarse porque creía que no sería capaz de ganar lo suficiente para que pudieran comer y no morirse de hambre...

—Pero los abuelos tienen suficiente dinero, ¿verdad, tío Khuê? Y nunca, nunca nos moriremos de hambre, ¿verdad?

—Claro que no, Liên. No sé por qué piensas esas cosas. ¿Me dejas seguir? —añadió con tono malhumorado y, sin esperar a que le contestara, continuó—: El leñador, de tan preocupado como estaba, se dio a la bebida. Como tenía poco dinero, sólo podía comprar vino de arroz para cocinar o vino de víbora...

—¡Puaj, tío Khuê! Está malísimo. No me gusta nada.

—Qué sabrás tú. Bebía y bebía, y ahora casi siempre estaba borracho. Miraba a su mujer y, en vez de sentir remordimientos por cómo se comportaba con ella, empezó a pensar que ella tenía la culpa de todo. Y se enfadaba a diario, con unas cóleras terribles contra su mujer, amenazándola y gritándole, y cubriéndola de improperios. De tal modo que un día ella no pudo más y se marchó de la casa.

—Ahora viene la parte que más me gusta —dije.

—Cállate y escucha. ¿O quieres que no siga contando? Diablo de niña. Pasaron unos años y la mujer volvió a casarse, esta vez con un cazador con el que fue muy feliz. Una víspera de Tet, un mendigo llamó a la puerta. El cazador no estaba: había ido a buscar alguna pieza que les sirviera para cenar aquella noche. La mujer abrió y enseguida reconoció al mendigo: era el leñador con el que había estado casada tanto tiempo atrás. El pobre hombre venía en un estado lamentable, lleno de llagas y medio desfallecido de hambre y frío. La mujer se apiadó de él y lo hizo entrar para darle algo de comer y dejar que se calentara junto a la lumbre. Pero no bien se hubo sentado, oyó que su nuevo marido, el cazador, regresaba a casa. Temiendo que pudiera enfadarse y, puesto que era fornido y muy hábil con las armas de caza, decidiera acabar con el mendigo, hizo que éste se escondiera debajo de un montón de paja.

—Huy, huy, huy, tío Khuê. ¿Y por qué ella no le dijo que había llegado su antiguo marido y que podían comer todos juntos? Así no habría pasado nada.

—Porque no, Liên. El caso es que el cazador tenía mucha hambre y había cobrado una buena pieza. Quiso que la asaran enseguida y prendió fuego al montón de paja. En cuanto se puso a arder, echó la pieza cobrada...

—¿Y qué animal era?

—No sé, me parece que un dragón.

—¡No era un dragón! Un dragón es muy grande, tío Khuê.

—Pues sería un dragón pequeño.

—No hay dragones pequeños.

—Pues una tortuga... o un jabalí. Eso: era un jabalí y lo echó sobre el montón de paja ardiendo. El pobre mendigo, pensando que si gritaba o salía de debajo del fuego comprometería a la mujer y que el cazador, furioso y creyéndose engañado, la mataría, guardó silencio para que nada lo delatara. La mujer, comprendiendo que el mendigo callaba para salvarla, se lanzó ella también a las llamas para morir con él. Entonces, el cazador, creyendo que su amada se había tirado al fuego por alguna cosa indigna y cruel que él hubiera hecho, e incapaz de pensar en seguir viviendo sin ella, también se lanzó a las llamas. Los tres murieron abrasados. Pero el Emperador de Jade, que todo lo ve y al que esta historia de amor y lealtad había emocionado grandemente, se apiadó de los amantes y decidió que merecían ser recompensados. «¿Qué haré para demostrarles mi agrado?», pensó. «Los convertiré en dioses, eso haré. Pero no unos dioses cualesquiera. Tres criaturas capaces de tanto sacrificio por amor serán seguramente quienes mejor protegerán los hogares de los vietnamitas». Y a los tres los convirtió en los espíritus del Tao Quan.

—¿A los tres?

—A los tres. Y desde entonces les encargó que se ocuparan del bienestar de todos los vietnamitas y les ordenó que vivieran en las cocinas, cerca del hogar, que es donde se encuentran la paz y la felicidad. Cada fin de año, los Tao Quan cabalgan a lomos de los grandes peces en su largo viaje hasta el Cielo. Allí le contarán al Emperador de Jade los acontecimientos del año transcurrido e implorarán que derrame buena fortuna y mejores dones sobre todas las familias. Por eso, siete días antes del Tet Nguyen Dan, los vietnamitas preparan altares con comida y agua y flores para que los Tao Quan no pasen hambre ni sed durante el largo viaje, y sueltan carpas en los lagos y ríos, de modo que, a caballo sobre sus lomos, les resulte más fácil y descansado el camino.

—¿Y después qué pasa?

—Ah, después... Dime tú qué pasa, Liên.

Me quedé en silencio. Bueno, me quedaba siempre en silencio, como si tuviera que reflexionar sobre un final del que no estuviera muy segura, porque esta historia era un rito que todos cumplíamos con el tío Khuê cada vez que nos la contaba: todos los años nos sentábamos a sus pies y le insistíamos hasta que nos relataba la verdadera leyenda de Tao Quan. Al cabo de un momento, le dije:

—Cada fin de año, los Tao Quan regresan a la Tierra y, en la medianoche del último día, todos los problemas y las penas y las desgracias quedan atrás, porque los tres espíritus han convencido al Emperador de Jade de que no vale la pena que las tristezas pasen al nuevo año. ¿Qué son desgracias, tío Khuê?

—Nada, cosas de mayores —contestó con impaciencia—. ¿Y entonces?

—Entonces todos nos ponemos contentísimos y bailamos y lo celebramos, ¿verdad?

—Sí.

—¡Ah! Y todos cumplimos un año más.

Esta leyenda de Tao Quan siempre me ha parecido más hermosa y lírica que las complicaciones cristianas que arrancan con el nacimiento de Cristo y las promesas de dolores y expiaciones. ¿No éramos más felices lanzando carpas al Río Rojo —al Song Hong— y al lago de Hoan Kiem, el de la Espada Restituida, por el que acabábamos de pasar el tío Khuê y yo, que preparándonos a penar por este valle de lágrimas de los cristianos? Leyenda por leyenda, siempre preferí la más amable y poética de las dos.

Andando y brincando habíamos llegado a la avenida Trang Tri. Entonces, bajo la dominación francesa, se llamaba *rue* Borgnis Desbordes. Sólo nos quedaba recorrerla casi de punta a cabo hacia el oeste para llegar a los jardines del templo de la Literatura, más allá de un lugar ante el que todos los vietnamitas pasábamos con la vista baja: la infame cárcel francesa de Hoa Lo.

El tío Khuê no era hermano de mi padre, en realidad, ni del tío Dam ni de la tía Liu ni del tío Thuyet. Como en todas las familias vietnamitas de cierta preeminencia, era habitual prohijar a un chico pobre de provincias, al que se acababa tratando como a un verdadero hijo. Así fue en el caso de Khuê. Mis abuelos acababan de casarse y aún no tenían descendencia. Decidieron entonces dar cobijo a este pequeño huérfano de padre y madre. Por lo que me contó mi abuela, Khuê llegó a la casa como si fuera un animalito salvaje. Mi abuelo se ocupó personalmente de su educación; le enseñó a leer y a manejar las cuatro reglas y Khuê le compensó siendo diligente y respetuoso en el trabajo y agradecido en el trato familiar. Tanto y tan bien lo hizo, que mis abuelos decidieron elevarlo a la categoría de hijo adoptivo. Andando el tiempo, este pequeño campesino ignorante se convirtió en un digno funcionario de aduanas, pero sobre todo, para todos nosotros fue siempre el *tío* Khuê. Murió herido en una calleja, como un perro, y cuando lo recuerdo, aún se me encoge el corazón y se me hace un nudo en la garganta. En los peores momentos, cuando estábamos tan afligidos por la muerte de los dos abuelos, uno detrás de otro en un cortísimo lapso de tiempo, fue el tío Khuê el que se ocupó de todo: de la casa, de nuestra educación, de la comida, de ir al mercado, de contarnos las historias que nos ilusionaban cuando éramos muy niños. No debería decirlo, pero fue casi mi verdadero padre cuando Vu Dinh Tung estaba demasiado ocupado estudiando en la facultad de Medicina o haciendo política. También se hizo cargo de todos los detalles para las exequias de mi pequeño hermano, muerto a los dos años de edad, y para las de la tía Liu y las de otro hermano de mi padre, ahogado en el río. Parece un poco lúgubre todo esto, pero es que la muerte en mi viejo país es un acontecimiento muy importante y, al tiempo, muy vital.

Aunque no se lo hubiera confesado a nadie, en el fondo, fondo no me importó que mi abuelo muriera: era un hombre severísimo al que todos temíamos, y siempre tenía el bastón dispuesto para castigar a cualquiera de sus hijos que hubiera dicho una palabra de más, que hubiera tardado más de la cuenta en contestar a una pregunta, que hubiera desobedecido. El tío Dam, que era muy revoltoso y estaba lleno de energía, se llevó más de una tunda de bastonazos.

Como el abuelo Thi, por sus obligaciones de funcionario, viajaba con frecuencia y a menudo estaba lejos de casa durante varios días, sus ausencias eran motivo de fiesta. Los nietos nos arremolinábamos como polluelos alrededor de la abuela Cuc, que aprovechaba para cocinarnos platos deliciosos, contarnos mil historias y dejarnos alborotar por el patio. Nunca dejaba de masticar hojas de betel y muy de vez en cuando fumaba unos cigarrillos muy finos que se liaba ella misma. No sabía leer ni escribir y, sin embargo, era imbatible en el cálculo mental y en la gestión de sus negocios de cereales. Mejor que mi abuelo en los suyos, desde luego, puesto que en cuanto éste ganaba algo de dinero, lo invertía comprando tierras al borde del río. Sus propiedades duraban lo que tardaba en llegar la siguiente crecida, que literalmente se tragaba así, una y otra vez, todas sus ganancias.

En los últimos años de su vida, a mi abuelo le salieron cataratas en ambos ojos y fue quedándose ciego poco a poco. Las cataratas no se operaban entonces, al menos en Hanoi, y la ceguera era una condena cierta. Para consolarse, el abuelo Thi tenía un amigo con el que libraba grandes partidas de ajedrez. Pasaban muchas horas jugando y cuando perdió la vista por completo, abandonaron el tablero y se dedicaron a hacerlo de memoria. Se acostaban en sendas camas en una habitación a oscuras y cantaban sus movimientos en voz alta, hasta que uno u otro alcanzaba la victoria. No se equivocaban nunca. De muy pequeña, pasé horas escuchando la cantinela y aprendiendo el arte del ajedrez.

Todo en aquella casa era una mezcla de religiones, ritos y encantamientos. Mi familia era católica y la abuela se aseguraba de que se respetaran estrictamente todos los dictados de nuestra religión, vigilando su cumplimiento con severidad. Pero, después, una vez al año, nos visitaba el «especialista del tigre», un curandero que llegaba a casa con un enorme tigre recién muerto. Lo desmembraba y lo cortaba en decenas de pedazos y, con todas las partes del cuerpo de la fiera, comprendidos los huesos, fabricaba medicinas que preparaba y cocinaba en grandes calderos. Mi abuela disponía así de una reserva de bálsamos, pócimas, jarabes y ungüentos para todo el año, que eran utilizados para curarnos, pero sobre todo, me parecía a mí, para vacunarnos contra cualquier enfermedad: tal era el horror que nos causaban tan malolientes remedios.

El último trimestre de 1946 fue uno de los peores momentos de la guerra contra Francia, tal vez porque era el comienzo y no sabíamos bien lo que nos esperaba, y lo que nos esperaba era terrible.

Mi pueblo, Vietnam, estaba esclavizado bajo el poder colonial de Francia. Sólo nos sostenían la fuerza de la convicción y la determinación feroz de resistir por encima de todo. Creo que fue el tiempo en que los franceses perdieron la cabeza: dejaron de comprender el curso de la Historia, ellos, que acababan de superar cinco terribles años de guerra contra los nazis, una ocupación humillante e insoportable, sangre y tortura y hambre. ¿Y eran éstos los que, después de resistir con gloria al invasor, imponían su ley a una nación a la que tenían aherrojada, incapaces de comprender nuestra lucha, tan igual a la que ellos acababan de librar? Pero me parece que en este drama no habían contado con la voluntad y la testarudez del pueblo vietnamita. A ellos les había costado cinco años librarse de los alemanes; pues nosotros resistimos nueve hasta triunfar. Y eso, sólo de los franceses, claro, porque luego tuvimos que luchar otros veinte años más contra los americanos, hasta que por fin conseguimos librarnos de todos los extranjeros.

Muy pocos meses antes de aquel diciembre sangriento de 1946, el tío Ho, *bac Ho (bac*, en realidad, es más que simplemente «tío»; quiere decir «el hermano mayor del padre»), visitó París al frente de una delegación en la que venía mi padre. Estuvieron en Francia entre junio y octubre, para ser exactos. Venían, ilusionados y engañados, a negociar con la metrópoli la independencia de Vietnam.

Yo ya estaba allí desde algunos años atrás. Había llegado a bordo del paquebote *D'Artagnan* con el tío Dam, el hermano pequeño de mi padre. Desde el principio, París me había deslumbrado. ¡Era la capital del mundo! Vivíamos en un barrio precioso del sur de la ciudad, en Vanves, frente al parque Falret, y allí el tío Dam se rodeaba de lo más granado de sus amigos vietnamitas: los mejores artistas que habían salido de la Escuela de Bellas Artes de Hanoi. Todos se vestían de manera extravagante, con boinas, trajes de cheviot y corbatas a la última, queriendo aparentar de la manera más afectada posible que pertenecían al mundo elegante de la bohemia artística. Yo me reía de ellos y les decía que no les hacía falta, que no tenían por qué imitar nada. Pero ¿qué caso me iban a hacer a mí, una mocosa menos que adolescente que les tomaba el pelo y les robaba los atuendos para pavonearme delante de ellos vestida de estrafalaria? Ni me miraban. A todos les obnubilaba la cultura occidental. Hasta el tío Ho (que entonces tenía otro nombre, Nguyen Ai Quoc u otro más, no recuerdo; siempre se lo andaba cambiando, hasta que al final se puso el más apropiado, Ho Chi Minh, «El de la voluntad esclarecida») se había fotografiado un día de 1912 en el puente de Alejandro III sobre el Sena elegantemente vestido con sombrero bombín y guantes de cabritilla.

Pero en 1946 yo ya tenía veintidós años, acababa de terminar en Francia la carrera de Farmacia y sabía muy bien lo que quería. Nada de afectaciones: nada de eso era para mí. Me tomaba muy en serio.

Mi padre, Vu Dinh Tung, había estudiado en Hanoi, en la facultad de Medicina y Farmacia de Indochina, cuyo primer decano había sido el doctor Alexandre Yersin, descubridor del bacilo de la peste. No es pedante erudición, sino reconocimiento del trabajo que salvó millones de vidas. Y, además, Yersin fue el que nos trajo el árbol del caucho desde Brasil.

Cuando empecé a estudiar la carrera en París, mi padre me escribió desde Hanoi una carta que conservé durante años. Luego, andando el tiempo y los viajes, se me perdió, pero su contenido era más o menos el siguiente:

> *Todos nos sentimos muy honrados, hija mía, con tu decisión de estudiar y aprender un oficio tan importante para tu pueblo. Llegará un momento en que tus conocimientos nos serán de vital necesidad. Pero no pienses sólo en las pócimas para curar catarros o incluso en los compuestos necesarios para hacer frente a la plaga o a la malaria. Ésa es una tarea que queda para más adelante. Ahora se nos vienen encima problemas más graves. Vamos hacia una guerra, Liên, y antes que enfermedades, tendremos que curar heridas... Sé que no es habitual imponer estos deberes a una mujer, pero los tiempos acucian.*

Vi poco a mi padre cuando estuvo en Francia con la delegación del tío Ho. Siempre estaba ocupado con negociaciones políticas, reuniones de comités y visitas a hospitales. Comprendí entonces por qué la suya era una labor de preparación para la guerra; nunca me lo volvió a decir después de aquella primera carta, pero viéndolo moverse por Francia haciendo acopio de datos, de libros de medicina que mandaría por correo marítimo a Hanoi y de medicamentos y primeros auxilios que no sé cómo llegó a pagar y que fue depositando en casa del tío Dam para su posterior envío, entendí por fin lo que todos ellos planeaban o, más bien, lo que sabían inevitable.

Los demás, los que llevábamos tiempo viviendo en Francia (de mis cuatro hermanos, sólo Tuan se había quedado en Vietnam para seguir los pasos de mi padre, estudiando Medicina), estábamos más integrados, nos sentíamos más franceses y por ello creo que nos costaba trabajo hacernos a la idea de la crueldad con que estallaría el gran enfrentamiento entre nuestra civilización indochina y la de la metrópoli que pretendíamos haber hecho nuestra. Ese incierto futuro era motivo de interminables y apasionadas discusiones en el grupo intensamente politizado de compañeros de la Sorbona con el que nos reuníamos a todas horas; allí había conocido a un estudiante de Ciencias Políticas, un joven parisino valiente y decidido que al final de la Gran Guerra había luchado en la sublevación de París contra los alemanes y que, con su simpatía y su aura medio guerrera y medio intelectual, me subyugó por completo desde el primer momento. Hoy ya no se les llama novios, pero, desde luego, Luc y yo éramos lo más parecido a una pareja de enamorados; de hecho, éramos *la pareja de enamorados* del grupo, lo que no nos evitaba la constante polémica, unas peleas que parecían presagiar que correría sangre y que inevitablemente acababan en un tumulto de sábanas y reconciliaciones, tabaco negro y vino peleón. No está bien que lo recuerde con esta franqueza, pero ha pasado mucho tiempo: ya somos todos bastante mayores y estamos curados de espanto.

Con la perspectiva de los años transcurridos, comprendo ahora que seguramente la mía nunca pasó de ser una curiosidad diletante (¿cómo, si no, puede explicarse que tiempo después llegara a establecerme en Francia a vivir en casa del enemigo?). No fue más que un romántico deseo de regresar a mis orígenes vietnamitas sin dejar de ser el híbrido en que la civilización occidental me había convertido: una muy refinada, creía yo, combinación de estudiante oriental de la Sorbona y de intelectual comunista empeñada en la más justa de las luchas.

Por eso no es de extrañar que cuando en el otoño de 1946 la delegación vietnamita dio por terminado el inútil viaje a Francia y sus integrantes, con el tío Ho a la cabeza, emprendieron el retorno hacia Hanoi, yo hubiera convencido a mi padre para que me dejara acompañarlos. Luc, no es necesario decirlo, quiso venir con nosotros, pero no se lo permití; fue la única vez en mi relación con él en la que no me dejé desarmar. No admití discusión alguna. Éste era un viaje a mis raíces y no necesitaba compañeros sentimentales.

La tía Renée, que era la esposa bretona de Vu Cao Dam, se asustó mucho e intentó disuadirme de aquella locura.

—Liên —me dijo—, eres muy joven y tu propio padre te está diciendo que aquello se va a poner muy peligroso. ¿No te parecería mejor esperar un tiempo e ir cuando la situación se calme un poco?

Pero nada me habría podido quitar de la cabeza aquel viaje con el que, además, mi padre se mostraba de acuerdo.

Ho Chi Minh había embarcado a mediados de septiembre en Marsella, en un buque de transporte que lo llevaría por el canal de Suez rodeando la India hasta Haiphong tras un mes de travesía. Como era un político muy hábil, entendimos que se quitaba de en medio y se incomunicaba a propósito, para dejar que los ánimos se enfriaran y la vía pacífica acabara siendo posible. No contaba con las intenciones del alto comisario francés en Saigón ni con la voluntad del ejército de ocupación, empeñado en reconquistar todo el norte de Vietnam, perdido tras la Segunda Guerra Mundial a manos de los chinos, de los japoneses, de nosotros mismos..., qué sé yo.

El 29 de noviembre de aquel 1946 se produjo en el puerto de Haiphong lo que los franceses llamaron un *incidente* desafortunado. Pronto nos llegaron noticias de él, tanto por lo que nos contaron los miembros de la delegación vietnamita que aún se encontraban en París como por los esquemáticos despachos de prensa. Dos o tres noches después del *incidente*, mi padre, Vu Dinh Tung, con la voz entrecortada por la furia, nos contó que, por un desacuerdo sobre derechos de aduana, la flota francesa había entrado a saco en el puerto y había causado miles de muertos. ¡Miles de muertos!

—¿Derechos de aduana? —preguntaba mi padre con indignación—. Lo que ocurre es que los franceses quieren restablecer el control sobre todo el norte de Vietnam y llevan más de una semana provocando para justificar una gran ofensiva. Un incidente detrás de otro, Dam —le decía a su hermano—. Un día, una patrullera detiene una chalupa china llena hasta los topes de carburante de contrabando, aseguran los franceses; mientras la remolcan, para impedir tan arbitraria detención, les disparan desde los puestos de vigilancia de las milicias populares, los *tu ve*, cerca del matadero. No son más que salvas, pero los marinos franceses devuelven fuego real y matan a una decena de patriotas vietnamitas. ¡Y encima van a por ellos al mercado central para tomar represalias! ¡Impiden la llegada de arroz para alimentar a la gente, con lo que el Viêt Minh se ve obligado a confiscar una chalupa con arroz! Y cuando los *tu ve* se preparan para defenderse y levantan unas cuantas barricadas alrededor del puerto, el comandante francés les da un ultimátum y les ordena que desmonten todos los preparativos de defensa. Y veinticuatro horas después, sin darles tiempo a reaccionar, este comandante bombardea Haiphong. Lo único que saben hacer los franceses es detener arbitrariamente a gente, mandar patrullas en camiones blindados y chulearse por las calles. El *incidente* de Haiphong... *incidente,* sí. Han sido miles de muertos, miles...

—El verdadero problema —dijo el tío Dam, Vu Cao Dam, hermano pequeño de mi padre, en cuya casa discutíamos aquella noche—, el verdadero problema —dijo sin levantar el tono, pero con una intensidad que nos sorprendió— es que nos encontramos frente a una situación imposible de manejar. La guerra en Europa ha terminado, el tío Ho viene a París para negociar la independencia de nuestra tierra y le dicen que sí, que se la conceden, aunque sabemos que lo único que pretenden los franceses es reconquistar sus antiguas colonias para restablecer el imperio. Luego todos se encuentran en Hanoi conviviendo a la fuerza con las mentiras, como si nada pasara. Mientras hablan y se sonríen, por debajo planean las batallas que acabarán con unos y con otros. Mejor dicho, con la victoria de los unos o de los otros. Mira, Tung, os toca hacer frente a esto. La visita del tío Ho a París no ha servido para nada. Llena de buena voluntad e inteligencia, pero no ha servido para nada. Os toca luchar, Tung.

Mi padre inclinó la cabeza, pensativo. Y luego añadió con tristeza:

—Nos toca luchar para recuperar nuestra tierra, sí.

Llegamos a Hanoi a mediados de diciembre. Hacía unas semanas que había entrado el monzón de invierno y hacía frío tan al norte del país. *Bac* Ho había hecho llegar un mensaje a mi padre para que acelerara su regreso a Hanoi. Papá se hospedaba entonces en casa de Lucie y Raymond Aubrac, viejas glorias de la Resistencia, que también habían alojado a Ho Chi Minh durante su estancia en Francia. Allí habíamos acudido Luc y yo una tarde para conocer a *bac* Ho; aunque fue apenas un saludo, es uno de mis recuerdos imborrables. Gracias a los buenos oficios de Aubrac, pudimos conseguir pasaje a bordo de un avión que hacía la ruta París-Hanoi y que tardaba apenas tres o cuatro días en cubrir la distancia, en lugar de los treinta o cuarenta habituales por barco.

Al bajarme del avión en el aeródromo de Bach Mai, me arrebujé en el abrigo. Curiosamente, al hacerlo, impulsada por no sé qué efluvios de la memoria y de la tierra que volvía a pisar, se me vino al corazón toda mi niñez, así, como un perfume que se reconoce, de golpe, sin razón aparente, como si nada hubiera ocurrido entre entonces y ahora en mis quince años de ausencia. Y me asaltó el recuerdo vívido de aquel día del verano de 1931, cuando zarpábamos rumbo a Francia: el tío Dam y yo aparecíamos posando rígidos en la foto que nos habían hecho en la cubierta del barco junto con sus dos hermanas, Vu Thi Hong y Vu Thi Luu, y mis primos Lieu y Thuan. El tío Dam, vestido «a la occidental» con traje y corbata, llevaba una banda negra en la manga de la chaqueta, luto por la muerte de su padre.

Ahora, tres lustros más tarde, aquel 18 de diciembre de 1946, estaba excitadísima. Tenía muchísimas ganas de regresar a la casa de la calle de los Ladrillos para recuperar —tan segura estaba— todas las vivencias de los años felices: mis abuelos, mis padres, los tíos, mis hermanos, mis primos, el aire de las calles de Hanoi, sus olores, los mercadillos y los paseos, los festejos y las leyendas. Quería reencontrarme con Tuan, el único de mis hermanos que se había quedado en Hanoi y del que no guardaba casi memoria.

Ah, pero pronto me di cuenta de que el aire de las calles de Hanoi no era tan apacible como lo recordaba. Había gran tensión en el ambiente y se mascaba el enfrentamiento entre los amos franceses y el Việt Minh (la Liga Patriótica para la Independencia de Vietnam, el partido del tío Ho), forzados todos a convivir en una ciudad en la que al menos sobraba un bando.

Al salir del aeródromo era ya casi de noche. Para llegar a casa teníamos que cruzar la ciudad de sur a norte, atravesando los barrios franceses hasta alcanzar el nuestro. Mi padre dijo que resultaba peligroso ser sorprendido por la oscuridad y quedar a merced de provocadores, escuadras de civiles franceses armados y paramilitares sin ley e incluso unidades regulares francesas incontroladas. Las cosas estaban muy mal y pronto tendríamos que ponerles remedio, dijo en tono sombrío; pero aún no era el momento.

—Pronto, pronto. Ahora tenemos que apresurarnos, mientras quede algo de luz.

Desde el autobús al que nos habíamos subido en Bach Mai, me sorprendió comprobar que los barrios del centro—y, por lo que decía a gritos nuestro conductor, también el nuestro, el de las Treinta y Seis calles— estaban prácticamente en pie de guerra. La plazoleta al sur del lago Hoan Kiem, el *square du Petit Lac*, estaba casi vacía. Habitualmente llena de gente, con decenas de *cyclos* (el peculiar modo de transporte viet, en el que el taxista pedalea desde detrás del asiento de los pasajeros, en lugar de arrastrar el *rickshaw* desde delante, como en China o Japón) cruzándose con los tranvías eléctricos y miles de ciclistas pedaleando en todos los sentidos. Era el reino del bullicio.

Pero en este atardecer ni siquiera se veía a blancos deambulando o comprando en los puestos de los mercadillos o yendo a realizar visitas sociales, como yo recordaba que ocurría antes. Nadie de entre los colonizadores parecía decidido hoy a desperezarse de la habitual siesta de tres horas y salir al café o al círculo a tomar el aperitivo de absenta. Las interminables siestas, unidas a que, entre mayo y noviembre, los europeos solían permanecer a la sombra desde las diez de la mañana hasta las cuatro de la tarde, hacían de la vida de los colonizadores más bien cosa de la noche. Los pocos que habían salido en el atardecer de aquel 18 de diciembre se desplazaban en sus grandes automóviles por las calles del barrio francés, y las mujeres, ahora enfundadas en abrigos de pieles pero siempre bien vestidas de seda de colores claros y sombreros a la última moda de París, miraban desde las ventanillas con la mezcla de miedo y soberbia, aprensión y desafío, tan típica de las situaciones que se pudren. Algunos oficiales franceses paseaban a pie con aire de bravata (o puede que me lo pareciera a mí). Flotaba en el aire una premonición que enseguida me hizo pensar en las calles de París durante el verano de 1944, cuando los nazis estaban a punto de marcharse y la Resistencia se disponía a pelear desde barricadas improvisadas y azoteas. La calma que precedía a la tormenta.

En Hanoi sucedía algo parecido. Puede que lo que estuviéramos viendo no fueran barricadas propiamente dichas, pero sí había un inusual amontonamiento de cajas de madera, sacos viejos y pilas de basura que podían transformarse en muros de contención en un abrir y cerrar de ojos. Mi padre me dijo que el Viêt Minh llevaba meses montando las barricadas en previsión de lo que inevitablemente había de ocurrir, y el ejército francés el mismo tiempo destruyéndolas.

Y durante la noche sonaban continuamente ráfagas de ametralladora, cañonazos procedentes de la artillería francesa y disparos esporádicos de fusilería. De vez en cuando, una explosión retumbaba lejana.

En el *square,* bajamos del autobús con un miedo horrible (creo que sobre todo por la oscuridad, que nos impedía ver a quienes nos amenazaban), aunque el ruido de combate se oía en la distancia, y más hacia los barrios franceses, al sur y al este. Desde las sombras, una voz nos gritó:

—¡No os detengáis! ¡Hay francotiradores que esperan al otro lado! ¡Deprisa!

Doblados en dos, sujetando nuestras maletas como podíamos, nos precipitamos sobre un par de *cyclos* que se habían guarecido de los disparos del enemigo a la vuelta de la esquina y dimos a sus conductores la dirección de la calle de los Ladrillos. Al principio no querían llevarnos. Decían que era demasiado peligroso, pero luego uno de ellos reconoció a mi padre y se decidieron a correr el riesgo. Afortunadamente, no topamos con soldados franceses y pudimos llegar sanos y salvos.

Entonces Vu Dinh Tung, mi padre, me explicó que al otro lado de la ciudad se celebraba una reunión urgente a la que tenía que asistir sin falta. Me dejó en el umbral de nuestra antigua casa y me dijo que me vería al día siguiente. Y que no me moviera de allí.

Así fue como regresé al hogar de mi infancia. Me asomé al portal, casi convencida de que en el patio me estarían esperando mis abuelos para darme la bienvenida después de tanto tiempo, pensando que sus fantasmas me sonreirían antes de deshilacharse en la niebla de la noche. Pero mi vuelta a Hanoi parecía flotar sobre un espejismo detrás de otro. ¿Quién me iba a recibir sino mis recuerdos? De pronto, añoré a Luc y pensé en cómo me habría reconfortado en aquellos momentos inseguros, pero enseguida me venció la tentación de la soledad y preferí estar de nuevo en casa sin que nadie difuminara las embriagadoras sensaciones del regreso.

Y, en efecto, después de que mi padre se hubiera marchado, nada más entrar en el patio de la vieja casona, el olor a bálsamo de tigre del que parecían impregnadas de forma indeleble las paredes me hizo dar un salto hacia atrás en el tiempo para recuperar la memoria de toda mi infancia con un aroma dulce y enternecedor que en nada se parecía al hedor de antaño, cuando nos enfrentábamos a la inevitable aplicación del remedio de todos nuestros males. Lo que hace la nostalgia. Pisaba de nuevo aquella casa y, salvo que las dimensiones que recordaba eran, lo hubiera jurado, mucho más grandes de lo que se me aparecía ahora, todo estaba exactamente igual que entonces. Me invadió una gran sensación de bienestar. Nada podía pasarme allí.

Desde la calle se accedía al gran patio por una puerta muy ancha abierta sobre la fachada y coronada por un altillo de tejas. El portalón tenía anchura suficiente como para permitir el paso de una gran carreta tirada por bueyes, de las que se usaban para el comercio del arroz. De hecho, el arroz se almacenaba en el granero del primer piso y debajo se encontraba el almacén.

El resto de la casa era muy espacioso y estaba exactamente como lo recordaba. Al patio daban cuatro edificios, uno por cada costado. El que lindaba con la calle correspondía a los salones, pero cuando yo era pequeña y vivía allí, se utilizaba sólo en contadas ocasiones, para visitas muy importantes. Al fondo, en el centro de la casa, se encontraba la habitación de mi abuelo; había que subir unos peldaños para llegar hasta una cama de estilo tradicional sobre la que, al final de sus días, le gustaba tumbarse para beber vino de arroz y, cuando se quedó ciego, fumar sus pipas de opio.

Las terrazas interiores, elevadas unos centímetros sobre plataformas de madera de pino y de caoba, estaban cubiertas por una techumbre oscura de bambú y caña, y tenían, colgadas aquí y allá como decoración, grandes placas de madera preciosa con inscripciones pintadas en oro, sujetas al tabique por clavos de la misma madera.

Las habitaciones estaban separadas del patio por celosías de elaborada escultura. Había mesas y cómodos asientos (reservados para los abuelos; los demás nos sentábamos sobre mesas y camas bajas, e incluso en el suelo). Por doquier había objetos de la más preciosa laca: sillas, armarios y mesas; y, en el interior de la habitación de mi abuelo, separando una alcoba de otra, un magnífico *coromandel* de siete hojas lacado en oro. Representaba una escena pastoral muy bella en la que retozaban mujeres y niños frente a grandes matas de rododendros, cipreses y camelias y a una laguna que aparecía delante de un portalón de entrada a una pagoda.

En el centro del patio había un pequeño estanque en el que nadaban multitud de peces rojos, y más allá unas colmenas de las que se obtenía la miel que tomábamos en casa y un palomar para los huevos, y tiempo atrás, también correteaban por allí cinco o seis perros muy listos que eran de mi abuela y que parecían lobos en miniatura. Y gatos. Árboles por doquier, para la sombra y el frescor. Y en un pequeño patio apartado, gallinas, patos y hasta ocas.

Todo el mobiliario de la casa era vietnamita, pero como era un hogar católico, no había altares de ancestros, sino crucifijos y estatuillas de la Virgen.

Me quedé inmóvil en el umbral del portalón, mirando y reconociendo con nostalgia cada detalle, cada esquina, cada sombra. Dejé de percibir el tableteo de armas y el ruido sordo de las explosiones intermitentes que provenían del centro. Me pareció que en aquel instante de completa calma oiría la voz de la abuela Cuc llamándonos para comer o para contarnos un cuento o para competir en un juego de cálculo. Pero ella no estaba ya: hacía años que había muerto, justo antes que mi abuelo. Su ausencia, absurdamente inesperada, provocó en mí un angustioso silencio, un triste vacío, como si el patio también hubiera muerto, desposeído de sus voces, de sus risas, del griterío de mis primos y hermanos, del zumbido de las abejas y de los ladridos alegres de los perros de mi abuela, tan parecidos a lobos en miniatura.

No había nadie. No estaban mis hermanos, ningún primo; los tíos se habían esfumado, refugiados en los pueblos, a unos cuantos kilómetros a la redonda. Nadie parecía estar esperándome: no había quién festejara el regreso de la hija pródiga.

Pero saliendo de detrás de una de las celosías apareció la figura de un hombre no muy corpulento, vestido con un sencillo pijama negro. Lo reconocí al instante: era el tío Khuê, envejecido pero aún vigoroso, que sonreía abiertamente. Le faltaban un par de dientes y eso le confería un aire algo agresivo, con la mandíbula hacia delante; pero sus ojillos entrecerrados por la alegría desmentían cualquier amenaza.

—¡Mi diablillo ha vuelto! —exclamó—. Ah, pero ya no es un chisgarabís con trenzas, no. Es una señorita elegante de París que ya no quiere nada con nosotros.

—¡Tío Khuê! —grité.

Pese a los años transcurridos, no había olvidado ni un detalle de su apariencia. Fui corriendo hacia él y lo abracé. Era bastante más bajo que yo, de tal modo que mi gesto resultó un poco patoso, como si lo hubiera tomado en sus brazos un orangután.

—¡Oh, tío Khuê! ¡Qué momento tan malo para volver! Pero qué contenta estoy de verte.

—Todos los momentos son malos cuando se regresa a un país en guerra —contestó—. Pero dime: ¿cómo está tu madre? ¿Sigue siendo la más guapa de la familia o la has destronado tú? No sé cuánto hace que no la veo. ¿Cuatro, cinco años? ¿Qué tal le sienta París?

—No vive en París, tío Khuê. Se ha ido al sur de Francia, donde el clima es más beneficioso para su asma. Se ha instalado en la Costa Azul, cerca de nuestro amigo médico, el doctor Manh Don, el tío Don, que es el que la cuida.

—Ah, nunca tuvo los pulmones muy fuertes, tu pobre madre. Por eso Hanoi le sentaba tan mal. ¿Y cómo es la esposa francesa de Dam? ¿Es de esas parisinas rubias grandotas?

—¡No! —contesté riendo—. Es pequeñita y casi pelirroja. Por lo menos, su piel es blanca como la leche.

Y así transcurrió gran parte de la noche, pasando revista a la familia, y es bien grande: la generación de los mayores primero, en fin, de los que estaban en Francia; los primos después, y los sobrinos. Vaya, todos. También tuvimos que recorrer los lugares en los que vivíamos, estudiábamos, jugábamos, el Sena, los Campos Elíseos, la Sorbona... ¿Es muy grande tu universidad? El estudio del tío Dam. ¿Y cuántos pretendientes tiene la señorita Liên? ¿Diez, veinte o uno? Preguntaba esto con la picardía de una comadre. Yo le contestaba bromeando. La curiosidad de tío Khuê era insaciable. Reía y manifestaba asombro del mismo modo, inclinándose de atrás adelante, con las manos posadas ligeramente sobre sus rodillas dobladas en posición de loto y diciendo: «Ah, ah, ah».

Luego me tocó a mí preguntarle por la familia que había quedado en Hanoi y por los parientes, primos y tíos, refugiados en los pueblos del extrarradio o huidos a Hué y Saigón, e incluso a la bahía de Halong. Me tuvo que contar las aventuras de años recientes, la ocupación japonesa y la guerra.

—Dime, tío Khuê: ¿y mi hermano mayor?

—¿Tuan?

—Sí.

—Ah, Tuan es ahora un médico muy importante, como tu padre —bajó la voz como si temiera que algún espía pudiera oírle—. Está con las guerrillas en las mesetas del norte, luchando contra los franceses. No lo vemos nunca. Bueno, no lo veo desde hace algunos años. Siempre fue muy raro, un solitario.

Durante todas las horas que pasamos charlando, sin movernos de encima de la que había sido la cama de mi abuela, una sirvienta muy joven fue trayendo sin parar té verde de Vietnam y pastelillos.

Muy tarde, todavía era noche cerrada, serían las dos o dos y media, fui a acostarme a mi antigua habitación, aunque, más que mía, fuera de todos los primos. Me quedé dormida al instante. Sólo una vez me desperté, sobresaltada por una explosión que me pareció muy cercana, pero, sintiéndome segura en aquella casa, me dejé ir y enseguida me volvió a vencer el sueño.

Horas más tarde, abrí los ojos. Miré a través de la celosía. Llovía mansamente, pero no hacía frío. Me vestí y salí al patio. Allí me esperaba el tío Khuê, sonriendo.

—Buenos días, princesa —me dijo—. Ha estado tu padre, pero no ha querido que te despertaran. Dice que vendrá en cuanto pueda, que la batalla está a punto de empezar y que no salgas a ningún sitio.

—¿Empezar? ¡Si llevan toda la noche peleando! Y, además, ¿qué nos va a pasar? ¡Éste es nuestro barrio!

—Bueno, yo creo que se refiere a que va a empezar en serio la guerra —y frunció el entrecejo—. En una guerra no hay barrios, sólo campos de batalla —añadió.

—¡Tío Khuê! Quiero ir a ver.

—No vamos a ir a ningún sitio, Liên. Ahí fuera están peleando. Las tropas populares del Viêt Minh han salido a la calle para echar a los franceses de Hanoi. ¿Te das cuenta, jovencita? Ahí fuera hay una guerra con muertos y heridos. En la batalla, la gente no pasea: huye.

—¿En nuestro barrio? —repetí—. Tal vez en la ciudadela, a lo mejor en la ciudad francesa, ¿pero en nuestras calles?

Sacudió la cabeza.

—No sé —dijo—; es demasiado peligroso.

Pero en su voz noté que le flaqueaba la prudencia, creo que porque era aún más curioso que yo. Y, después de un rato de esta resistencia más de palabra que de ánimo, salimos y, atravesando el mercado del arroz, llegamos a la calle del Azúcar. La seguimos hasta la de los Plateros y andando despacio, como si fuéramos forasteros, fuimos bajando hacia el lago. En todas partes, sobre las aceras, en las esquinas, en el interior de los tenderetes, ardían los pequeños fuegos con los que normalmente se cocinaba, pero sobre los que ahora no había peroles ni woks. Por las calles había mucha gente cargando con fardos, pero nadie se detenía a hablar o a comprar. No había puestos de verdura fresca ni pescado ni especias.

Todos se iban. Se marchaban de Hanoi. Iban al campo, a los pequeños pueblos alejados, siguiendo el curso del río hacia la distante China. Iban a Sontay, a Phu Tho y a Hoa Binh. O a Van Phuc, que está a una decena de kilómetros de la capital y que era donde desde el principio de diciembre pasaba las noches el tío Ho, en casa de un primo mío. Muchos seguían a los que reconocían como miembros del Viêt Minh.

Se iban de Hanoi dejando el campo libre para la guerra.

—Se van de sus casas porque las han convertido en campos de batalla —repetía el tío Khuê—; no quedan estanques, sino trincheras llenas de fango.

Pero era una situación rara. Como después me explicó mi padre, estábamos en guerra y, al mismo tiempo, no estábamos en guerra. Porque, al menos nominalmente, el Gobierno vietnamita seguía gobernando, sólo que sometido a las autoridades coloniales francesas. Mientras gobernaba, sin embargo, sus milicias, los *tu ve*, hostigaban a los franceses con tácticas de guerrilla urbana. Había un goteo constante de muertes de un bando y de otro. ¿Cómo podía nadie seguir diciendo que la vida era normal cuando de pronto todos nos habíamos convertido en enemigos? ¿Y para mí, que era vietnamita y francesa al tiempo?

Aquel fatídico día, 19 de diciembre de 1946, el tío Khuê y yo nos pusimos a deambular como dos insensatos por el barrio de las Treinta y Seis calles, empujando contra la marea de las gentes que huían, todas agolpándose en la misma dirección para luego dejarse apartar como mansas olas de la bahía de Halong.

En cuanto hubimos dado unos cuantos pasos, pudimos comprobar que la situación había empeorado de golpe. Cruzar la ciudad la víspera había sido un juego de niños. Desde la madrugada, el ejército francés se había dedicado a destruir las barricadas levantadas por los *tu ve* en el Hanoi antiguo. Muy temprano ocupó la sede de la *Sûreté* en el bulevar Gambetta y fue retomando las comisarías y, por fin, los ministerios, que, al menos de nombre, pertenecían al Gobierno vietnamita. Luego, las tropas coloniales levantaron barricadas y fortificaciones en los barrios europeos y ordenaron que las persianas de todas las casas y palacetes en el barrio de la Ópera, al final de las calles Borgnis Desbordes, Rollandes y Carreau y en sus alrededores, permanecieran cerradas.

De pronto, el tío Khuê y yo nos encontramos en un tramo de calle que estaba completamente vacío. Era la calle de los Pescadores, justo en la esquina con la de las Balsas.

Nos detuvimos, mirando a nuestro alrededor, sin comprender. Era un lugar que yo conocía bien. Estaba al lado de casa y de niña había pasado por allí cientos de veces, zigzagueando por entre el bullicio callejero. Ver aquella esquina tan desierta me llenó de confusión.

Desde un pasadizo que había a la izquierda, alguien nos interpeló en francés.

—*Mademoiselle! Mademoiselle!*

Me resultó tan incongruente que se dirigieran a mí de esta manera, a mí, que iba vestida con un pijama negro y unas alpargatas y me había hecho unas trenzas para recogerme el pelo debajo del *non la*, que casi me eché a reír.

Me di la vuelta hacia el callejón y esperé.

Se asomó un oficial francés, pistola en mano y vestido con uniforme de campaña.

—*Mademoiselle* —repitió—, es peligroso andar por aquí. Deben volver a su casa.

Era un muchacho joven y espigado, muy rubio y con ojos inocentes protegidos por unas gafas de montura liviana. El aspecto marcial que le confería el uniforme desentonaba con el aire intelectual y poco militar de sus facciones. Me confesó más tarde que cuando me volví hacia él le sorprendieron mis rasgos orientales, porque, a pesar del atuendo vietnamita, mi porte, mi forma de moverme y mi estatura se le habían antojado completamente europeos. «Casi se me cayó el arma al suelo», me dijo.

—*Mademoiselle?* —pregunté con ironía. Tuve que repetirlo levantando la voz para hacerme oír por encima del estruendo.

—¿No lo es usted? —Frunció el ceño y levantó una mano con gesto urgente—. ¡Por Dios, apártese del centro de la calle! ¡Es peligroso estar ahí!

Me encogí de hombros.

—No para mí. ¿Quiere que vuelva a mi casa? Ésta es mi casa —respondí con total inconsciencia, como si los disparos fueran selectivos, capaces de distinguir a las víctimas inocentes de las culpables o a las gentes de un bando o del otro.

—¡Vengan hacia aquí!

Miré al tío Khuê.

—Las piedras protegen a los buenos y a los malos si se esconden tras ellas —me dijo en vietnamita. Sonrió.

Fueron sus últimas palabras, su última sonrisa. Sonó un disparo que en el instante de producirse me pareció distinto de los demás, aislado del resto de explosiones y estallidos, y que, ominoso e invisible como la flecha de un arquero, hubiera acallado por un segundo el fragor de la batalla. Parecía venir de lejos y alcanzó al tío Khuê de lleno, a la altura del corazón. La fuerza terrible del impacto lo levantó por los aires como si fuera una pluma y lo empujó unos cuantos metros hasta hacerlo rebotar violentamente contra una pared. El mismo impulso del golpe lo devolvió al medio de la callejuela y allí quedó tirado, desintegrado, sin forma humana, como una marioneta a la que se hubieran cortado los cordeles que la mantenían viva.

Me dio un hipo o un sollozo, no sé bien, y me llevé las manos al pecho.

—¡Por Dios, señorita! —gritó el oficial—. ¡Quítese de ahí! ¡Tírese al suelo! ¡Ahora! ¡Y no se mueva!

Me tambaleé hacia el tío Khuê y, juntando las manos sobre mis muslos, me arrodillé frente a él.

—¡Oh, tío Khuê! —exclamé—. ¡Oh, tío Khuê! ¿Qué te han hecho?

Casi no sentí dolor con el impacto de la bala. Me dio en la espalda, a la altura del hombro izquierdo. Recuerdo que fue como si una mano enorme me hubiera dado un fuerte golpe en el omoplato. Caí de bruces sobre el tío Khuê y de pronto me pareció que el mundo ardía. No perdí el conocimiento, pero tuve la sensación de que me alejaba más y más mientras arreciaba el ruido de las explosiones y los disparos.

2

En mi sueño había un callejón desierto de cuyos muros de barro caía una multitud de campesinos diminutos, pequeñas marionetas vestidas de negro a las que empujaba el viento, inflándolas como globos antes de estrellarlas contra la pared de la casa de mis abuelos. Un hombre vestido de lana gris, que sudaba copiosamente, me gritaba algo en francés. Yo no conseguía entenderle, lo que me parecía sorprendente puesto que era mi profesor de química orgánica en París y lo conocía bien. Era un personaje desagradable, bajito y rechoncho, al que nunca habían gustado las gentes de otras razas y que siempre me había mostrado antipatía. Nadie me explicaba qué hacía ese profesor en aquel lugar. Me pareció incongruente que estuviera allí, en plena batalla. Pero luego se dirigía a mí chillando y apuntándome con una pistola; creí entender la razón, pero enseguida, en cuanto quise evocarla, olvidé cuál era. Un oficial francés, que me tenía desnuda en sus brazos, me daba entonces la vuelta y se tumbaba sobre mí. Creo que era para protegerme, pero me dio vergüenza porque él también estaba desnudo y pesaba mucho y con el codo me hacía daño en el hombro.

Me desperté jadeando y sudando en una cama de hospital. Debía de tener mucha fiebre.

Inmóvil, tardé un largo momento en empezar a comprender dónde me encontraba. «Despacio», me pareció que me dije, convencida de que el mareo me haría rodar de la cama. Por eso me limité a mover los ojos, inclinando apenas la cabeza, y poco a poco, por tramos de consciencia, fui dándome cuenta de lo que me rodeaba: a izquierda y derecha había más camas, tal vez una decena a cada lado, y enfrente, otra hilera igual. A la derecha, entre mi cama y la siguiente, había una mesita metálica blanca, con ruedas de caucho, sobre la que se alineaban con pulcritud unas bandejas de acero inoxidable y varios tarros de porcelana. Estábamos en una sala grande, más bien un pasillo ancho con ventanales abiertos a un patio. Recuerdo que lloviznaba y hacía fresco; sólo me cubría una sábana cuyo embozo me llegaba a la barbilla. Quise entonces, antes de que se me olvidara, fijar la pesadilla en todos sus detalles, pero se me iban deshilachando a medida que los encontraba, hasta que al final sólo me quedaron retazos de disparates. No sé por qué me parecía tan importante recordar aquel sueño.

La gran sala estaba en silencio. No había nadie a mi lado. Quiero decir que no había enfermos o heridos cerca de mí que yo pudiera ver sin levantar la cabeza. Me pesaba como el plomo. Alcé la mirada hacia atrás y la fijé en los barrotes de la cabecera. Mi cama era de hierro pintado de blanco, aunque con desconchones debajo de los que asomaba el metal negro. Encima de mí, en la pared, colgaba un crucifijo de madera oscura.

Me sorprendió que no hubiera nadie y entonces pensé que a lo mejor seguía soñando y que pronto despertaría y me encontraría... ¿dónde? En el sitio en el que me había ocurrido... ¿qué? Empecé a angustiarme por lo que pudiera pasar después, aunque seguí así un rato, sin moverme, bueno, sin siquiera intentar moverme, puesto que, aun queriendo, no lo habría conseguido. Entonces pensé que me habían atado a la cama para que no me cayera. «¡Qué absurdo!», me dije; «no se ata a los heridos a la cama». ¿O sí? «Ah, heridos». Y al cabo de un momento, no sé, dos o tres minutos, empecé a darme cuenta de que sentía fuertes latidos en el hombro izquierdo, espaciados pero regulares. De modo que era una pesadilla en la que se padecía dolor físico. Pero en sueños se piensa, se siente miedo o felicidad, pero no se padece dolor, ¿no? Entonces me di cuenta de que iba sustituyendo mis confusos recuerdos con las certezas físicas de aquel instante.

Me dolía, desde luego, pero no me resultaba insufrible. Era más una molestia sorda y constante que un dolor insoportable, pero claro, comprendí que debía de estar abotargada por algún calmante que me habían suministrado y no notaba gran cosa ni me enteraba de mucho.

Me quedé dormida de nuevo. Pero ya no soñé nada. Cuando desperté había anochecido.

Todo seguía igual.

Después de un buen rato, como en una secuencia cinematográfica, empecé a recordar todo lo que había pasado: el callejón desierto, el oficial francés gritándome que me tirara al suelo y, oh, Dios mío, el tío Khuê alcanzado por el disparo, volando hacia atrás, ya muerto.

Debí de lanzar un gemido de angustia, porque enseguida se asomó por encima de mí el rostro frágil de una monja, con las alas de la toca muy blancas y levantadas, como las de una gaviota. Tenía la carita pequeña, arrugada como una pasa.

—¿Cómo estás, hija mía? —me preguntó en francés.

—Me duele un poco.

—Se pasará pronto. Menos mal que te trajeron enseguida. La herida es limpia, ¿sabes? Va a curar muy bien.

—¿Qué ha pasado?

—El callejón de los Pescadores...

—Dios mío, hermana, Dios mío... —supongo que hablaba en un murmullo casi inaudible, porque la monjita tenía que inclinarse mucho para oírme y el ala de su toca me rozaba el pelo—. Mi tío Khuê... estaba conmigo y creo que lo hirieron... —añadí, como si pudiera deshacer el tiempo y corregir lo inevitable.

La hermana me puso una mano sobre el brazo derecho.

—Ay, mi pequeña. Le hirieron antes que a ti. ¿No recuerdas? —Suspiró—. No pudimos hacer nada.

Me sacudió un sollozo profundo y noté que se me llenaban los ojos de lágrimas. Los cerré sin apretar.

—Llora, hija, llora. Te hará bien.

—¿Dónde estoy?

—En el Hospital Indígena. Lejos de tu casa.

—Pero ¿cómo llegué hasta aquí?

—Unos soldados franceses te trajeron en una camilla. Tuviste suerte de que estuviera tu padre aquí. Te atendió enseguida.

—¿Mi padre?

—Sí —contestó—. Viene mucho, para organizar..., en fin, para organizar el hospital. Ya sabes. De modo que te hizo él la cura. La bala te atravesó limpiamente el hombro, así que le bastó con darte unos puntos y ponerte sulfamidas. Dijo que no habría problemas pero que tenías que estar quieta aquí unos cuantos días hasta que cicatrizara bien. Dijo que aquí estarías segura.

—¿Segura?

—Ahí fuera hay una guerra, hija mía. Hay barricadas y cañonazos..., muchos muertos.

—Pero ¿y los heridos? ¿Por qué no hay heridos?

—¿Heridos? Hay muchísimos.

—Pero no..., quiero decir que aquí no hay.

—¿En esta sala? Bueno, aquí no. Es que vamos llenando primero los otros pabellones. Pero sí hay heridos por todos lados.

—¿Y mi padre?

—Ah, no te preocupes. Está en el pabellón de urgencias. Luego vendrá a verte.

Las pocas palabras cruzadas con la pequeña monja vietnamita me dejaron agotada y, a los pocos segundos, me quedé amodorrada una vez más.

Más tarde abrí los ojos y vi la cara de mi padre, que me contemplaba desde encima de mí, sin moverse. Rara vez sonreía; esta vez, tampoco. Siempre había sido un hombre muy serio y supongo que nunca le había visto el lado feliz a la vida: desaprobaba lo que consideraba frívolo porque sus preocupaciones eran muchas y todo le parecía demasiado grave para ser tomado a la ligera. Y me parecía que ahora, en plena guerra, se le había agriado aún más el carácter.

Estuvo callado mucho rato.

—¿Cómo se os pudo ocurrir salir a la calle en plena batalla? —preguntó por fin—. Le había dicho a Khuê que era peligroso, le había dicho que no os movierais de casa.

—Fui yo. La culpa es mía. ¡Pobre tío Khuê! —contesté en un murmullo.

—Sí, pobre Khuê. Pero la culpa es suya. Hizo lo que no debía y le costó la vida.

No había tristeza en sus palabras, sólo severidad.

—¡Pero, padre, el tío Khuê salió conmigo a la calle para no dejarme sola! ¡Para protegerme!

Casi no podía hablar, jadeaba y no me salía más que un hilo de voz, pero no sé por qué me parecía importante defender a mi tío frente a mi padre. Creo que deliraba. Mis mejillas estaban ardiendo, yo misma lo notaba. Pero, sobre todo, se me confundían los pensamientos, de modo que lo que iba saliendo de mi boca me parecía después una sarta de tonterías inconexas.

—Claro. Para protegerte. Si os hubierais quedado en casa no habría hecho falta que nadie te protegiera. Y no estaríamos lamentando una muerte, la muerte de mi hermano. A partir de ahora me obedecerás. —Se dio cuenta de que era una orden excesiva para una persona hecha y derecha, incluso si era meramente una hija, y añadió—: Quiero decir que debes ser más prudente. Además, no olvides que sé mejor lo que te conviene en esta situación. —Me puso la mano en la mejilla; tenía los dedos calientes y secos—. Tardarás unos días en reponerte; creo que lo mejor será que te quedes en el hospital. Aquí estarás bien cuidada y a salvo.

—Pero padre... una misión... Tengo una misión, ¿no? Ayudar, ¿no? He venido a eso, ¿no?

—Tal vez, hija, pero ahora es más importante que te repongas. Si empezaras a hacer cosas ahora para ayudarnos, serías más una carga que otra cosa. Ten paciencia.

—¿Y el tío Khuê? ¿Cuándo será el entierro?

Sabía que eso era importante.

Mi padre suspiró.

—Lo enterramos ayer —dijo, ahora sí, con un deje de tristeza.

—¡Oh, no!

—En el patio trasero de la casa de mi padre; en fin, de nuestra casa. Ahí podrá descansar en paz, debajo de los rododendros en flor que tanto cuidó.

—Oh, padre, qué triste es todo esto.

Lo miré buscando comprensión en sus ojos. O eso pensé. Pero no creo que viera la expresión de mi mirada ni que me oyera. A medida que hablábamos, se me había ido apagando la voz y ahora mis palabras seguramente no pasaban de ser susurros inaudibles e ininteligibles.

Se cansó pronto; me dio unas palmaditas en la cara y me dijo:

—Ahora, duerme.

Estuve de nuevo amodorrada, creo que bastante tiempo, y cuando desperté, el hombro me dolía más. La monjita debía de estar pendiente de mí, porque en cuanto me moví un poco asomó su carita de pasa arrugada.

—¿Cómo te encuentras, hija?

—Bah —dije yo—, no muy bien. Me duele.

Me puso la mano sobre la frente.

—Tienes menos fiebre. Debes aguantar un poco. Se pasará pronto —y de repente añadió, como si se le hubiera olvidado comentármelo hasta entonces—: tienes visita.

—¿Yo? No conozco a nadie.

Pensé en Luc, allá en París.

—Sí que conoces, hija. —Y se alejó haciendo sonar las cuentas del rosario que le colgaba del cinto—. Un momento sólo —añadió.

Y en lugar de su cara, apareció la del teniente francés que me había gritado en el callejón antes de que me hirieran.

—Hola —me dijo—. ¿Cómo se encuentra?

—No muy bien. ¿Usted me trajo a este hospital?

—Era lo más seguro. Estaba malherida, perdía mucha sangre y lo más expeditivo fue meterla en un blindado y traerla hasta aquí. Pero, dígame, ¿está usted bien?

—Sí, sí..., me parece.

—Pues, la verdad, tiene un aspecto horrible —sonrió—. Lamento lo de su tío, lo lamento mucho.

—¿Quién querría matarle? Era un hombre bueno.

—Nadie quería matarle, *mademoiselle*. En las batallas, los primeros que sufren son los más inocentes, porque son los que no comprenden. Seguro que su tío había pasado por aquel lugar miles de veces. Era suyo, le era familiar. ¿Cómo iba a imaginar que precisamente allí lo iban a matar? Pero, dicho lo cual, me temo que lo mataron los suyos, la gente del Viêt Minh. Ellos son los que han empezado esto y los causantes de tanta desgracia. —Debí de hacer un gesto de incredulidad o de rechazo, porque añadió, titubeando—: Bueno, vaya, en esta situación cualquiera podría haber sido el causante, pero en estos días es el Viêt Minh quien nos ataca sin parar. Guerrilla urbana, ¿sabe usted lo que es? En vez de soldados, son gente del pueblo, van vestidos como civiles y nunca se sabe dónde van a aparecer y cómo van a atacar. Es una forma muy cruel de hacer la guerra y la manera más fácil de que sufran inocentes, como su tío. Lo siento mucho, de verdad, lo siento mucho.

—No me entiende usted —murmuré. Tuvo que acercar su cara para oírme. Olía a polvo, a grasa y un poco a sudor—. No me entiende usted —repetí—. Nada de esto estaría pasando si ustedes, los franceses, no estuvieran aquí.

—Está bien, no se agite —sonrió—. Ya tendremos ocasión de discutirlo cuando se ponga bien.

—No hay nada que discutir —dije por fin, con la voz ronca por el esfuerzo y la sequedad.

Tenía la boca pastosa, como de cartón piedra. Me entró un ataque de tos, angustioso por la fuerza con que me sacudía el pecho.

Él se volvió para coger un vaso de agua de la mesita de curas. Con la mano izquierda me sostuvo la cabeza. Esperé un poco sin moverme, hasta que por fin pude beber un sorbo. Delicadamente volvió a posar mi cabeza sobre la almohada.

—Calle —dijo con una sonrisa amable—; no se agite.

Y como seguía jadeando angustiada por la falta de aire, me puso la mano con suavidad sobre el brazo hasta que vio que empezaba a tranquilizarme.

—Calle —repitió.

Y así pasaron los días, con el ruido sordo y continuo de la guerra sonando al fondo.

La hermanita parecía estar allí a todas horas, agitándose de continuo: llevaba bandejas de enfermería de un lado a otro, orinales metálicos, un carro con la comida para los heridos que poco a poco los médicos habían ido acomodando en mi pabellón; a unos los acariciaba, a otros les remetía las sábanas; con unos se detenía más rato para consolarlos o darles noticias de los combates; con otros se limitaba a sonreír. Parecía una peonza.

Le pregunté cómo se llamaba. «Hermana Thérèse», contestó. Era muy pequeña: no mediría más de metro y medio, pero era toda energía. Por las mañanas llegaba como un torbellino, decía «Ave María Purísima» y después «¿Cómo has pasado la noche, hija mía?», y sin dejarme hablar me metía un termómetro en la boca. Con sus manos sorprendentemente fuertes y sus pequeños dedos de uñas cuadradas y cortas, me levantaba el vendaje y me hacía una cura; me quitaba las gasas con gran cuidado para no arrancarme la costra oscura de sangre seca; luego me lavaba con agua destilada, me secaba y me ponía polvo de sulfamidas.

—Nada de levantarse —me advertía—. Todavía no.

Me quitaba el termómetro, comprobaba mi temperatura, fruncía el ceño y se marchaba diciendo:

—Nada de moverse de la cama. Todavía no.

Por la noche venía mi padre, me examinaba la herida y me cambiaba el vendaje de nuevo, hasta que dejaron de sangrar los puntos que habían tenido que ponerme en el orificio de salida de la bala, justo por debajo de la clavícula. Hablaba poco y parecía muy preocupado. Yo le preguntaba y él respondía que no era nada, que las cosas no eran fáciles pero que mejorarían pronto. Impasible, levantaba la cabeza y miraba a otro lado.

—¿Y Tuan? —preguntaba yo.

—Tuan está en la montaña.

Aquello me sonaba a excusa para niño pequeño y me irritaba sobremanera.

—Me gustaría ver a mi hermano —insistía yo.

—Ahora no. No viene nunca a Hanoi. Tiene cosas más importantes que hacer. Algún día.

—¿Pronto?

No me contestaba. Creo que, de este modo, al final perdí el interés sentimental por aquel hermano fantasma y dejé de preguntar por él. Y hasta mucho tiempo después no me di cuenta de lo importante que Tuan era para mi padre.

Más tarde, como si se cumpliera un rito, llegaba mi oficial francés, vestido de campaña, con el rostro cansado pero sonriente. Como siempre venía solo a la galería y ya lo conocían todos, no despertaba más suspicacias que las que suscita un extranjero blanco, un *ong tai*, en una sociedad tan diferente como la oriental; lo miraban con curiosidad pero sin hostilidad, probablemente porque, sobre todo al principio, no había combatientes en las largas salas repletas de camas, sólo enfermos, heridos y víctimas. Además, entonces, tan al comienzo de la guerra, el Hospital Indígena aún estaba bajo administración francesa. ¡Qué difícil iba a resultar separar a unas gentes de otras, hacer de ellas enemigos de la noche a la mañana! No hablo de los militares, por supuesto, sino de los comerciantes, de los vendedores de arroz y cereales, de los negociantes de sedas y maderas y laca, de los socios franco-vietnamitas, de los banqueros y prestamistas, de los maestros y los artistas, de los amigos. ¿Y no era esa una manera «totalmente occidental» de ver las cosas? Ay, Liên, por Dios. Se hubiera dicho que estaba en plena discusión política en la Sorbona. Luc me habría reprendido por mi blandura ingenua y habría demostrado que la gente se convierte en enemiga en un abrir y cerrar de ojos, en cuanto percibe el peligro, la cercanía de la muerte. «En nuestra cultura no hay amigos ni enemigos, sólo interesados y egoístas. El único hombre generoso es el verdaderamente idealista, pero los pobres idealistas suelen durar poco antes del sacrificio. No te engañes: tus opiniones no pasan de ser sentimentalismos burgueses», habría asegurado.

A la segunda o tercera visita del joven soldado francés, cuando pude enhebrar dos pensamientos seguidos, le pregunté su nombre.

—Bernard Dejean —me dijo—. Teniente de paracaidistas. ¿Y usted? Ya sé que es Liên, pero ¿qué más?

—Vu Thi Liên —contesté—. Pero en Francia me llamo Elena.

—¿Elena? ¿Elena Vu? ¡Vaya combinación de nombres! —insistió con una media sonrisa algo burlona—. ¿Y qué se le ha perdido en Hanoi a Elena Vu?

—Mi padre.

—¿Su padre?

—Bueno, y la casa de mis abuelos, en el barrio de las Treinta y Seis calles. Mi tío..., el que murió. Mi padre es médico aquí.

—¿Ah, sí? ¿Quién es?

—Se llama Vu Dinh Tung.

—¿El doctor Vu? —preguntó, y frunció el ceño.

—Sí, ése.

Me pareció que descubrir que yo era hija del doctor Vu, un enemigo conocido, lo hizo sentirse incómodo. Cambió de tema:

—La llamaré Elena, si me lo permite. ¿Qué le parece?

—Bueno, es más fácil, para usted, quiero decir. Y usted, ¿siempre ha sido militar?

—No —sonrió—. Siempre quise ser profesor de liceo. Me gradué en Historia antigua —levantó las cejas—. Pero luego el destino tuerce las cosas de manera insospechada. Me pilló la guerra en Europa, me uní a las tropas de la Francia libre en Argelia, entré en París con De Gaulle y aquí estoy.

—Entre París y Hanoi hay un buen trecho —dije.

—Sí. Mandaron a mi unidad aquí —bajó la mirada—, a, bueno... a recuperar los territorios de ultramar que nos habían conquistado los japoneses.

—Japoneses, chinos, ingleses, americanos, franceses, todos menos vietnamitas, Bernard —fue la primera vez que le llamé Bernard y lo hice con irritación—. ¿Por qué se pelean por una tierra que no es de ninguno de ustedes? Esta tierra es nuestra.

—Lo sé. En realidad... —titubeó— me parece que estamos aquí para ayudarles.

—¿En realidad? ¡Pues vaya ayuda!

—¿Cómo pueden desconfiar de nosotros? ¿De nuestras intenciones?

Estas discusiones, que a veces se alargaban más de la cuenta, derivando hacia lo que de verdad añorábamos ambos —nuestro lejano París, tan distante—, nos fueron creando una falsa sensación de inmunidad, como si los dos pudiéramos aislarnos de la guerra y nos halláramos en una especie de limbo, lejos de estos campos de batalla, y nada de lo que ocurría a nuestro alrededor pudiera afectarnos. Sólo cuando se iba Bernard reaparecía la cruda realidad cotidiana de sangre y muerte. ¿Qué era yo? Una francesa con rasgos vietnamitas y gustos parisinos. ¿En qué me había convertido?

A los dos o tres días, aunque seguía con un poco de fiebre, me encontraba muy mejorada, por más que arrastrara una ronquera que no acababa de pasárseme y un dolor sordo en el hombro, que yo atribuía a tenerlo tan firmemente vendado. Pero sentía que recuperaba las fuerzas tan deprisa que me negaba a quedarme postrada, muerta de aburrimiento y atenazada por una sensación de inutilidad. Por eso me levantaba todo el tiempo de la cama, e incluso me había puesto a ayudar a *soeur* Thérèse en las curas a los heridos, en incorporarlos cuando ya podían estar sentados, en arreglarles las camas y los embozos, en repartir la comida (nunca mucha: un poco de arroz con salsa de *nuoc mam cham*, a veces algo de pescado del Río Rojo y grandes peroles de té era todo lo que nos daban; confieso que, poco acostumbrada a esa dieta, pasé hambre, y que agradecía las tabletas de chocolate que me traía Bernard y la fruta que mi padre dejaba a la monjita para que me la diera cuidadosamente racionada). Moviéndome por la galería y atendiendo a los heridos, me sentía útil: hacía el trabajo para el que en el fondo había venido a Vietnam. Y a última hora del día caía rendida de cansancio.

Una mañana, a la semana de estar en el Hospital Indígena (era el día de Navidad y lo recuerdo tan bien porque, en medio de la galería, la hermana había puesto una mesita de curas y, encima, un pequeño jergón de paja con un Niño Jesús, un muñeco rubio de madera con un halo de metal dorado clavado en la parte de atrás de la cabeza), oí una conmoción en el patio, gritos, carreras y, finalmente, un disparo. Todos nos llevamos un susto horroroso. No había recordado el sonido de las armas hasta entonces, puesto que en la seguridad de la galería, rodeada de médicos y enfermeras, la batalla me parecía muy lejana, pero eran días de miedo.

Los heridos de la sala se agitaron; muchos se incorporaron en sus camas y otros, los que podían andar, se levantaron y fueron a asomarse a las ventanas.

—¡Soldados franceses! —gritó uno.

Al oírlo, otro, que para andar arrastraba una pierna herida de un balazo en una refriega cerca de la estación del ferrocarril, corrió como pudo hacia el fondo de la sala. La hermana Thérèse, que acababa de llegar después de abrir la gran puerta del lado contrario, la que conducía a la escalinata de bajada al patio, exclamó: «¡Por aquí!», y el joven cruzó toda la galería a la velocidad que le permitían sus menguadas fuerzas. La monjita lo agarró de la mano y se lo llevó. Supuse que a un lugar seguro y a cubierto de la inspección de los franceses, que, imaginaba, era de quienes huía aquel muchacho.

—Los demás —gritó la hermana en vietnamita antes de desaparecer—, métanse en la cama y no se muevan.

Y eso hicimos, aterrados todos por la repentina y tan real amenaza.

Mi padre no me había visitado la noche antes y yo lo había atribuido a su mucho trabajo. Lo suponía inmiscuido en todos los avatares de la guerra y, por tanto, sin tiempo de ocuparse de su hija herida. No le di mucha importancia. Era lo de menos. Lo importante era, según nos contaban unos y otros, los muertos y heridos que había tras los primeros días de escaramuzas y asaltos. Seguro que mi padre dedicaba todas las horas del día a la tarea de curar, mientras que, por lo que nos decían la hermana Thérèse y Bernard, la batalla entre las fuerzas francesas y las del Viêt Minh no había bajado en intensidad. Al contrario, el ejército francés estaba siendo empujado con gran violencia hacia una zona cada vez más reducida de la ciudad, como si estuviera siendo encerrado en un gueto, hostigado sin tregua. Y, a su vez, libraba una dura batalla para zafarse y reconquistar la capital. La guerra no daba cuartel.

Todo había empezado a las ocho de la tarde del día en que el tío Khuê fue muerto y yo herida: el 19 de diciembre, ya de anochecida, los vietnamitas habían hecho saltar por los aires la central eléctrica de Hanoi. No me enteré porque estaba anestesiada y profundamente dormida en mi cama de hospital, pero no hubo luz en toda la ciudad hasta la madrugada siguiente. Y al abrigo de la oscuridad, nos contaban los que venían de fuera, el Viêt Minh había preparado el asalto a los barrios franceses. Fueron combates de una crueldad espantosa. Durante días y días. Muertos y desaparecidos a centenares. Los europeos habían quedado indefensos, a merced de sus atacantes. Nadie pudo acudir en su auxilio hasta pasadas muchas horas. «Pero Dios mío», pensaba angustiada cuando empecé a recuperar las fuerzas y a darme cuenta de lo que sucedía: «¿Nadie se apiada de nadie? ¿Nadie tiene compasión? ¿No se conocen ya los vecinos? ¿No hay amigos?».

Para entonces, la destrucción y la muerte ya eran imparables. Pasado el primer momento de titubeo ante lo irremediable, pasada la primera sangre, que es la barrera previa al estallido de la violencia irreflexiva, nada pudo detener tanta locura. Y, de pronto, no quise tener nada que ver con todo aquello, con la guerra a la que había venido a ayudar. No estaba hecha para la muerte, menos aún para la muerte de mis seres queridos: esta batalla ya me había golpeado una vez. No quería que lo hiciera más.

Durante la noche, los vietnamitas cortaban árboles o los hacían volar con dinamita para atravesarlos en las avenidas, bloqueaban los pasos a nivel con vagones descarrilados y bombardeaban con morteros la Ciudadela militar en el extremo norte de la capital, al otro lado de la vía férrea. Los franceses intentaban salir de la Ciudadela y desde el Liceo del Protectorado para abrirse paso hasta el centro, donde vivían muchas familias europeas. Al principio llegaron hasta la prisión de Hoa Lo, pero los guerrilleros que los acosaban desde todos lados los fueron empujando calle a calle para arrinconarlos de nuevo en la Ciudadela militar, justo en el cordón sanitario de defensa del edificio del Gobierno General. Cuando, mucho tiempo después, los franceses pudieron abrirse paso por las grandes arterias y por las largas avenidas bordeadas de árboles umbríos, las hermosas villas europeas que no habían sido quemadas y saqueadas fueron siendo cerradas, y sus ocupantes, trasladados a la Ciudadela. Sólo los más recalcitrantes o los más valientes o los inconscientes que despreciaban el peligro se empeñaban en no abandonar las casas que habían sido de sus familias desde los primeros tiempos de la colonización francesa, casi un siglo antes.

A todas horas oíamos el retumbar de la artillería, las explosiones de morteros, las ráfagas de ametralladora; los sentíamos como otros tantos golpes que recibíamos en la boca del estómago, como si cada estallido fuera dirigido contra cada uno de nosotros. Había momentos en que nos parecía que el ruido y la violencia iban a hacernos enloquecer.

Varias veces en esos días quise vestirme y salir a la calle para ayudar o para insuflar algo de cordura en las gentes, sin darme cuenta, tal era mi angustia, de que no habría servido de nada. *Soeur* Thérèse y mi padre me lo decían una y otra vez. No se apiadaban de mis lágrimas desesperadas y me aseguraban que era más útil en el hospital atendiendo a los heridos, cada vez más numerosos.

Bueno, aquella mañana de Navidad, los soldados franceses que entraron en la galería del Hospital Indígena en la que yo me encontraba no buscaban al joven cojo que acababa de huir de la mano de la hermana Thérèse. No, no. Me buscaban a mí y sabían perfectamente dónde estaba.

Hay que ver lo deprisa que salta por los aires la falsa sensación de seguridad. Te has instalado en ella, sintiéndote a buen recaudo de cualquier peligro, cómoda (e inundada de mala conciencia), en una cama de sábanas limpias, en una sala llena de caras y sonrisas amigas, y de pronto todo eso ha volado por los aires, borrado por la hostilidad y el peligro.

Ésa fue la sensación que tuve en cuanto vi que se abría la puerta de la galería e irrumpía en ella un destacamento a las órdenes de un joven oficial. Los ocho o nueve soldados se detuvieron, mientras el oficial consultaba una lista que llevaba en una mano, levantaba la mirada y la fijaba en cada cama.

Se detuvo en la mía.

3

Hoa Lo.

No se me olvidará fácilmente este nombre innombrable. La *Maison Centrale,* como reza su pórtico: la casa central de detención. La construyeron los colonizadores franceses a finales del XIX en el centro mismo de Hanoi, frente al edificio de los Tribunales.

Hoa Lo.

Un sitio infame para la tortura de las almas y la destrucción de los cuerpos.

Al principio era una prisión para delincuentes vietnamitas. Durante la guerra con Francia se convirtió en una cárcel para presos políticos en la que se hacinaban hasta dos mil desgraciados, desaparecidos como escoria, torturados hasta acabar como peleles. Y en los años sesenta, al final de su tenebrosa existencia, Hoa Lo acabó siendo lugar de internamiento de prisioneros de guerra americanos, que replicaron al horror con ironía y lo bautizaron como *Hanoi Hilton.*

Oh, yo sabía bien lo que era. Desde antes de volver a Hanoi sabía bien lo que era. Su siniestra fama había llegado hasta todos nosotros en París desde tiempo atrás.

Allí me llevaron. Apenas si había podido vestirme apresuradamente delante de dos soldados que me miraban con descaro, aunque me ayudó la hermana Thérèse interponiendo su frágil cuerpo entre la insolencia y mis temblores. Me subieron sin contemplaciones a un Citroën 11 Ligero descapotable, lleno de barro, y me llevaron hacia el centro de la ciudad, encajonada entre dos soldados que apestaban a sudor. El oficial iba delante, sin mirarme y sin dirigirme la palabra. El espanto tiene curiosas maneras de manifestarse: cada vez que pienso ahora en lo francés en Vietnam, el recuerdo instantáneo es el olor a sudor. Por todos lados, a todas horas.

Estaba aterrada. Todos en Vietnam sabíamos lo que significaba Hoa Lo. La fachada pintada de amarillo sucio, entre lienzos de muro desconchado, en la que destacaba el arco de medio punto de piedras grisáceas con la inscripción «Maison Centrale» en grandes letras, a piedra por letra, escondía lo que aguardaba dentro a quienes entraban: a modo de saludo, en el patio, se levantaba una guillotina y, a su lado, la cesta de mimbre para recoger las cabezas cortadas; enseguida, los pasillos oscuros y malolientes, con las paredes rezumando humedad a churretones y unos ventanucos a lo alto que apenas si dejaban pasar la luz por sus sucios cristales. Las celdas, estrechas y alargadas, se cerraban con unas puertas de madera enormes y pesadas en mitad de las cuales se abrían tragaluces protegidos por tupidas celosías de hierro.

—A la celda tres —me espetó un sargento malencarado que llevaba una barba de varios días sin afeitar. ¿Y cuál de todos aquellos militares no iba a parecerme un patibulario malencarado a partir de aquel momento?

El interior de la celda número tres tenía a derecha e izquierda unas bancadas de madera que recorrían ambas paredes de atrás adelante. Sobre ellas estaban decenas de mujeres, sentadas o tumbadas, apretadas como sardinas en lata, casi unas encima de otras. Se las veía apáticas, indiferentes; no hablaban; me pareció que algunas se quejaban en voz baja y, cuando me acostumbré a la penumbra, vi que tenían las ropas desgarradas y que muchas sangraban de las piernas o los brazos. Y, sobre todo, vi que muchas de aquellas mujeres eran en realidad hombres, tan flacos, tan esmirriados y tan exangües como ellas. Pero daba igual que fueran mujeres u hombres: me pareció que habían dejado de ser humanos. Aunque no habían dejado de oler: despedían un hedor insoportable a una repulsiva combinación de orina, heces, sudor y sangre, mezclados con pestilencias de ratas y cucarachas. Me asaltó una arcada de vómito que no pude retener. Me volví contra la puerta y allí mismo devolví todo lo poco que llevaba en el estómago, seguido de un interminable escupitajo de bilis.

Cuando pude enderezarme, me temblaban las piernas y tenía contraída la garganta. Jadeaba con la boca abierta. Y no sólo por el esfuerzo reflejo de vomitar, sino porque intentaba evitar aquel sabor amargo que me había quedado. Me dolía el hombro y pensé que se me habrían abierto los puntos de la herida. Pero no estaba yo para comprobar nada, de modo que no hice caso. Una herida que cicatrizaba o no me parecía en aquel momento el menor de mis males.

Miré a mi alrededor intentando ignorar el hedor de la celda, pero era imposible: seguía habiendo la misma peste a humanidad podrida. Me tapé la nariz. Estuve un momento de pie, quieta, buscando un sitio en el que sentarme. Nadie se había movido. Di unos pasos hasta el fondo de la celda, pensando en apoyarme contra el muro. Pero me dio asco y no lo hice.

En una esquina, aislado por un círculo de vacío que enseguida comprendí que era de respeto o tal vez de temor, se sentaba muy derecho un hombre de una treintena de años, con las piernas recogidas en posición de loto; escribía con parsimonia sobre lo que por fin comprendí que era el envés de las hojas grandes y lustrosas de un arbusto de camelia. Lo hacía con un pincel diminuto, mojándolo en un tarro de laca que contenía tinta china.

Me fui a sentar en el borde de la bancada, cerca de aquel curioso personaje, el único lugar en el que había algo de espacio. Bajé la cabeza para combatir el mareo.

—Eres francesa —me dijo al cabo de un rato, en francés, sin levantar la mirada de sus hojas de camelia.

Me sobresalté y me volví hacia él. Era pequeño y muy delgado, ajado y reseco como un pergamino. Tenía el pelo lacio y muy negro y del mentón le crecía una barba rala que le llegaba hasta la mitad del pecho.

—Sí, maestro —contesté en voz baja; no habría podido hablar más alto—. Soy francesa.

No sé por qué lo llamé «maestro». Supongo que me impresionó su dignidad o su manera de estar tan impasible. La mujer tumbada a mi lado dejó escapar un gemido.

—No soy maestro de nada. —Le vi sonreír—. Como tú, soy un malhechor y me tienen encerrado en una celda.

—¿De qué le acusan?

—No lo han decidido aún.

—¿Cómo sabe que soy francesa?

—¿Una *ba tay*, una occidental? Ah, pequeña, hueles a París y no te gusta el olor que se respira en Vietnam. Pero la pregunta no es ésa. La pregunta es: ¿y qué hace una parisina en una habitación de lujo de este balneario de Hoa Lo?

—No lo sé. No lo comprendo. Soy francesa, me fui de aquí cuando era muy pequeña y he vivido casi toda mi vida en París. Y ahora, de repente, me detienen los soldados franceses. No he hecho nada.

—¿Quién es tu padre?

—¿Mi padre? Vu Dinh Tung.

—Ahí tienes la respuesta. Es una táctica tan vieja como el mundo: se llega al padre castigando al hijo.

—Pero, ¿por qué?

—Tu padre, querida *mademoiselle* Vu, es un personaje importante, tanto, que los poderes coloniales están convencidos de que si logran capturarlo habrán conseguido destruir todo el sistema sanitario puesto en pie por el Viêt Minh para resistir durante la guerra. Y cuando se piensa con la comodona mentalidad capitalista, un hospital de campaña parece más importante que mil emboscadas o que toda una columna de patriotas apresada o, mejor, destruida. —Hizo una pausa. Luego levantó la vista y me miró por primera vez—. Así que tú eres Liên, Vu Thi Liên.

—Sí —contesté sorprendida—. ¿Cómo sabe mi nombre?

—Ah, las noticias vuelan.

Me encogí de hombros.

—Pero yo no sé nada, no valgo nada como prisionera. Por no saber, no sé ni dónde está mi padre.

Me parece que dije esto último en tono defensivo, como si nuestros carceleros hubieran podido oírme y aquella declaración de ignorancia fuera a facilitarme la liberación.

—Pero tu padre sí sabe dónde estás tú —dijo. Guardó silencio nuevamente. Después cogió con delicadeza el tintero de laca. Lo estuvo contemplando un largo rato—. ¿Sabes cómo se hace la laca? —Hice un gesto negativo—. Es un procedimiento muy largo, de años y años, y muy complejo. Cualquier cosa puede estropearlo: una mota de polvo, un rasguño, un descuido... El árbol de la laca, *tsichu*, produce una resina muy parecida a la de los pinos en Europa. Esa resina se recoge con conchas de mejillón; la operación debe hacerse al alba, por tiempo cubierto, pero no lluvioso: el sol oscurecería la laca antes de tiempo y la arruinaría. La resina se conserva en recipientes de bambú tapados con papel para evitar el contacto con el aire, como vosotros hacéis con vuestras mermeladas. Es preciso ser cuidadoso en el manejo de ese líquido porque es muy venenoso —sonrió—, como los presos de Hoa Lo. Después, una vez que se dispone de la primera laca, hay que fabricar, modelar los objetos que van a ser lacados. Por lo general se utiliza madera de ciprés o de *vang-tam*, que se lija con gran cuidado; los agujeros que quedan se rellenan con una pasta de laca mezclada con arcilla y serrín. Entonces se aplica una primera mano de laca cruda con la que se tapan todos los poros aún abiertos. Se deja secar y se lija de nuevo hasta la misma superficie de la madera. Después se le pega al objeto una finísima tela y se empiezan a aplicar las siguientes manos de laca, sola o mezclada con arcilla, con tierra, con serrín, dependiendo de la consistencia y finura que se pretenda obtener. Cada capa es puesta a secar y, después, lijada con piedras rugosas o con carbón de camelia. Para aplicar las capas se usan unos pinceles especiales que hay que afilar continuamente, como si se tratara de lápices. Y así, una capa tras otra, durante años. —Con el dorso de la otra mano hizo un gesto ligero, como si estuviera aplicando una pincelada—. Sí, al principio es transparente, pero al contacto con el aire acaba por volverse opaca. La laca negra se obtiene amasándola durante días, como si fuera manteca, remezclándola con una pala de madera; luego se envuelve la pasta en un gran paño de lino y se retuerce, como se hace con la ropa recién lavada, hasta que la laca pura cae en un recipiente. Cuando todo está terminado, puede empezarse a decorar el objeto, con rojos de cinabrio, amarillos de cadmio, blancos de sulfato de bario o, mejor aún, de cáscara de huevo, y oro y plata. Y una vez terminada la decoración, daremos una nueva capa de laca transparente, aplicada esta vez con un pincel hecho con los cabellos de un niño de entre ocho y diez años. Es esencial que sea un niño de esa edad porque, si no, todo el proceso se estropearía —sonrió una vez más y bajó la voz—: Aunque hay quien dice que la cola de una vaca da el mismo resultado. En fin —añadió levantando hacia mí el pequeño tintero que sostenía entre los dedos índice y pulgar—, este humilde tarrito, que no es nada y apenas si cuesta unos *dong,* ha sido hecho y pulido y pulido y pintado y pulido a lo largo de años de paciente labor.

Es pequeño, pero indestructible. Se secó al sol y maduró bajo la lluvia, con calor y con frío. Nada será capaz ya de doblarlo o descascarillarlo. Se ha endurecido como el diamante. ¡Un pequeño objeto sin valor! Pero contiene más sabiduría y más paciencia de la que jamás aplicaron los pintores del Renacimiento o los orfebres de San Petersburgo. —Posó el tintero a su lado, sobre la bancada—: ¿Me entiendes?

—No. Si lo que me cuenta es una parábola, no.

Rió de buena gana con una carcajada que era como el cacareo de una gallina.

—Los vietnamitas somos pequeños, no valemos nada y somos pobres. Pasamos penurias sin cuento, nos abrasamos al sol y recibimos impertérritos las tormentas del monzón. Apenas si comemos un puñado de arroz al día. Se diría que no tenemos nada que perder más que la vida y ni a eso damos gran valor. Como a este tintero de laca. Dime, *mademoiselle* Liên, hija del médico de la revolución, ¿crees que los franceses venidos de Europa, que tienen que evitar el sol desde las diez de la mañana hasta las cinco de la tarde para no volverse locos por una insolación o deshidratarse por el sudor, que están obligados a dormir la siesta si quieren ir a emborracharse a su club al caer la tarde, que tiemblan de fiebre con los ataques de un mísero mosquito; dime, crees que tienen una sola posibilidad de vencernos? —Sacudió con lentitud la cabeza una y otra vez—. Ho Chi Minh, *bac* Ho, le dijo al general francés: «Podréis matar a diez de mis hombres por cada francés que yo mate, pero incluso con esa proporción acabaréis perdiendo y yo ganaré».

—¿Quién es usted?

—Ah... Me llamo Do Muoi y soy de los que ganarán esta guerra.

Se dio la vuelta, cogió una hoja de camelia y la puso boca abajo, sosteniéndola en la palma de la mano izquierda. Luego mojó el pincel en el tintero y reanudó la escritura.

Vinieron a buscarme cuando ya había caído la noche. No se veía nada en el interior de la celda pese a la débil luz de una única bombilla que colgaba del techo. Me llamaron desde la puerta. Sorprendida, me incorporé de un salto mientras, a mi lado, Do Muoi seguía escribiendo impertérrito, sin mirarme, como si no existiera, como si no hubiéramos estado hablando hasta poco antes. No sé cómo conseguía ver en aquella oscuridad. Le miré, pero como no reaccionaba, comprendí que no me diría nada antes de que me fuera. Al cabo de unos segundos me acerqué a la salida, tropezando con piernas y chanclas y contra pequeños obstáculos que no hubiera sabido describir.

Me esperaban dos soldados. Llevaban uniforme de campaña e iban armados con sendos mosquetones. «Vamos», dijo uno de ellos; me agarró por el codo y me condujo hasta un lugar en el que el pasillo por el que me llevaban se ensanchaba formando una antesala: un cuartucho de guardia sucio y oscuro cuyo escaso mobiliario consistía en una mesa metálica, dos sillas y un banco adosado a la pared. Había un cenicero de pie y una escupidera cerca de la puerta de salida. Desde algún lugar de la prisión me llegó un grito desgarrador, interminable; después, silencio.

Detrás de la mesa se sentaba un suboficial de unos treinta y cinco o cuarenta años. Tenía el rostro amable y serio de un honrado campesino de la Bretaña. Levantó la mirada y me dijo «siéntate», señalando la otra silla con la barbilla. Miré a mi alrededor con tranquilidad, pretendiendo que mi actitud sugiriera inocencia, y me senté despacio.

—¡Déjate de monerías y siéntate! —me gritó de pronto. Me sobresalté ante tan inesperada muestra de violencia y la humillación del tuteo. Aquel energúmeno se había puesto rojo de ira en un segundo. Miré a los otros soldados, buscando un poco de complicidad, pero ellos ni se inmutaron—. ¡Mírame sólo a mí! Hoy únicamente me mirarás a mí. ¿Está claro? —rugió.

Se le habían descompuesto las facciones. Tantos aparentaban ser su rabia y su desprecio que sus carrillos, hinchados como dos pelotas de caucho rojo, más parecían los de una fiera enfurecida que los de un ser humano.

Asentí. Me latía con gran fuerza el corazón. En un instante mi carcelero recompuso su aspecto y recuperó la calma. Pero me tenía aterrada.

—Vu Thi Liên, ¿eh?, Vu Thi Liên... —dijo, pensativo, más para sí mismo que para mí—. ¿Y qué ha venido a hacer a Vietnam la señorita Vu?

—Nada —dije—. Es que...

—¿Nada? —me interrumpió—. ¿Cómo nada? O sea que ésta es la nueva moda del turismo elegante: venir a Hanoi en Navidades a ver cómo muere la gente en sus calles. ¿Lo encontráis divertido?

—No. Ya me ve usted, herida de un tiro en el hombro y mi tío abatido en plena calle. No, no lo encuentro divertido. Me recuerda cómo era ver morir a la gente en París hace dos años.

—Ah, no. ¡En París la gente moría con bravura! ¡No se escondían como damiselas detrás de los ancianos para hacer estallar sus bombas! Esto es para nosotros como una cacería de ratas. ¡Te he hecho una pregunta!

—Sí. He venido a Vietnam a visitar la casa de mis ancestros y a estar con mi familia.

—¿En este momento? —dijo, incrédulo.

—Bueno, yo no podía saber que iba a estallar, en fin, que iba a empezar...

—Mira qué cosa más curiosa que no te creo.

—No hay nada que yo pueda hacer para convencerle, más que decir la verdad.

El tipo se repanchingó en su silla, dejándose escurrir hacia delante.

—La verdad. Ya. Los chinos tenéis la manía de estirar la verdad hasta que resulta irreconocible. Te voy a decir algunas verdades: has venido a Hanoi con una misión específica de espionaje. Tienes la misión de conseguir secretos militares y de introducirte en el cuartel general del almirante D'Argenlieu. Tienes el encargo de sabotear el esfuerzo bélico de Francia.

—¡Pero nada de eso es verdad!

—¿No? ¿Qué crees? ¿Que nos chupamos el dedo? ¿O te parece que nuestros informadores mienten? ¿Eh?

—No, yo no... no...

—¿Qué haces en Vietnam? —gritó de pronto, apoyando las manos sobre la mesa para darse impulso—. Te diré lo que no haces. No haces la puta, como en París. Bien pensado, señorita de cintura estrecha, tetas enhiestas y culo respingón, te hubiera ido mejor quedándote en París, ¿eh? ¿No te gusta más un buen rabo francés entre las piernas que estar aquí matando y traicionando?

—No —murmuré impulsivamente—, te gusta más a ti.

—¿Qué dices? —se había puesto de pie, aunque estaba segura de que, gracias al cielo, no me había oído—. No, claro, te gusta más el rabo chiquito de un alemán nazi. —Se rió de su propia broma—. Pues antes de que salgas de aquí, probarás el de un buen soldado francés.

Había aproximado su cara a la mía. Le olía el aliento a tabaco y ajo, y aparté la cabeza.

No vi venir la bofetada porque intentaba mirar hacia otro lado y la violencia del golpe me hizo caer de la silla.

—¡Cuando te digo que me mires sólo a mí, puta, me miras sólo a mí!

Me puse de rodillas para incorporarme y empujé contra el suelo con la mano derecha. Estaba muy mareada y me pitaban los oídos. Pensé que aquella bestia me había roto alguna muela, por cómo me dolía la cara y me escocía la mandíbula; en la boca tenía un sabor dulzón a sangre, como cuando se nos caían los dientes de leche. Uno de los soldados tiró de mí y me empujó hacia la silla. Me toqué la oreja con un dedo; también me sangraba el oído y me dolía. Volví a mirar a aquel energúmeno, pero no lo veía bien porque mis lágrimas emborronaban sus facciones.

Fue entonces cuando pensé que los verdaderos héroes resisten impasibles la tortura a la que los someten sus carceleros y me dije que si yo lo hacía, tal vez la bestia aquella me respetaría un poco y comprendería lo inútil del interrogatorio. La carne es débil, sin embargo.

—No me haga daño —supliqué.

—¿Que no te haga daño, puta? No sabes lo que es hacer daño —sonrió. Tenía los dientes irregulares, muy pequeños y amarillos de suciedad. Se levantó de nuevo, rodeó la mesa y vino a sentarse en ella, delante de mí. En esa postura, sus genitales quedaban apenas a unos centímetros de mi cara—. Mira, te voy a hacer una pregunta muy sencilla: ¿dónde se esconde tu padre, ese asesino ingrato al que Francia le da la carrera de Medicina que él utiliza para matar? ¿Dónde se esconde? ¿Eh? Dime. Me vas a decir que no lo sabes. No te molestes. Nos lo acabarás diciendo —y sonrió de nuevo—. No me corre prisa; ya me lo contarás. Vas a estar aquí mucho tiempo.

—¡Pero si no lo sé! —gemí.

—Sí que lo sabes. Y me dirás otra cosa: ¿qué es eso que llamáis «el busto de Ho Chi Minh»? ¿Qué esconde? ¿Para qué lo utilizáis? ¿Qué contiene? ¿Y dónde está? Oh, sí que me lo contarás. ¿Qué crees? ¿Que no sabemos lo que tramáis?

La vida tiene momentos verdaderamente ridículos, de circo. En plena tragedia, aquel idiota me preguntaba por el busto. Pude haber dicho lo más sencillo: «No sé a qué se refiere y no tengo la más remota idea de dónde está». Poco faltó para que me riera. Me reprimí a tiempo, pero el sargento había visto mi gesto de sorpresa. Alargó su mano derecha y la puso sobre mi hombro herido. Intenté echarme hacia atrás, pero no me dejó.

—Sorprendida, ¿eh? De modo que estos patanes saben más de lo que parece, ¿eh? Es muy sencillo —dijo, apretando un poco—. Vendrás aquí muchas veces, hasta que cantes, hasta que me lo cuentes todo, pequeña puta, ¿eh?

Y entonces apretó con todas sus fuerzas. Recuerdo que grité de dolor, pero no llegué a desmayarme. Me caí una vez más de la silla, jadeando y babeando. Un reguero de saliva me manchó la camisa.

—Lleváosla.

Estuve mirándolo sin comprender hasta que los dos mismos soldados que me habían traído para ser interrogada me pusieron de pie y me llevaron de nuevo a la celda número tres.

Me empujaron hacia el fondo con algo menos de violencia de la que yo esperaba y volví a sentarme en el mismo lugar que había ocupado antes. Me dolía tanto el hombro que no sabía cómo aguantaría la noche sin una cura o sin un analgésico.

—Es la impunidad —dijo Do Muoi al cabo de un momento—: la impunidad y el poder absoluto. El poder hace que la impunidad sea ilimitada y que el hombre que dispone de las dos cosas pueda llegar a extremos de los que ni él mismo se sabe capaz. Por ejemplo, el sargento Junod, que es un honrado padre de familia, estoy seguro, un tipo bonachón y cabal cuando juega a las cartas y bebe buen vino con sus camaradas, es capaz de una depravación que lo hace peor que la peor víbora. Y lo peor de todo, lo que hace de él el más abyecto ser humano, es que no tiene siquiera conciencia de su depravación porque carece de imaginación. Esto es interesante: como carece de perspectiva de futuro, desconoce el miedo. Por el momento, claro. El día en que lo maten, no comprenderá la razón de que eso le ocurra a él. ¡Si no ha hecho nada! —suspiró—. Ah, señorita Liên, pero mientras tanto será un torturador sin delicadeza, un sádico sin inteligencia, un animal al que todo el mundo desprecia y al que, además, temen sus subordinados y, claro está, sus prisioneros.

—Pero ¿por qué me dice esto? ¿A usted también le divierte verme sufrir?

—No. No. Creo que es injusto y que es una tragedia que te esté pasando esto. Es todavía una tragedia mayor porque cualquiera de nosotros sabe (no se necesita ser muy perspicaz para comprenderlo) que lo ignoras todo: no sabes dónde está tu padre, no conoces los preparativos ni los planes de guerra... Es una casualidad infeliz que estés aquí. Tu interrogatorio es inútil y estúpido, igual que nuestro buen sargento Junod. Y te digo todo esto porque no habrá cuartel para ti hasta que consigamos sacarte de este agujero. Te lo digo porque ahora tienes que armarte de valor y pensar sólo en después. Pon tu mente en blanco —sonrió—. En el fondo, te estoy dando un curso acelerado de meditación budista: pon tu mente en blanco y diles lo que quieren oír. No des excusas a Junod para que pueda dar rienda suelta a su sadismo.

No dije nada. Temblaba. ¿Cómo podría explicar hoy todos mis sentimientos, mis sufrimientos y mis ansias de aquel momento? Me dolía la cabeza, me abrasaba el hombro, estaba muerta de miedo, me sentía sucia y asqueada, y aún no había empezado lo malo.

La segunda sesión, aquella misma madrugada, fue incluso peor que la primera. Empezó del mismo modo. Seguro de su poder, Junod pretendió aparentar sofisticación, liviandad en sus bromas y hasta cierta comprensión en su interrogatorio. A mí sólo me producía náuseas.

—Cuanto antes confieses, antes dejarás de sufrir y antes volverás a tu celda.

Sin embargo, yo sabía que era mentira (aunque me tentara pensar que era verdad) y que nada me libraría del abuso físico que este hombre querría infligirme. Estaba paralizada de terror y no sabía a qué esperanza aferrarme para que un milagro me librara de lo que me esperaba.

Pero no había milagros.

Me abofeteó con la mano abierta. Tenía las manos tan ásperas y callosas que cada uno de sus golpes era como un puñetazo. No había ciencia alguna en su tortura: simplemente una lluvia de puñadas que caían donde dictaba la casualidad: en la cara, en el cuello, en los pechos, en las costillas, en el estómago. Reservaba las patadas para mis rodillas y los pisotones con sus botas militares para mis pobres pies. Me reventó una ceja y, por lo que pude tocar después cuidadosamente con la punta de los dedos, el pómulo izquierdo debió de quedar reducido a una masa sanguinolenta, y creo que una muela, rasgándome la encía, se me incrustó más profundamente en ella. Comprendí lo que quería decir Do Muoi: a aquel animal le daba lo mismo lo que yo pudiera confesar; le importaba más saberse dueño de mí y de mi miedo. Es más: con mucha menos violencia habría conseguido arrancarme cualquier secreto, el que fuera, inventado o no, pero él quería infligir dolor por el mero placer de hacerlo.

Y las preguntas sobre el busto del tío Ho volvían con horrible insistencia. ¿Qué era? ¿Para qué servía? ¿Qué haríamos con él? Junod estaba empeñado en descubrir un secreto de la mayor importancia estratégica en donde no había mayor importancia. Así se lo dije al principio, pero, claro, no me creyó. Y en la misma tortura inevitable, en el fondo del dolor, me puse a inventar todas las respuestas que me parecía que Junod quería oír. Sólo que la precipitación del dolor y el deseo enloquecido de evitarlo me hacían decir sandeces que enfurecían aún más a mi torturador. Y me llovían los golpes sin descanso.

Me desperté en la celda, tirada sobre la bancada, a los pies de Do Muoi. Sólo tenía conciencia del dolor insoportable en cada centímetro cuadrado de mi cuerpo. Durante mucho tiempo fui incapaz de moverme y me oí gemir sin parar. Por fin conseguí doblar las piernas y los brazos y comprobar que nada estaba roto. Pero, al hacerlo, un latigazo en el pecho me dejó sin respiración; era como si me hubiesen clavado un cuchillo a la altura del corazón. No podía saberlo entonces, pero tenía tres costillas rotas. Creo que los cuidados de Do Muoi me salvaron de morir asfixiada: muy despacio, con unas tiras de tela desgarradas de mi propia túnica, me vendó con fuerza el torso hasta que con extrema cautela pude respirar un poco mejor, y sin los atroces pinchazos de las costillas clavándoseme en la pleura.

Con los años, he leído de supervivientes de la tortura que hablan con naturalidad de lo que padecieron y que parecen haber olvidado el dolor que les infligieron para recordar sólo la heroicidad con que se comportaron. Como si se tratara de una etapa más de sus vidas. Sin secuelas, como el mal recuerdo de una enfermedad ya superada. A veces, por pura casualidad, vuelven a enfrentarse con sus torturadores, se los encuentran por la calle o son testigos en juicios que se celebran contra ellos, pero no pierden los nervios. ¡Tan seguros están de su superioridad moral!

Yo no. Nunca fui heroica. Sólo siento vergüenza del recuerdo de mi propia debilidad. Y odio hacia mi torturador, un odio todavía enorme. Junod. ¡Ah, Junod! ¡Que Dios te maldiga, estés donde estés! En unas cuantas horas me degradaste y me dejaste un agujero negro en el fondo del alma que nunca conseguí colmar del todo. Y me queda un deseo de venganza que los años no han reducido. Y la memoria del dolor.

—Recuerda —me dijo Do Muoi—: eres como una preciosa pieza de laca. Te lijarán y te retorcerán una y otra vez hasta que pierdas la conciencia de ti misma. Pero al final serás irrompible.

Quise reír pero me dolía demasiado. «¿Y si me rompen antes?». Una humorada con la que combatir su crueldad.

—Mala suerte. Serás una memoria venerada. A ti no te servirá de nada. A los demás, sí.

Pasé el resto de la noche doblada sobre mí misma, intentando respirar lo menos posible. Cada movimiento imprevisto era como una lanzada en mi costado; al cabo de un rato, cuando conseguía adoptar una nueva postura, me tranquilizaba un poco; pero enseguida un calambre o un hipo involuntario me castigaban otra vez. Y en medio de toda aquella pesadilla, me asaltaron las más aterradoras alucinaciones y los peores delirios. Las horas se me hicieron eternas.

Cuando vinieron a buscarme nuevamente, no estaba preparada para nada de lo que había de seguir.

—Me hubiera gustado tener más tiempo para la siguiente capa de laca.

Do Muoi levantó la cabeza e hizo un gesto que muy bien habría podido ser una bendición.

—Estás viva y lo seguirás estando, es lo que importa.

Una vez más, flanqueada por los dos soldados, que me llevaban agarrada por los codos, recorrí el camino ya familiar hacia el cuchitril de guardia. Temblaba de miedo. Intenté que nadie se percatara de la peor de las vergüenzas: me había orinado encima, tenía las piernas mojadas y me dejé arrastrar a lo largo de muchos de aquellos metros, porque además no me respondían.

Junod estaba allí, pero en esta ocasión me esperaba de pie, a un lado de la mesita. Su asiento lo ocupaba Bernard Dejean, mi joven teniente, mi amigo, mi salvador en las Treinta y Seis calles, mi fiel visitante del Hospital Indígena. Hubiera corrido a abrazarme a él de no haber sido por la expresión seria y grave de su semblante. Me miró sin que se le alterara el gesto, sin que se le moviera un solo músculo de la cara. «¡Dios mío, otro enemigo!», pensé con angustia. «No puede ser». Bernard tenía las gafas en la mano. Se las puso y levantó de nuevo la mirada hacia mí. Había en su actitud la misma frialdad e indiferencia que si hubiera estado contemplando una cucaracha. Como si no me hubiera conocido. Cruzó las manos sobre el tablero y estuvo en silencio durante unos segundos. Luego suspiró, descruzó las manos, las apoyó sobre la mesa y se levantó. Era mucho más alto que Junod.

—Lleven a la prisionera a mi automóvil —dijo con sequedad.

Uno de los dos soldados se acercó a mí para sujetarme de nuevo. La mera idea de que volviera a tocarme me dio náuseas y aparté el codo con un gesto brusco. Un latigazo me recordó que tenía rotas las costillas y, medio doblada de dolor, fui hacia la verja de salida.

Me obligaron a sentarme en la parte trasera del coche, detrás de un conductor impasible. A los pocos segundos llegó Bernard, abrió la otra portezuela y se sentó a mi lado, mirando con indiferencia al frente.

—Vamos —dijo, y el Citroën arrancó.

Cerré los ojos y me abandoné a la desesperación.

De pronto, sentí que la mano de Bernard me agarraba la muñeca y la apretaba una sola vez, mandándome una inequívoca señal de complicidad. Alcé bruscamente la cabeza y lo miré, pero él seguía con la vista al frente, impasible. Entonces, con un largo sollozo de alivio, rompí a llorar, como si un sentimiento se hubiera llevado por delante un dique y, detrás, el lago.

Fuimos derechos al hospital. En la puerta, un destacamento de paracaidistas hacía guardia. Todos se cuadraron cuando Bernard se bajó del coche y, en cuanto nos vieron llegar desde el interior del gran patio, alguien debió de avisar a la hermana Thérèse, porque no había transcurrido ni un minuto cuando la vi volar por las escaleras como una golondrina. Se detuvo de golpe ante mí y me escudriñó en silencio.

—Hija mía... —dijo por fin—. ¿Qué te han hecho?

En el cuarto de curas, del que mi ángel guardián había excluido a Bernard con firmeza, la monjita me desnudó cuidando de no hacerme daño y, chasqueando la lengua sin parar, fue comprobando el estado de los desperfectos. Aquí y allá, yo me encogía rehuyendo el contacto de los dedos de la hermana cuando con delicadeza extrema buscaban una herida o un hematoma o algún daño recóndito. Sólo que ahora el dolor era distinto, supongo que porque no había promesa de más y porque las curas me iban aliviando. *Soeur* Thérèse se detuvo en el vendaje del hombro, mirándolo fijamente con las manos levantadas: estaba sucio y tenía una gran mancha de sangre en el medio.

—Esto te lo tendrá que ver un médico —dijo en voz baja.

Después me limpió el resto del cuerpo con agua oxigenada y aplicó yodo a las heridas más visibles. Me puso tres grandes tiras de esparadrapo en los costados, apretando con fuerza para sujetarme las costillas.

—¿Quién te vendó las costillas?

—Un preso de mi celda.

—Pues, vaya, hizo un buen trabajo. Los moretones, hija mía, se te irán yendo poco a poco —añadió, pasando con ternura un dedo por mis párpados maltrechos. Los acababa de untar con una crema de vaselina—. Te va a hacer falta un poco de paciencia. Y este pómulo... y esta ceja... te tendrán que dar unos puntos, pero creo que aun así te quedarán cicatrices. —Me lo dijo como si me estuviera regañando. Y luego me miró con su carita de pasa y sonrió—. Con lo guapa que eres, las imperfecciones te harán interesante.

Así, entre sonrisa y sonrisa, fue curándome y cuidándome hasta que observó que alguien había entrado en la sala. Después, hablando por encima de mi hombro, añadió:

—Ah, doctor: aquí tenemos a una paciente que se diría que ha sido atropellada por un tren expreso. —Me quise dar la vuelta, pero la hermanita me lo impidió—. ¡Estate quieta! Que te va a doler si no.

Y de pronto, ahí estaba mi padre.

—Hola, hija.

—¡Padre! Pero ¿qué hace aquí? ¡Debe esconderse enseguida! Lo buscan los franceses.

—¡Ah, bah! No encontrarían un elefante perdido en una capilla. ¿Cómo estás?

Y así, de golpe, comprendí lo estéril y lo estúpido de todo mi sufrimiento de las pasadas veinticuatro horas. Me sentí frustrada, engañada por la inutilidad del dolor y del miedo. Me dio mucha rabia.

—Mal, estoy mal, padre. Todo el cuerpo me duele a rabiar. Pero no entiendo. A sólo unas manzanas de aquí torturan a la gente para averiguar su paradero, como si fuera el secreto mejor guardado, ¡y aquí está usted, tranquilamente, curando a sus enfermos sin que nadie lo moleste! No lo entiendo.

—Creen que me he escondido en la selva, con Ho. No creen que sea capaz de aventurarme por Hanoi y arriesgarme a ser capturado. Pero vengo aquí de noche y nunca saben dónde estoy. —Se encogió de hombros—. Ya sabes: para ellos, todos los vietnamitas somos iguales.

—¡Pero Bernard...!

—¿El teniente? No te preocupes por él. No me ha visto, no sabe que estoy en el hospital y bastante tiene con buscar una explicación coherente que justifique haberte traído aquí.

—¿Coherente? ¿No debía traerme?

Dio un gruñido.

—Vamos a ver estas heridas.

Me dijo que me acostara de nuevo en la camilla y, mientras con la cara impasible empezaba a curarme, me iba haciendo comentarios sobre Hoa Lo, sobre los cortes que tenía por el cuerpo, los hematomas...

—Te voy a dar unos puntos en esta ceja y en el pómulo, sólo un poco de anestesia local... y aquí... Hermana Thérèse: ¿le ha puesto usted los esparadrapos en las costillas? Bien hecho. ¿Viste a Do Muoi en la cárcel?

Me sorprendió que todo el mundo en Vietnam, salvo yo, pareciera conocer todo lo que ocurría en todas partes, como si fueran adivinos, pero me limité a decir:

—Sí, hablé con él y me dio ánimos. Estaba en mi misma celda. Pero ¿quién es?

—Ah, un colaborador muy cercano de Ho Chi Minh, miembro del buró político del Partido Comunista. Un personaje. Los franceses le tienen miedo —resopló mientras comprobaba el estado de mis pies—. No parece que esté nada roto. —Entonces, di un respingo—. Ah, sí, aquí sí, un huesecillo en el empeine: es doloroso, pero estas cosas se arreglan enseguida, vaya, se curan pronto. —Me miré el pie: lo tenía azul desde el empeine a los dedos y comprendí por qué me dolía tanto. Mi padre me vendó el pie y me lo sujetó con esparadrapo—. Do es un asceta, pero lleva demasiado tiempo preso. Creemos que lo retienen como moneda de cambio. En fin, esa boca..., me parece que va a tener que revisártela un dentista. ¿Cómo dices que se llama el sargento francés?

—Junod.

—Junod, ¿eh? Ya. Esa cárcel..., un verdadero horror. Ya era terrible antes, cuando sólo metían allí a delincuentes comunes. Les ponían unos collares cuadrados de madera al cuello, como si fueran bueyes, y encerraban sus tobillos en guillotinas de madera, una por cada veinte o treinta presos. Vamos a ver esta herida del hombro. —Cortó el vendaje y, usando agua destilada para humedecer las zonas de sangre coagulada, fue quitándome los apósitos—. Bueno, tienes suerte. Ha sangrado pero lo veo limpio. No hay infección. No te muevas, que te voy a curar. Cuando seas abuela, podrás contar a tus nietos que te dispararon en el hombro, te torturaron, tuviste que escapar con la ayuda de un oficial de los enemigos..., todo eso en menos de una semana. No te creerán. Menuda aventura. No está mal para ser una señorita de París.

No dije nada: me encontraba demasiado mal para responder a las bromas algo despectivas de mi padre.

—Bueno, hermana —concluyó—, Liên se va a tener que quedar internada un par de días, hasta que la podamos mover a un lugar seguro fuera de Hanoi.

Y sin más palabras se dio la vuelta y salió de la salita por la puerta que daba hacia el interior del hospital. Lo miré mientras se alejaba y me pareció extraordinario no poder discernir cansancio alguno en sus hombros o en sus andares. Rígido y parsimonioso, frío y distante, como siempre: mi padre.

—¿Puedes andar o prefieres que te traigan una camilla?

—No, no... Puedo...

Habría preferido la camilla cien veces, pero no sería yo quien confesara debilidad alguna. Esta gente tenía los huesos hechos de acero. Me incorporé y la monjita me ayudó a vestir un camisón y a ponerme de pie, en fin, más o menos de pie. Abrió la puerta que daba al vestíbulo y allí, pegado a ella, moviéndose de un lado a otro con impaciencia, estaba Bernard con la inquietud pintada en el rostro. Se precipitó hacia nosotras y me cogió de la mano derecha exclamando:

—¡Elena! ¿Cómo está usted? ¿Se encuentra mejor? ¿Adónde la llevamos, hermana?

—Arriba —dijo *soeur* Thérèse—, a su cama. Hemos puesto sábanas limpias y allí estará bien.

—Pero ¿qué va a decirles a sus superiores? —pregunté a Bernard—. Sigo presa, ¿no?

—Ya veré lo que les digo, pero sí, sigue presa —con gran delicadeza me pasó una mano por debajo de los muslos y me levantó en volandas sin esfuerzo aparente—. Vamos —dijo—. Además, Francia no tortura a sus adversarios.

—Pues lo disimula muy bien.

II

Bac Ho

4

En las llanuras del delta del Río Rojo, entre Hanoi y la bahía de Halong, hay trechos en los que, se mire hacia donde se mire, al frente, atrás, a derecha o a izquierda, no hay en la tierra más color que el verde vibrante de los arrozales. La carretera discurre por la cresta de los diques que bordean las extensas praderas. En los campos, el paisaje es uniforme, luminoso, y vira del esmeralda al color de la lima según el capricho de la brisa. Aquí y allá se divisan las figurillas pacientes de los campesinos, con sus cabezas cubiertas por los *non la* para protegerse del sol. Recolectan el arroz, con el agua por las pantorrillas, y en los bordes de los sembrados la alivian y la filtran utilizando cajones de bambú que sostienen con cuerdas de esparto atadas a rudimentarios trípodes de caña.

En medio de los arrozales aparecen de vez en cuando altillos que esconden túmulos funerarios o en los que se alzan diminutas pagodas pintadas de rojo chillón o de naranja o verde. Y en los extremos de los campos hay bosquecillos de bambú y palmeras agrupadas como manojos, que los delimitan. Por detrás, allá a lo lejos, levantadas sobre pilares, se adivinan casas de una sola altura, con las paredes de palma trenzada y las techumbres de paja.

Así es como recordaré siempre la primera vez que vi la tierra de Vietnam lejos de la ciudad, en las grandes extensiones de Tonkin.

Montados en una camioneta nos dirigíamos hacia la bahía de Halong por un camino ancho al que nadie en su sano juicio habría llamado carretera, considerando que el asfalto era menos que uniforme y en los sitios en los que quedaban restos de él era tan delgado como papel de seda. Había más tierra que otra cosa e, intermitentemente, grava, la única superficie realmente transitable. Entre bache y bache, el camino estaba embarrado por la lluvia cotidiana y los carros tirados por los grandes bueyes habían dejado surcos profundos como carriles por los que era muy difícil progresar. La camioneta, una Citroën grandota y algo destartalada que hacía las veces de autobús de línea, se las veía y se las deseaba para evitar los peores pasajes.

Fuera de Hanoi y de algunos tramos de la carretera, hasta el puerto de Haiphong no había señales visibles de la lucha de la que huíamos. Todavía no, debería decir. Pronto llegaría a estos lugares el desastre de la guerra.

Me había resistido a abandonar Hanoi. No quería alejarme de mi familia, de mi padre y su misión, en realidad; del corazón de la batalla apenas empezada y de lo que yo interpretaba como «mi tarea» en la guerra. Al fin y al cabo, ahora que seguramente estaba fuera de peligro, me sentía un poco Juana de Arco, aunque no quisiera confesármelo para no caer en la vanidad: había sido herida, hecha prisionera y torturada por «la causa», ¿no? ¿No tenía derecho a participar en los graves acontecimientos que habían de seguir, la guerra o la libertad de mi pueblo? Visto ahora con la perspectiva de las décadas transcurridas, me parece que andaba con la cabeza llena de pájaros, pero entonces me sentí una patriota dispuesta a entregarlo todo. No debía de ser cierto, claro está, a juzgar por mi comportamiento en Hoa Lo, pero todos tenemos derecho a nuestros sueños de gloria.

Y así, armada con razones tan poderosas, me había resistido a marchar. Pero mi padre había sido inflexible. Hoy me pregunto si se había arrepentido de haber expuesto a su única hija a los peligros de la guerra y, viéndome herida y maltrecha, había decidido que le era además de poca ayuda en la situación física y anímica en que me encontraba. No sé, cuadra poco con un padre tan frío y rígido como yo lo imaginaba, pero prefiero pensar que era así.

—Esta paciente está curada, doctor —había dicho la hermana Thérèse, con su forma despachada de dar por terminadas las cosas.

Lo cierto es que no me sentía curada en absoluto. Tenía un dolor de cabeza constante, me daban fuertes pinchazos las costillas, la hinchazón del ojo y del pómulo apenas había empezado a bajar, el pie y las rodillas me dolían en cuanto pretendía levantarme y, por lo que hacía a la herida de bala, seguía sin cicatrizar por completo. Pero en mi estado madre coraje, como se lo denomina ahora, no sería yo quien hiciera melindres. De modo que quise ponerme en pie enseguida. Me vestí con un pijama negro y unas alpargatas y, por recomendación de mi padre, me hice unas trenzas para parecer una simple campesina. Di unos pasos, cojeando, y comprobé que podía moverme con algún dolor que me resultaba soportable, más molesto que otra cosa.

La monjita puso los brazos en jarras y sonrió. No dijo nada.

—He decidido que te marches a la bahía de Halong, a reponerte en casa de mi primo Nguyen Bien Trieu —había dicho mi padre.

—¡Pero no me puedo ir, padre!

—¡Ah, sí! No es que puedas: es que debes irte. Sería peor que murieras para nada, y tal y como se han puesto las cosas en Hanoi, querida hija, creo que ése sería tu destino inevitable. Es mucho mejor que desaparezcas, volatilizada, como si hubieras cumplido una misteriosa misión y, terminada ésta...

—Pero ¿qué misión? ¡Si no tengo misión!

—Eso no tiene importancia ahora. Cuando estabas en Hoa Lo, ¿no creían que tenías un encargo secreto?, ¿algo así como penetrar en el Alto Mando francés y sabotearlo? Pues ahora basta con que desaparezcas, mientras los franceses te buscan intrigados, para que se convenzan de que eres una espía y que has logrado cumplir tu misterioso objetivo. De algo ha de servir tu sufrimiento —sonrió—. Y, además, tu padre se habrá volatilizado contigo. Son tan estúpidos que van a creer cualquier cosa, por ridícula que resulte.

—Pero padre, ¿y Bernard?

—¿El oficial francés? No sabía que tuvieras tanto interés en satisfacer su curiosidad —dijo, mirándome directamente a los ojos.

—No, no es eso —contesté, sintiendo que me ruborizaba—. Es que fue él quien me salvó, el que me trajo aquí desobedeciendo las órdenes que le habían dado. No me parece justo engañarle también.

Mi padre se puso muy serio.

—Liên, ya ha pasado la hora de la justicia. Ha llegado la hora de la lucha. Tú, yo, sor Thérèse, y todos los que estamos aquí, sólo tenemos un deber: Vietnam. Lo demás es un sentimentalismo que casa mal con los deberes de la revolución y con las exigencias de nuestro pueblo. Para eso sí has venido.

—¡Pero Dejean es un soldado honorable! Y merece que se le respete, aunque sea un enemigo.

Me tocó la barbilla con el índice, un inusual gesto de cariño o de complicidad, no sé. Y luego añadió con intensidad:

—Es un enemigo. Nada más. Es un enemigo y no otra cosa. Además, el teniente Dejean no representa nada, hija mía. La estampa de esta metrópoli francesa que nos humilló y de su ejército que ocupa nuestras tierras y pretende que son suyas, la estampa de ese ejército contra el que luchamos es el sargento Junod, no Dejean. ¡Junod! El cerdo que te torturó en Hoa Lo: Junod, sí, y la gentuza que le ayuda, la gentuza que se dedica a destruir a hombres, mujeres, niños y ancianos que no han hecho nada para que los destruyan, que son totalmente inocentes. Pero —se encogió de hombros—, así es la guerra.

No contesté.

Al cabo de unos instantes, su semblante pareció relajarse un tanto, y se volvió hacia mí.

—De modo —continuó— que te vas a la bahía de Halong, a casa de mi primo Trieu. Allí te repondrás bien.

—¿Cuándo?

—Mañana por la mañana.

Y dándose la vuelta se marchó sin añadir nada más.

La mañana de aquel día de enero de 1947 en que emprendimos el viaje desde Hanoi era tan clara como hubiera podido serlo un arroyo de montaña. La humedad había sido barrida por los vientos del monzón de invierno. Hacía fresco, pero el sol lucía sin neblina en el cielo azul. Rodábamos a buen ritmo: en poco más de dos horas habíamos llegado a atravesar el río por Haiphong y seguíamos hacia Halong. A la bahía, los franceses la llamaban «de Along», porque no saben pronunciar la hache aspirada, y con ello barren cualquier alusión a la poesía y la leyenda. Ignoraban que «Ha Long» quiere decir 'allí donde el dragón entra en el mar'. Un dragón inmenso que un día decidió bajar de la montaña en la que vivía para bañarse en las aguas de la costa. Con la cola iba cavando abismos y desplazando montañas y valles. Cuando llegó al mar y se zambulló en él, sólo quedaron en pie las colinas e islotes que su enorme cola no había alcanzado. El resto de las señales de su paso quedó sumergido por las aguas.

Me acompañaba en el viaje hacia Halong la misma doncella jovencísima que nos había servido té y pastelillos al tío Khuê y a mí la noche de mi regreso a Hanoi: la pequeña Lu. Para mi sorpresa, Lu era hija de Nguyen Bien Trieu, primo de mi padre. De hecho, no estoy muy segura de que el primo Trieu lo fuera en efecto de mi padre, pero así eran las relaciones de amistad y de familia en Vietnam, especialmente entre las gentes de la ciudad y las gentes del campo. En todo caso, Lu hablaba poco. Era muy tímida y mis esfuerzos por entablar cualquier conversación con ella fueron infructuosos. Sólo de vez en cuando la sorprendía mirándome sin pestañear.

No habíamos tenido sobresaltos hasta entonces, pero poco después de salir de Haiphong oí que el conductor mascullaba algunas palabras irritadas. Y es que a lo lejos podía verse, detenida en un punto que la claridad de la mañana agigantaba, una tanqueta Renault de grandes ruedas de caucho duro. Delante de ella, pudimos divisar con nitidez creciente las figuras de tres soldados, uno de los cuales tenía la mano alzada en señal de alto.

Me dio un vuelco el corazón. Los ocupantes del autobús no llegábamos a la docena, todos vietnamitas. ¿Qué podían querer los militares franceses de una colección de campesinos inofensivos? Sólo a mí, claro.

La camioneta se detuvo.

La vida avanza a golpe de casualidades y me parece que aquélla fue la primera de las que han ido jalonando la mía. Es lo que los crédulos llaman buena suerte. Sólo que la buena suerte no suele repartirse de igual manera entre todos.

Dos soldados subieron a la camioneta y, mientras uno permanecía delante, apoyado en el salpicadero, el otro se adentraba por el pequeño pasillo entre los asientos. Tenía que ir medio doblado en dos para no darse con el techo. Yo estaba en la cuarta fila —que también era la última— y no sabía dónde esconderme. Mi corazón latía desbocado. Sentada junto a mí, Lu temblaba como una hoja. Las dos habíamos agachado la cabeza, no sé si, en mi caso, para no ser reconocida o simplemente para huir del peligro refugiándonos, como las avestruces, en la falsa seguridad que proporciona no mirarlo de frente.

—Salvoconductos —reclamó el francés al llegar a mi altura.

Por el rabillo del ojo vi que me estaba mirando. Aparte de que la orden era una tontería, porque ninguno de aquellos míseros pasajeros llevaba identificación alguna —estoy segura—, y eso tenía que ser evidente para cualquiera, ¿cómo podía yo, que era de fijo la única que lo llevaba, entregarle mi pasaporte? ¡Me delataría inmediatamente! ¿Una campesina de Halong residente en París, licenciada de la Sorbona? Aunque no me estuvieran buscando, sería al menos retenida hasta que se aclarara mi situación. Era mi sentencia de muerte. A eso equivalía el inevitable regreso a Hoa Lo.

Ése fue el momento en que un muchacho joven que viajaba en la primera fila, detrás del conductor, escogió la libertad. De forma inverosímil, por la rapidez con que lo hizo y su agilidad al lanzarse por un espacio tan exiguo, saltó por la ventanilla abierta. Al caer sobre la carretera, rodó hacia la cuneta. Se deslizó por el terraplén y, con el mismo impulso, echó a correr por el arrozal mientras todos los militares gritaban «*Halte!*» al unísono.

Vi que el soldado que quedaba en tierra armaba su fusil y apuntaba hacia el muchacho, que corría con todas sus fuerzas por el arrozal. Hasta pareció que el chico se desplomaba antes de que llegara a mis oídos el ruido del disparo, tal era mi convencimiento de lo inevitable de su muerte.

Un gemido colectivo recorrió el autobús, un movimiento de angustia. Dos de las mujeres se llevaron la mano a la boca y a un hombre anciano se le abrieron mucho los ojos, aunque nada dijo. Hasta los militares franceses parecieron quedarse helados, sobrecogidos porque la tranquilidad de la mañana se hubiera quebrado de modo tan violento.

El soldado que se encontraba de pie a mi lado, poniendo una mano en el respaldo, se inclinó para ver mejor por la ventanilla. Exclamó «*Merde!*», se incorporó y se dirigió de prisa hacia la puerta de la camioneta. Empujó a su compañero y ambos bajaron precipitadamente a la carretera. Luego se volvió hacia nuestro conductor y con un gesto de la mano le conminó a seguir ruta.

—¡Vamos, vamos! Sigan, no se detengan. ¡Vamos!

El conductor engranó la marcha y arrancó. Tardó un tiempo que se me antojó interminable en rodear el Renault blindado y siguió en dirección a Halong a toda la velocidad que le permitía su vetusto motor. Sudaba copiosamente. Todos los pasajeros íbamos inmóviles, mirando de reojo a los franceses, sin atrevernos a hacer gesto alguno o pronunciar palabra. De pronto, la pequeña Lu se dejó caer en mi regazo y me abrazó en silencio. Por fin, uno de los pasajeros se giró por completo para observar lo que sucedía a nuestras espaldas, pero sólo se distinguía a dos soldados corriendo hacia el sitio donde había caído el joven.

El resto del viaje, más de dos horas, transcurrió en un silencio aún sobrecogido que sólo interrumpían las imprecaciones de nuestro conductor. «¿Cómo le digo a Liu que han matado a su hijo?», se preguntaba una y otra vez. «¡Malditos sean! —rezongaba—, ¿qué podíamos hacer?». Se volvía hacia nosotros en demanda de apoyo y repetía: «¡Malditos sean!».

En nuestro estado de ánimo melancólico, no estábamos muy predispuestos a apreciar la belleza de los paisajes que se sucedían ante nuestros ojos y, sin embargo, la bahía de Halong en la distancia es una visión de cuento de hadas. A medida que el viajero se acerca, irguiéndose en la neblina van apareciendo los islotes cónicos, panes de azúcar que mojan sus pies en las aguas color verde esmeralda del mar de la China. Los hay a miles, hasta donde alcanza la vista, cucuruchos de formas redondeadas, cubiertos de vegetación, que van salpicando el horizonte mientras el aire adquiere tonalidades sucesivamente doradas, rosadas e índigo. Aquí y allá, casi escondidas a la vista, hay playas de arena blanquísima, con palmeras y manglares que bañan sus raíces en el agua.

Por un momento, aquella visión de ensueño me hizo olvidar el horror que habíamos pasado en la carretera, pero enseguida volví a hundirme en la tristeza al recordar que, en efecto, la tarea de nuestro conductor sería más que triste. ¡Pobre muchacho y pobre Liu, fuera quien fuese!

La estación de autobuses de Halong está en el frente marítimo, en Bai Chay. Allí, al detenerse la camioneta, nos encontramos con una aglomeración de personas que esperaban nuestra llegada o que se disponían a realizar el trayecto inverso hacia Hanoi. No había europeos entre ellas, sólo un retén de soldados franceses apostados en la salida; y, más lejos, otro en el acceso a los muelles.

Nada más bajarse, la pequeña Lu fue corriendo hacia donde se encontraba un pescador, un poco apartado del resto de la gente. Bajo de estatura y muy delgado, tenía los pómulos salientes y, comprobé al acercarme, la boca muy fina, con los dientes manchados de negro por las hojas de betel que debía de masticar continuamente. En la garganta flaca y desguarnecida se le marcaban los tendones por encima del cuello de la chaqueta negra que llevaba. Lu juntó las manos y se inclinó repetidas veces ante él, mientras no paraba de hablar atropelladamente, relatándole, supongo, las incidencias del viaje. Se volvió hacia mí, señalándome.

Me acerqué cojeando, por más que intentara disimularlo; junté también las manos y me incliné en señal de respeto.

—Honorable tío Trieu, te traigo los saludos de mi padre, Vu Dinh Tung, y sus deseos de que te encuentres con buena salud en estos tiempos tan difíciles.

El tío Trieu sonrió.

—Espero que dejaras a Tung con buena salud, pequeña Liên. —Considerando que «la pequeña Liên» le sacaba una buena cabeza de altura, no dejaba de ser cómico—. Estamos contentos de que hayas venido a reponerte con el aire de nuestro mar. Lu me ha contado vuestro viaje. Me entristece que tu visita empiece con tan malos augurios, pero éstos son, en efecto, tiempos difíciles, tiempos de guerra, y debemos ser pacientes. Nos entristece que sientas dolor, pero es mejor que así sea. Quiere decir que vives.

Zarpamos desde el puertecillo de Bai Chay en un pequeño junco que patroneaba el tío Trieu. Enseguida desplegó la vela; hecha con nervaduras de bambú, como si fuera un abanico, y unidas las cañas por una pesada tela de arpillera, resultaba desde luego menos airosa que las nuestras en Europa, pero práctica, sencilla de manejar y fácil de reparar.

Con la brisa de primera hora de la tarde, empezamos a movernos por entre las decenas de pesqueros, juncos y sampanes que abarrotaban en total desorden la pequeña dársena. El tío Trieu y los dos jóvenes que formaban su tripulación empujaban con pértigas las bordas de las embarcaciones que les cerraban el paso. Gritando imprecaciones y lanzando chillidos de advertencia, se fueron abriendo así un canal de salida a la mar.

El junco, lo recuerdo bien, olía a pescado y a sal, una pestilencia que se adhería a la ropa y al olfato hasta que poco a poco una conseguía acostumbrarse a ella. Era una barcaza de madera, de dos palos, y tenía hacia la popa una pequeña construcción de teca, una cabina en la que se almacenaban y reparaban las redes, y se podía dormir tumbado en unos jergones de paja que tenían pinta de ser muy incómodos. En cubierta había dos o tres sillas de madera, en una de las cuales me senté por fin.

—¿Es larga la travesía, tío Trieu?

—Sí, pequeña Liên. Pasaremos lo que nos queda de día y gran parte de la noche navegando, hasta que lleguemos a la isla de Hang Trai, que es donde está nuestro pueblo. De modo que acomódate y ármate de paciencia.

Una vez más, me asombré de que en esta sociedad todo el mundo pareciera conocer en todo momento todas las cosas que ocurrían en todas partes. ¿Cómo, y sobre todo cuándo, había podido mi padre decirle al tío Trieu que yo viajaría hasta la bahía y que tenía que recogerme? Pero me guardé la curiosidad para mí. No era el momento de perder cara ante los demás, de quedar mal a causa de mi inocencia, ni de hacer que los demás se vieran obligados a perder la cara por tener que explicarme cómo tanta misteriosa omnisciencia era en realidad fruto de alguna casualidad o resultado de alguna simpleza como el uso del telégrafo.

Al cabo de un rato, uno de los dos muchachos trajo té para Lu, que había vuelto a su mutismo, y para mí. Más tarde sacó dos jergones para que nos pudiéramos tumbar en cubierta y dormir. La luz del anochecer teñía de sombras, de colores y reflejos las siluetas de los islotes delante de los que íbamos pasando. El agua estaba tranquila y el silencio era completo. Una belleza arrebatadora y llena de misterio.

Con cierta dificultad y ayudada por la pequeña Lu, me tumbé en uno de los jergones, pero no pude conciliar el sueño: me dolían demasiado las heridas y un considerable número de huesos de mi maltrecha anatomía. De todos modos, enseguida empezó a hacer frío y tuvimos que refugiarnos en la cabina.

Supongo que me amodorré y pasé largo rato en un duermevela del que iba y venía recordando cosas y personajes, saltando de uno a otro, de Luc al tío Khuê, de *soeur* Thérèse a Bernard, de mi padre a Hoa Lo y al hospital y, de pronto, a Ho Chi Minh, siempre amable y siempre fumando un cigarrillo detrás de otro, sentado en el jardín de los Aubrac, esperando pacientemente a que el Gobierno francés se decidiera a darle la libertad a su pueblo. Unos pensamientos me hacían saltar sin querer a otros escenarios, las frases pronunciadas por unos me llevaban a las sentencias de otros, el recuerdo del viaje me devolvía a París y a mi cómoda existencia de estudiante de la Sorbona, a las perezosas tardes de amor con Luc, cuando pretendíamos estar estudiando, y a las amables veladas con el tío Dam y su mujer bretona. Y me parecía mentira, de digestión difícil, el brusco salto que había dado mi vida hasta la batalla de Hanoi y el dolor del disparo en mi espalda. ¿Qué habrían pensado mis compañeros de universidad al encontrarse metidos en una guerra en el otro extremo del mundo?

Después de la puesta de sol se levantó una brisa bastante viva. Lu se acercó a mí buscando algo de calor y me incorporé. Pasado un rato, nos pusimos a charlar intermitentemente, hablando de unas cosas y otras, de su familia, de la razón por la que había ido a vivir a Hanoi, a nuestra casa, de lo que estaba pasando, de sus temores, del pobre muchacho cazado a tiros en la carretera. En un murmullo, añadió que «era muy guapo». Y enseguida se le oscurecieron mucho las mejillas.

Al poco tiempo, el chico que antes nos había servido el té nos trajo unos cazos humeantes llenos de lo que la pequeña Lu llamó *mì xào Hai Phong*. Era una receta de su padre, el tío Trieu, dijo en voz baja, y el plato que más les gustaba a ella y a todos sus hermanos. El tío Trieu siempre lo cocinaba a bordo cuando iban a pescar: fideos rojos de

Haiphong con cangrejos salteados al *nuoc mam* y tiras de calabaza, huevo, chalotas y ajo. Nos dieron unos palillos y, desde el primer bocado, aquel plato me supo a gloria.

—También será mi receta preferida a partir de ahora —dije.

La pequeña Lu sonrió. Cuando lo hacía, se le entrecerraban los ojos y casi desaparecían ocultos por los pómulos: era tan bella y delicada como una porcelana, con su nariz recta y los labios algo gruesos pero perfectamente delineados, la barbilla redondeada y las orejas diminutas. La recordaré así siempre, en el pesquero del tío Trieu, iluminada a contraluz por dos velas sobre el fondo de la noche oscura, con las manos juntas, los ojos brillantes y una pequeña gota de salsa en la mejilla.

Ignoro por qué los franceses llaman Isla de la Unión a Hang Trai. Otros islotes tienen su explicación en el nombre que les dieron: a Hang Dao Go, por ejemplo, que está en el mismo archipiélago, sólo que más cerca de Halong, la llamaron con razón Isla de las Maravillas.

Hang Trai está al este de la gran isla de Cat Ba, mirando hacia el mar de la China.

Allí dejé gran parte de mi corazón: en sus playas de arena blanca, en sus poblados pesqueros, en sus grutas de piedra caliza llenas de estructuras fantasmagóricas, en los rododendros y camelias que crecen en sus pequeñas laderas; en la gente, sencilla, sonriente y amable, en la familia del tío Trieu, que me acogió con tanto calor en los momentos más difíciles. Cuando pienso en todo aquello, en los días que pasé allí, me da lo que los franceses que hemos vivido en Vietnam llamamos «el mal amarillo», *le mal jaune*, la insoportable melancolía, la añoranza dolorida del recuerdo. Se lo intento explicar a mi marido, pero él se ríe y me dice: «Tú eres mi mal amarillo».

En la luz del amanecer, en el contraluz, más bien, puesto que nos aproximábamos a la isla desde el oeste, el poblado se veía de color marrón oscuro. Lo componían quince o veinte casas construidas sobre pilotes de madera, como si fueran palafitos, y hechas de hojarasca trenzada, madera y barro. Las más grandes tenían delante una veranda con la que protegerse de la lluvia en los monzones o refrescarse en tiempo de calores, aunque para nosotros, acostumbrados al clima europeo, «refrescarse» era un término muy relativo.

Delante de las casas había un pequeño embarcadero sobre el que brincaban como monos un montón de ruidosos chiquillos. Como en los puertos más grandes, decenas de barcas de todos los tamaños ocupaban todo el espacio frente al embarcadero, de tal modo que, desde ellas, se hacía difícil ver el agua sobre la que flotaban: tanta era la densidad de juncos y sampanes allí amontonados.

Poco a poco nos fuimos aproximando al muelle y, cuando pudimos desembarcar, la numerosa familia del tío Trieu nos rodeó por completo. Todos hablaban a la vez, dándome la bienvenida y deseándome felicidad, paz y prosperidad. Estuvimos un buen rato haciéndonos reverencias con las manos juntas y luego intercambiamos nombres y noticias.

La casa del tío Trieu, la más grande del poblado, estaba justo al principio del embarcadero: era una gran construcción cuadrada, rodeada de una veranda por tres lados y, como todas las demás, hecha de hoja trenzada, madera y barro, y con la techumbre de caña y hoja de bambú. El interior, cuando mis ojos se acostumbraron a la poca luz que recibía a través de unas pequeñas ventanas acristaladas, tenía el suelo hecho de grandes planchas de pino. Un tronco plantado en medio de la única estancia sostenía el techo. Delante del tronco, frente a la entrada, había una gran mesa cuadrada y, debajo, una alfombra vegetal de color ocre, de rafia trenzada o de otro material, quizá algún alga resistente. Una estufa de arcilla, colocada al fondo de la habitación y cuyo fogón estaba al rojo vivo, desprendía menos humo del que cabía esperar y un fuerte olor a carbón de leña. A lo largo de las paredes había varios jergones doblados, cada uno con su manta. Aquí y allá, cerca de los jergones, cestos de bambú trenzado, a modo de armarios, y cajoneras lacadas. A la derecha de la estufa, en un pequeño altar decorado con una tela de colores, unas cuantas fotos enmarcadas y tres o cuatro figuras del Buda, hechas de latón o de plata, padecían los efluvios de las tiras de incienso que humeaban en pequeñas jícaras de laca negra.

Éste iba a ser mi hogar durante un tiempo indefinido, imaginé que hasta que pudiera volver a Hanoi o regresar a Francia. ¿Al cabo de algunas semanas? ¿Al cabo de meses? Se me cayó el alma a los pies. Todas mis fantasías de gloria guerrera y de heroísmo en la lucha por la independencia de mi pueblo se desvanecieron de un solo golpe. ¡Estábamos tan lejos de mi habitación de París, de mis libros, de las delicadas pinturas sobre seda que me había regalado el tío Dam a lo largo del tiempo, de la Sorbona, del Sena, de mis amigos y compañeros, de los cafés, del bullicio! Fui incapaz de imaginar cómo iba a hacer frente a esta soledad que se me venía encima.

En voz baja, la pequeña Lu me preguntó:

—¿Estás triste?

Me volví hacia ella, sorprendida.

—No. ¿Por qué debería estarlo?

—Por las noches, en la casa del tío Khuê en Hanoi, siempre lloraba —contestó.

5

—Dicen que Bao Dai volverá a ser emperador —aseguró el tío Trieu—, pero me parece que es más una idea de los franceses para contrarrestar al tío Ho que de los vietnamitas. ¿Quién quiere un emperador a estas alturas?

—¿Bao Dai? —pregunté.

—Sí. Bao Dai, ¿quién lo quiere? Un rey que abdicó hace apenas un año en favor del tío Ho... Hizo lo que tenía que hacer, pero creo que ahora lo quieren volver a poner en el trono de Hué.

—No, si ya sé quién es. Lo conocí en París. Es buen amigo del tío Dam, el hermano de mi padre. Juegan al tenis.

—¿Al tenis? ¡No! ¿Te refieres a esos que van de blanco y utilizan unas palas con un trenzado para pasar una ridícula pelota de un lado a otro de una red que parece una de las mías de pesca?

—Sí.

—He visto algunas fotos en el periódico en Hai Phong. Me parece un juego bastante tonto —el tío Trieu se echó hacia atrás riendo—. Pum, pum, una pelota para atrás y para adelante, ¡qué tontería! Unos hombres jugando como niños, en vez de hacer cosas de provecho.

—Pues se lo toman muy en serio, tío Trieu. Hay grandes campeonatos y competiciones, y los campeones son héroes nacionales. En Francia hay un equipo de cuatro jugadores al que llaman «los cuatro mosqueteros», que son hasta más importantes que el presidente de la República.

—¿Ves, pequeña Liên? Por eso los franceses serán derrotados en Vietnam: porque confunden las cosas importantes con los juegos.

—No...

—Para ellos es un juego y para nosotros es cuestión de sobrevivir. En fin, que en este juego parece que quieren contar con Bao Dai, el campeón de tenis —rió de nuevo con estrépito.

Todos los días hablábamos en la veranda de la casa. Mientras el tío Trieu fumaba unos cigarrillos malolientes y tomaba té sin parar y la tía Nga preparaba la cena, las horas del atardecer transcurrían en charlas interminables. Me parece que el tío Trieu hablaba conmigo sobre todo por curiosidad. Las mujeres en Vietnam valen menos que cero, salvo a la hora de trabajar, claro. Es probable que, por haber vivido en Francia casi toda mi vida, me considerara un bicho raro. Una mujer con estudios («tu padre te tiene en gran estima»), digna de ser observada, pero lo que le interesaba sobre todo era París: la vida allí, qué hacía nuestra familia, cómo era posible que unos sencillos vietnamitas pudieran vivir en Francia sin sufrir o sin prostituir sus ideas, sus creencias y sus modos tradicionales. «¿Es verdad que coméis tripas de animales?».

Y así, poco a poco, se me fue desvaneciendo la nostalgia con la que había llegado a este encierro forzoso y aprendí a respetar y después a apreciar la existencia sencilla de estos humildes pescadores, gente pobre que apenas si podía subsistir con el fruto del mar y unos puñados de arroz, pero que todo lo repartía con generosidad.

Lo pienso ahora y me doy cuenta de que fueron días felices y sin complicaciones (hasta que se complicaron) a lo largo de los que me encontré simplificando mi existencia, en cierto modo, desprendiéndome de cosas superfluas, lavándome el alma tal vez. Por supuesto que no se trataba de regresar a lo que un pedante con los que se topaba a miles todos los días en la Sorbona habría llamado «sencillez filosófica» de la vida de mi pueblo, su *karma*. ¡Qué va! Desde luego no pretendía borrar todos los pecados de mi existencia corrompida en la gran capital del vicio. Nada de eso. No pensaba renunciar a París por nada del mundo, pero esta inmersión en lo simple, en lo carente de cualquier doblez, me pareció terriblemente atractiva, como si se tratara de un retiro espiritual al término del cual se volvía inexorablemente a la vieja existencia, con nuevas y saludables resoluciones y poca intención de cumplirlas. Además, qué otra cosa podía hacer, retenida como estaba en la bahía de Halong hasta nueva orden.

Por otra parte, era fácil abandonarse a estas sensaciones tan apacibles. Bastaba con tranquilizarse, abstraerse de los ruidos exteriores (cosa nada sencilla de conseguir, porque los ruidos exteriores solían provenir de los campos de batalla al otro lado del istmo), hacer más lenta la respiración, al modo de los movimientos iniciales del yoga, para ser seducida por la sensualidad pastosa y embriagadora del ambiente. De pronto, los sentidos refinaban la percepción de los olores, los remolinos del agua sobre la piel, el tacto... No era nada, sólo un roce suave del aire, imperceptible pero suficiente. Incluso había en ello una cierta perversión de los sentidos: la paz absoluta en medio de la guerra.

El primer día, después de cenar, pregunté a la pequeña Lu dónde podría lavarme. Juntó las manos, se inclinó y me pidió que la acompañara. Recogí mis cosas de baño y la seguí hasta un torrente en las afueras del poblado. Dijo: «Aquí». Aunque había casi luna llena, estaba oscuro entre la arboleda. Con la noche, el olor a flores perfumadas era embriagador.

Nunca me había lavado al modo oriental, es decir, sin despojarme de la camisola, como las mujeres vietnamitas, y se me hizo muy incómodo sentir la tela mojada pegándoseme a la piel. Miré a todos lados y la pequeña Lu dijo:

—No te preocupes. Aquí sólo vienen las mujeres; pero me pondré detrás de ti para que nadie pueda verte.

Entonces, con el agua del riachuelo bañándome los muslos, me quité la camisa, sin que me importara gran cosa mi falta de modestia; me puse en cuclillas y dejé que la corriente fresca me cubriera por entero y se deslizara por entre mis brazos y mis piernas.

De mi bolsa de baño saqué un jabón perfumado, único tesoro traído desde París. Me enjaboné despacio todo el cuerpo, cuidando de no frotar las partes doloridas. También me lavé el pelo. Lo tenía muy oscuro y muy sedoso entonces, y la sensación de meter los dedos entre aquellas ondas tan espesas y dejar que resbalaran con la espuma era muy lujuriante. Desde muy chiquilla me había gustado lavármelo así, muy despacio.

—Lu —dije—, ayúdame a quitarme el vendaje de la espalda.

Enseguida noté cómo sus manos iban tirando con suavidad de los esparadrapos que lo sujetaban hasta dejar al aire la herida de la bala.

Oí que Lu daba un respingo.

—¡Qué horror! —dijo—. ¿Aún te duele?

Y con suma delicadeza me pasó los dedos por la cicatriz. Después, formando un cuenco con las manos, me fue echando agua sobre el hombro una y otra vez, durante un buen rato.

—¿Te alivia? ¿Quieres que pare? —dijo por fin.

—No, no. Me alivia.

—¿Quieres que te quite los esparadrapos de las costillas? —preguntó, poniéndose frente a mí. Se había bajado la camisa hasta la cintura, y su cuerpo, de pronto maduro y lleno, brillaba como untado de aceite en el resplandor de la luna.

—No —contesté—, creo que no. No tengo las costillas curadas del todo y aún me duelen un poco.

Me cubrí los pechos con un brazo, pero la pequeña Lu no se retrajo.

—Tienes un cuerpo muy hermoso.

No contesté. Entonces, Lu alargó una mano y me rozó un pecho y apoyó la otra mano en mi ombligo. Sé que debería haber reaccionado para rechazar el gesto, aunque no estoy muy segura de cómo podría haberlo hecho para no resultar ofensiva. Pero en aquella oscuridad llena de aromas y sensualidad, de brisa cálida, aquel contacto, aunque casi inocente, me resultó terriblemente placentero. Me turbó, claro, y noté que se me erizaba la piel por todo el cuerpo.

—Tenemos que volver —dije en voz baja.

Lu retiró la mano y bajó la cabeza.

—Te has enfadado —murmuró.

—¿Yo? No, claro que no, Lu. Anda, ayúdame a vestirme.

Y así, desnuda yo y casi desnuda la pequeña Lu, nos secamos y me vistió con la camisola, tratando de no hacerme daño en las heridas y consiguiendo turbarme aún más con su delicadeza.

—Si quieres, en casa te pondré un vendaje limpio.

La sujeté por los hombros y la aparté de mí con suavidad. Se me había desbocado el corazón.

Más tarde, tumbada en el incómodo jergón que me había correspondido en casa del tío Trieu, me sentí flotar a medio camino entre la excitación y el cansancio. Me dormí en un instante, como si me hubieran dado un somnífero.

Y justo antes de conciliar el sueño, sentí que aquella sensación de paz me llenaba por entero.

Nunca nada es perfecto, sin embargo. Porque, al despertar cada mañana, nos veíamos obligados a compartir estos sentimientos tan apacibles con otros de constante indignación.

Y es que todos los días nos llegaban noticias de las atrocidades perpetradas por el cuerpo expedicionario francés a pocos kilómetros de donde estábamos. Su acción era siempre brutal, violenta, implacable. El bloqueo en torno a Hai Phong y Halong estaba siendo cruel: cuando salíamos a pescar, desde nuestra isla o desde el mar veíamos a diario los fogonazos de la artillería colonial y nos ensordecían las explosiones. A diario nos llegaban noticias de muertos y heridos, faltaban de pronto vecinos del poblado, nos contaban de desapariciones de gentes a las que habíamos visto apenas la víspera.

Es verdad que nadie hablaba de las atrocidades de que era responsable el Viêt Minh. ¿Pero quién iba a pensar en ellas? Era nuestra lucha, ¿no? Contra los invasores, ¿no?

A los pocos días de haber llegado yo a Hang Trai, una mañana en que habíamos salido a pescar por la bahía en el junco del tío Trieu, le noté nervioso y más silencioso que de costumbre. Miraba a todos lados, como si estuviera olfateando un peligro del que los demás no fuéramos conscientes. A lo lejos se divisaban algunos juncos grandes con la popa reforzada. «Piratas chinos», dijo uno de los muchachos, «de los que fondean en la isla de Hai Nan. Son peligrosos, pero sólo si navegamos hasta allá».

No era eso, sin embargo, lo que preocupaba al tío Trieu. Al dejar atrás una de las islas de la bahía que salpican el mar de la China por millares, divisamos un gran junco que, saliendo de la bruma, avanzaba majestuosamente hacia nosotros. No estaba muy lejos, a unos centenares de brazas, y era evidente que se disponía a interceptarnos. Vi que llevaba en lo alto del palo mayor la bandera de la calavera y las tibias cruzadas y me dio un vuelco el corazón.

—¡Piratas franceses! —exclamó el tío Trieu.

—¿Piratas franceses? —dije con incredulidad—. ¿Cómo piratas franceses?

—¡Aj! —gritó con disgusto.

Agarrado a la gran caña del timón, el tío Trieu la desplazó hacia la izquierda para hacer girar su junco y ordenó a los dos chicos que arriaran la vela.

—¿Por qué te detienes, tío Trieu?

—Bah, porque él va mucho más deprisa que yo y si intento huir, nos hundirá.

—Pero ¿por qué nos aborda?

—Para ver si llevamos armas escondidas y para robarnos la comida y cualquier cosa de valor que tengamos.

—Pero ¿quiénes son?

—El ejército colonial francés —hablaba entrecortadamente, en parte por el esfuerzo y en parte porque le preocupaba más estar atento a la embarcación que se le venía encima que perdiendo el tiempo en darme explicaciones—. Llevan años haciendo el maquis por la bahía y ya no los controla nadie, ni sus propios jefes. Que no te vean la cara, Liên.

Lu y yo nos acurrucamos contra la borda, protegiendo nuestras cabezas de las miradas de los franceses con los sombreros cónicos.

Pero yo, por debajo del borde del *non la,* miraba fascinada el junco que se acercaba a nosotros. Era enorme, tenía dos mástiles y dos velas, la proa muy levantada y el castillo de popa sobresaliendo del casco. Encima del castillo, justo delante del gran brazo del timón, tenía montada una ametralladora pesada. Intenté contar el número de tripulantes y, sin sumar los que iban apareciendo y desapareciendo de debajo del puente, serían unos quince.

Al aproximarse a nosotros, de pronto arrió la bandera pirata e izó la francesa. En la proa llevaba el nombre escrito en grandes letras blancas: *La Madelon*.

Con una maniobra rápida y precisa, el *Madelon* se abarloó a nosotros y de popa y proa surcaron el aire sendos cabos que fueron a caer en nuestra cubierta. Nuestros dos tripulantes los hicieron firmes en la borda.

Un oficial francés de uniforme y con gorra de plato puso un pie en la tapa de regala y, mirándonos con aire burlón, apoyó los dos brazos en su muslo. En una de las manos llevaba una gran pipa. El resto de la tripulación, compuesta en su mayor parte por hombres blancos, iba vestida de modo estrafalario, unos con mono, otros con pantalón corto, otros con restos de uniforme, varios con el torso desnudo y la mayoría con boinas militares caladas de modo que dejaban toda la frente al aire.

—¡Qué, viejo bandido! —le espetó el oficial en vietnamita al tío Trieu, que, juntando las manos, se inclinó varias veces en profundas reverencias. Dos o tres de los soldados rieron.

—¿Qué escondes hoy?

—Nada, *monsieur le capitaine,* no tenemos nada. Ni tiempo de echar las redes. Sólo llevamos algo de comida para los cinco.

—Ah, tus fideos rojos de Haiphong, ¿eh, tío Trieu? Nos invitarás a comer, ¿verdad?

—Hay poco y vosotros sois muchos, *monsieur le capitaine.*

—Bah, lo tomaremos como aperitivo. ¿Y armas? ¿Llevas armas, viejo?

—No. Sólo soy un pobre pescador.

—Claro. Y yo soy la Virgen de Lourdes.

El oficial hizo un gesto con la barbilla. Tres soldados saltaron por la borda y aterrizaron con agilidad en nuestra cubierta. No había mucho donde mirar. Estuvieron unos minutos dando vueltas y levantando redes, pero sabían que no encontrarían nada. Sólo el wok humeando sobre la pequeña estufa, listo para rehogar los cangrejos y mezclarles los fideos.

Uno de los soldados se detuvo ante mí y se inclinó para mirarme por debajo del *non la*.

—¿Y esta señorita?

Le miré y no dije nada. Me latía el corazón a toda velocidad. Sentía el mismo miedo que en la horrible celda de la cárcel de Hanoi. Pero no creo que yo fuera un plato de gusto para nadie con la cara llena de señales de la violencia del sargento Junod, con el pómulo abierto, con la ceja inflamada y alguna marca amarillenta en la barbilla y en la frente, resto de moretones cortesía de la prisión de Hoa Lo. No me parece que resultara muy atractiva para nadie, no, y, de hecho, el soldado cambió la expresión burlona, guardó silencio, se enderezó y encogió los hombros.

Pero no había terminado. Dándose la vuelta, se dirigió hacia la pequeña Lu y le levantó el sombrero con un gesto brusco. Lu se sobresaltó y dejó que se le escapara un gemido; tenía dos regueros de lágrimas escurriéndosele por las mejillas y puro terror en la mirada. El francés la levantó entonces por los codos como si fuera una pluma, la sentó en la borda y aproximó su cara a la de ella.

—¿Qué tenemos aquí? Una pequeña muñeca de porcelana. ¿Tienes tetitas duras como las muñecas de porcelana? —hurgó por la abertura de la chaqueta del pijama y Lu dio un brinco hacia atrás—. ¿Eh?

—Eh, Michel, déjalo ya, anda —dijo otro de los soldados que había subido a bordo.

De pronto, el tío Trieu se puso a gemir en voz muy alta. Mirando al capitán, gritó:

—¿Qué os ha hecho ella? ¿Qué os ha hecho mi hija? ¿Qué os hemos hecho nosotros? Sólo queremos vivir en paz.

Oyéndole gritar, el capitán lo contempló como si estuviera loco.

—¿Qué te pasa, viejo?

Pero antes de que nadie pudiera reaccionar, la pequeña Lu se enderezó de golpe y, con un gesto brusco, se zafó de las manos de aquel bárbaro y salió corriendo por la cubierta del junco. Iba sollozando. Al llegar a la otra borda, saltó por encima de ella sin detenerse siquiera y cayó al mar.

—¡Lu! —exclamé.

Todos, el tío Trieu, los dos muchachos, los tres soldados y yo, fuimos corriendo hacia el costado del junco por donde Lu había desaparecido, pensando verla ahogada o nadando como una loca hacia la costa o flotando inerte bajo la proa de nuestra embarcación.

Hay momentos verdaderamente cómicos cuando menos los espera uno: la pequeña Lu no se había ahogado, ni nadaba, ni se había roto el cuello ni nada parecido. Estaba de pie, con el agua por la cintura y mirándonos con cara de muy pocos amigos.

El soldado —corsario, supongo— responsable del desaguisado se inclinó sobre la borda para verla mejor, la señaló con el dedo y luego empezó a reír, seguro que de alivio al comprobar que no le había pasado nada. En la bahía de Halong hay extensas zonas en las que el agua apenas si sobrepasa el metro de profundidad y Lu había caído en una de ellas. Su desesperado gesto heroico había quedado reducido a una zambullida infantil.

—¿Qué pasa? —preguntó el capitán en francés.

Nuestro junco le impedía la visión.

—Nada, *mon capitaine*, que la niña está chapoteando en el agua. Está muy enfadada.

—Pues ayúdala a salir de ahí y déjate de niñerías.

El soldado también saltó por la borda, entró en el agua, agarró nuevamente a la pequeña Lu, esta vez por la cintura, y la empujó hacia arriba. Tres o cuatro pares de manos la izaron a bordo mientras ella se debatía furiosa, ordenando a gritos que la dejaran en paz. Nada más alcanzar la cubierta, vino hacia mí y se refugió en mis brazos llorando con desconsuelo.

Por el rabillo del ojo, vi que el oficial me miraba con cierta curiosidad.

—¡Tú! —me dijo en vietnamita—, ven aquí. —Mi terror era tal que no me sentí con fuerzas para moverme. Entonces, me señaló con un dedo—. ¡Tú, sí! —exclamó; muerta de miedo, apreté los brazos alrededor de Lu—. ¡Acércate! —gritó.

Suspiré. Me latía el corazón, desbocado. «Vete con tu padre», susurré a Lu, por fin, empujándola hacia él. La pequeña se desprendió de mí de mala gana y muy despacio fue hacia donde estaban el tío Trieu y los dos muchachos; para llegar hasta ellos, tuvo que pasar entre los soldados franceses, casi doblada en dos de miedo.

En cuanto a mí, me limité a seguir con la vista baja, sin decir nada y sin moverme, como si no hubiera comprendido.

—¡Vamos! —ordenó el oficial—. ¡Vamos! —repitió enseguida con impaciencia.

Miré entonces hacia arriba.

—¿Qué quiere? —pregunté.

—A mí no me vengas con insolencias, ¿eh? Quiero que te acerques.

Fui despacio hasta colocarme en nuestra cubierta por debajo de él. El hombre seguía inmóvil con la pierna apoyada en la borda de su barco, sólo que sus facciones se habían dulcificado y volvía a mirarme con la misma sonrisa burlona de antes.

—Quítate el *non la*.

—¿Por qué?

—Porque te lo mando yo. A ver que te vea la cara.

Estuve un buen rato quieta, y por fin me quité despacio el sombrero cónico.

—¿Quién te ha hecho eso?

Me encogí de hombros. El capitán me miró en silencio durante unos instantes. Luego frunció el ceño y sacudió la cabeza. Señalándome con un dedo, ordenó:

—Subidla al barco.

—¡No! —gritó Lu.

Quiso correr hacia mí, pero el tío Trieu no la dejó.

Entre los tres soldados que todavía se encontraban a bordo de nuestro junco me sujetaron y me izaron en volandas hasta el *Madelon*.

—¿Qué pasa, viejo bribón? ¿No vas a luchar para librarla de las garras del horrible francés?

El tío Trieu se sacudió como si volviera de un sueño.

—Es la hija de mi hermano, *capitaine*, y juré que la protegería. Llevándotela, destruyes mi vida.

—Pamplinas, Trieu —soltó una carcajada—. Te la devolveré intacta. Sólo quiero que me cuente quién la trató así. Tu hermano ni siquiera se enterará de que me la llevé. Es más, te aconsejo que no se lo digas, para no inquietarle —y, volviéndose hacia sus hombres de cubierta, dijo—: ¡Vámonos!

Allí quedaron, cabizbajos y derrotados, el tío Trieu y sus dos tripulantes, mientras la pequeña Lu rompía a llorar una vez más sin apartar la vista de mí.

Entonces, el capitán, bajando la pierna de donde la tenía apoyada, se giró en redondo hacia mí.

—Y ahora, dime: ¿quién te hizo eso?

—Hoa Lo —contesté.

Sorprendido, levantó las cejas y me miró con mayor detenimiento.

—¿Estuviste en la cárcel en Hanoi? —asentí—. Bueno, bueno, bueno. ¿Y qué hizo esta mujer para merecerlo?

—Nada. Ser vietnamita.

—Tonterías. Los franceses no somos unos criminales caprichosos. Por algo te detendrían. Algo hiciste.

En tono monocorde contesté:

—En el barrio de las Treinta y Seis calles un francotirador mató a mi tío y luego me pegó un tiro en la espalda.

—¿Un tiro en la espalda? ¿Y no estás muerta?

—Ya me ve, ¿no?

—¿Y por eso te detuvieron?

—Por eso.

—No... No, jovencita... Los franceses no detenemos a nadie por esas cosas.

Respiré hondo.

—Entonces, dígame quién me pegó el tiro y por qué me llevaron a Hoa Lo.

—El tiro no te lo pegó un francés, desde luego. Tuvo que ser un *tu ve*, un miliciano comunista, uno de esos patriotas amigos tuyos. Y si luego te detuvieron, tuvo que ser porque habrías colocado una bomba o matado a alguien. Sois todos iguales.

Tenía miedo, claro que tenía miedo. Pero, de pronto, más allá del terror, pudo mi rabia, espoleada por la manera despectiva con que aquel oficial prepotente hablaba de los patriotas viet, ¡de mi gente!, y por el sarcasmo con que me había tuteado, dirigiéndose a mí con el desprecio con que se trata a una prostituta. Me invadió una furia irreflexiva por lo injusto de la situación, por la soberbia de esta gentuza que nos martirizaba sin razón invocando causas que no tenían motivo justificable alguno. Sólo la fuerza.

—¿Que no hacen estas cosas? —le grité en francés—: ¿Qué no hacen ustedes? Yo soy testigo de lo que hacen. ¡Míreme bien la cara! Y si no estuvieran todos babeando por verme desnuda, le enseñaría las costillas y las piernas y este pie que aún no puedo doblar ni apoyar. —Lo del pie era un poquito exagerado, pero no pensaba perder la oportunidad de ponerlos a la defensiva—. ¿Qué cosas no hacen ustedes?

Al oírme hablar en francés, el capitán se quedó bruscamente inmóvil por la sorpresa y frunció el ceño.

Todos se habían callado. Hasta la pequeña Lu, contemplándome desconsolada desde el otro barco, había dejado de llorar y se había apartado del tío Trieu para mirarme. Se llevó una mano a la boca.

—Bajadla a mi cámara —dijo el oficial con sequedad.

Por una puerta de madera que apenas si dejaba pasar la luz a través de unos cristales muy sucios, entre dos me dejaron en el camarote de debajo del castillo de popa, un espacio pequeño y casi desnudo de objetos y muebles, salvo por un jergón, una mesa de cartas y una silla.

—Espera aquí —me espetó uno de los soldados; como si, de haberlo intentado, hubiera podido escapar de aquel sitio.

Me senté en la silla, mirando al frente y prometiéndome no ceder al pánico. Sabía lo que venía. En lugar de atemorizarme, sin embargo, y gracias a algún reflejo de defensa del que no me sabía capaz hasta ese momento, decidí que todo aquello era soportable, como si me hubiera convertido, una vez más, en la heroína de una novela de aventuras. Primero sonreí y después me empezó a brotar la risa, como si hubiera enloquecido. Porque ¿en qué se diferenciaba la situación en la que de golpe me encontraba de las fantasiosas aventuras de Sandokán, el pirata de la Malasia? Supongo que deliraba; hasta llegué a pensar que la puerta se abriría y entraría Yáñez acompañado de Kammamuri, dispuestos ambos a ponerme en libertad a costa, incluso, del sacrificio de sus vidas, porque así se las gastaban frente a los corsarios ingleses (franceses en este caso, claro).

Pero no. Las cosas eran bastante menos románticas.

Noté que el barco se movía y, al instante, entró en el camarote el capitán. Era un hombre alto y delgado, tenía los pómulos hundidos, igual que los ojos, muy metidos en las órbitas, y llevaba días sin afeitarse. Se quitó la gorra. Tenía el pelo pajizo, a mechones rígidos. «Chico mal de familia bien», pensé, como llamábamos en la universidad a los niños ricos.

—¿Cuál es su nombre?

Bueno, al menos había dejado de tutearme. Igual siendo agresiva o mostrándome muy segura de mí misma, me libraría de la violencia o al menos la retrasaría lo suficiente como para tener una ocasión de zafarme, de huir o algo así. No sé qué esperaba.

—Liên.

—Liên... ¿qué?

—Vu Thi Liên.

—Vu Thi Liên, ¿eh? ¿Y cómo es posible que *mademoiselle* Liên hable francés con tanta perfección?

Me encogí de hombros.

—Estudié en la Sorbona.

—¿En la Sorbona?

Me ponía nerviosa que repitiera constantemente mis propias respuestas.

—De eso debe de hacer poco tiempo, lo digo por lo joven que es usted.

No contesté.

—¿Eh? —preguntó. Hice una mueca de desagrado. Él pareció insistir con la mirada.

—Terminé la licenciatura en junio pasado.

—¿De qué?

—Farmacia.

—Farmacia, ¿eh? ¿Y por qué ha venido a Vietnam? ¿Y qué hace una licenciada parisina en un miserable junco de pesca en la bahía de *Along?*

No contesté.

—Dígame por qué está aquí.

—He venido a luchar junto a mi pueblo por su independencia.

—Caramba. Grandes palabras...

—Bueno, todo el mundo hace cosas raras. Usted está aquí, en pleno siglo veinte, haciendo de pirata en los mares de China. Ya ve.

Sonrió.

—Yo soy un soldado que cumple con su deber, jovencita.

—Pues yo también.

—No veo su fusil.

—He venido a curar a la gente, no a matarla. Bastante muerte tuve en París contra los nazis —lo miré directamente a los ojos—: Entonces luchábamos codo con codo, ustedes y nosotros, contra el enemigo común.

—Yo no quiero luchar contra los vietnamitas. Dicho sea entre paréntesis, no creo que lo mejor para ustedes sea la pandilla de comunistas del Viêt Minh que los acabará esclavizando. Pero es asunto suyo.

—Nadie nos esclavizará nunca más, capitán. Queremos ser libres.

—No es cuestión de libertad. Si ustedes se pusieran a alborotar por las calles de París, saldría la policía y se lo impediría. Las calles de Hanoi no son diferentes de las de París. ¿No prefiere usted París?

—París es mi ciudad, claro que sí, pero Vietnam es mi corazón.

Me dio la sensación de encontrarme inmiscuida en una de aquellas discusiones políticas estériles que tanto tiempo nos robaban en la Sorbona.

—Dígame: ¿por qué están ustedes, los franceses, aquí? —pregunté finalmente—. ¿Qué se les ha perdido?

—¿Que qué se nos ha perdido? Esta tierra es tan nuestra como suya, señorita Liên. Llevamos aquí decenas de años.

—Nosotros, miles.

—Eso es lo de menos. Lo que importa es cómo esta tierra está en nuestro corazón. ¿No hablaba usted de corazón? Pues el mío es igual que el de usted. Seguro que quiero a esta tierra al menos tanto como usted. Seguro. No veo por qué el color de la piel tiene que determinar quién es el extranjero y quién no.

—¿Igual que el mío? ¿El color de mi piel y mis ojos rasgados valen tanto como su piel blanca y los ojos redondos? ¿Sí? ¿Por qué me tratan como una puta entonces y como si además fuera una ciudadana de segunda?

—Nadie la trata así.

—¿No? Pues explíqueme por qué estoy presa en un barco pirata.

No contestó. Se dio la vuelta, abrió la puerta y salió del camarote. No volví a tener contacto con ninguno de ellos en todo el día.

6

—¿El maquis de la bahía de *Along?* —se preguntó el capitán.

Se llamaba Yves Rouet. Me hablaba y tenía la mirada perdida en el increíble horizonte de islas, islotes, mar azul esmeralda, barcazas de pesca y sampanes que pululaban por todos lados. Estábamos sentados en un par de desvencijadas butacas de mimbre que unos marineros chinos habían colocado en el castillo de popa y esta amigable charla después de todo un día de silencio se me hacía francamente ridícula: allí estábamos, hablando como dos viejos amigos, en lugar de contemplarnos con la hostilidad que correspondía a un pirata dirigiéndose a su prisionera. Sólo que él sabía y yo también que se trataba de una ficción que cualquier cosa haría saltar por los aires.

—Un disparate de gente desesperada, *mademoiselle*. Eso es lo que éramos, no muy diferentes de la resistencia en Francia al principio de la ocupación nazi —sonrió—. Cuatro gatos con la única voluntad de sobrevivir y de estorbar como pudiéramos a los japoneses. En 1945 había de todo en el Tonkin y en el mar de la China: japoneses, agentes americanos, los viet de Ho Chi Minh, que de pronto se habían despertado con ansias de independencia...

Levanté un dedo:

—No, de pronto, no. Ho lleva años reclamando la libertad de su pueblo.

—Bueno, bien, no de pronto. Había piratas, señores de la guerra, tropas regulares chinas, nacionalistas y miles de atemorizados franceses malviviendo en el desamparo de las ciudades, en Hanoi, en Haiphong, en Loc Binh, en Cat Ba. Y por encima de todo, hambre. No había nada que comer. Nada de nada.

—Pero ¿cuántos eran ustedes?

—Al principio no muchos, no, unas decenas de hombres embarcados en unos cuantos juncos, persiguiendo a todos y siendo perseguidos por todos, escondiéndonos y preparando emboscadas. Los restos del ejército colonial francés, ya ve usted... Pero, eso sí, los únicos franceses libres al norte del paralelo dieciséis. En marzo del cuarenta y cinco llegamos como pudimos, verdaderos andrajos desnutridos y sucios, a la bahía china de Pak Hoi. Aquello era un hervidero de piratas y asesinos. Allí ni siquiera se atrevían a entrar las tropas japonesas que intentaban darnos caza. Pues nosotros sobrevivimos a la jungla y a los manglares, a los mosquitos y a las serpientes. Lo que puede la desesperación —añadió no sin ironía; pero, en el fondo, hasta me pareció detectar un cierto deje de orgullo.

Me irritó ceder a la curiosidad, pero, mal que me pesara, pregunté:

—¿Cómo consiguieron hacerse con un junco?

—¿Uno? No. Unos cuantos.

—Pero si habían puesto precio a sus cabezas...

—No los chinos. En Long Mun hay un castillo medio en ruinas que pertenece aún hoy a un ricachón chino, un viejo bandido que se había hecho de oro contrabandeando. Cuando llegamos allá, el hombre llevaba tiempo retirado de los negocios y dedicado a la vida contemplativa. Meditaba siguiendo la doctrina de Confucio, pero, eso sí, relajado, en la opulencia. Aquel castillo, encaramado en lo alto de un acantilado que cae a pico sobre el mar en la bahía de Tonkin, domina un panorama de miles de islotes. Allí es donde se esconden, como los corsarios en el Caribe, los desalmados que controlan todo ese mar. Allí, en el poblado que hay detrás del castillo se montan cada semana mercados de esclavos y de armas. Allí se venden, al mismo tiempo, las más bellas mujeres de Cantón y las ametralladoras americanas de última generación. Lo sé, lo he visto con mis propios ojos.

Me miró, pero no dije nada.

—Todo aquello era muy peligroso, sobre todo para nosotros, los blancos de ojos redondos. Afortunadamente, sin embargo, en esos mismos días llegó de China la orden de impedir todo tráfico marítimo sospechoso de favorecer a los japoneses. Y así, de pronto, nos encontramos con que éramos aliados de aquella pandilla de criminales —abrió las manos—. Y de este modo pudimos procurarnos algunos juncos rápidos que hasta entonces se habían dedicado al comercio de riesgo: drogas, armas, mujeres hermosas cautivas de los piratas, cosas así —rió en voz baja, pero esta vez no me miró—. Bueno, todo eso requería grandes ceremonias, reverencias y circunloquios, exquisitos e interminables banquetes..., en fin, a nosotros nos venía bien —añadió, dándose palmaditas en el estómago—. A las pocas semanas nos habíamos convertido en corsarios: llevábamos bandera pirata, que a mí me divertía mucho, y, naturalmente, la enseña francesa que utilizábamos en combate. Rebautizamos los tres o cuatro juncos que habíamos conseguido, *Madelon*, éste; *Fégaf*, una contracción idiota de «ándate con ojo», la *Belle Poule*... También nos dieron armas y tripulaciones, claro que a cambio de la mitad del botín que obtuviéramos en nuestras correrías.

—Y con tan nobles propósitos se lanzaron valerosamente a la batalla —dije con sorna.

—Al principio —contestó sin recoger el guante— hubo aventuras cómicas, como la de nuestra primera presa: un junco destartalado y sucio cuyo dueño, tan sucio y destartalado como su barco, lloró tanto y tantas reverencias hizo para convencernos de que no llevaba nada de valor, que decidí restituirle el barco. En cuanto lo dejamos marchar, el viejo, con la agilidad de un mono, se subió al botalón, pero con tan mala fortuna que, en un mal gesto, se le abrieron las mangas de la chaqueta y de ellas cayó un reguero de monedas de oro. Tanta porquería y tanto desaliño resultaron ser una calculada treta para disimular el contrabando de dólares y de opio. Tuvo mala suerte, claro, porque volvimos.

Nos reímos los dos.

—Poco combate de valerosos franceses enfrentados al resto del mundo me parece todo esto —dije, esperando una vez más que el capitán, con su aire algo nostálgico, fuera a aceptar mi broma. Cuanta mayor complicidad estableciéramos, mayores serían mis posibilidades de que bajaran la guardia. Y después, ¿qué? Saltar por la borda como la pequeña Lu, supongo, o escapar de noche en cualquier lugar en que hubiéramos anclado. En aquel momento creí que valía la pena arriesgarme.

El capitán Rouet me miró de hito en hito, tratando de decidir, estoy segura, qué hacer con esta vietnamita impertinente. Al cabo de unos segundos sacudió la cabeza.

—No todo fue tan fácil. Durante meses estuvimos patrullando la bahía, defendiendo a los isleños de las incursiones japonesas, que eran malas excusas para la rapiña, la violación y la destrucción. Siempre era lo mismo: veíamos a lo lejos las llamas y la humareda espesa de los incendios y, a medida que nos acercábamos, las siluetas de los japoneses llevando a sus barcos el botín del día. Nos aproximábamos, despertando con nuestros destartalados juncos pocas sospechas y, en cuanto estábamos a suficiente distancia, atacábamos con ametralladoras como ésa —dijo, señalando la que estaba montada delante de nosotros—, y con disparos de *bazooka*. Caíamos sobre ellos como el ángel exterminador —rió—. El resto del tiempo hacíamos incursiones en los reductos del Viêt Minh, bombardeando y quemando cuanto se ponía a tiro.

»Durante semanas estuvimos dando vueltas por la desembocadura del Río Rojo. Buscábamos comida, pero sabíamos que la consigna era no vender a los franceses. Mire, por una vez, me sirvió esta coronilla medio calva que tengo, porque me tomaron por cura y la comunidad católica de Haiphong acabó suministrándonos las vituallas que necesitábamos para seguir —sacudió la cabeza nuevamente—. Una vez, en septiembre del cuarenta y cinco, bajamos hasta Hué, la ciudad imperial. Creo que el Alto Mando nos envió allí para rescatar al emperador. Lo que son las cosas: no parecían saber que Bao Dai estaba en la Costa Azul. Pero, en fin, para allá fuimos. Mal momento para navegar hacia el sur, con las velas hinchadas del monzón húmedo del verano... porque había que volver.

»Aquella costa uniforme, sombría y negra de puro verde, inhóspita y, sabíamos, trufada de enemigos del Viêt Minh. Llegamos a Hué y en la embocadura del río de los Perfumes echamos el ancla. Se hubiera dicho que no había nadie, que la costa y la ciudad estaban desiertas. Sólo un silencio absoluto. Decidí enviar un bote con un remero y uno de los tripulantes chinos para parlamentar y que nos dejaran llegar hasta el palacio. Igual hacíamos prisionero al jefe de Hué, una mercancía de alto valor de intercambio, o nos hacíamos fuertes allí dentro. No sé, algo así. Pero al cabo de una hora, en lugar de volver el bote, vimos que desde la playa aparejaba un junco lleno de vietnamitas (anamitas, en realidad) armados hasta los dientes y que navegaba hacia nosotros. Su patrón nos entregó una carta redactada en términos exquisitos, invitándonos a Hué y, mientras la leíamos, el junco fue maniobrando de modo que nos cortaba la retirada. ¡Amigo! No llevaba yo marinería china para nada: habían detectado la maniobra desde un buen rato antes. En un instante izaron las velas y, aprovechando un golpe de viento, el *Madelon* se hizo a la mar. Acabábamos de librarnos de una muerte segura.

»Las dificultades, sin embargo, no habían hecho más que empezar. Unas millas mar adentro nos sorprendió una terrible tormenta de verano. Los vientos huracanados nos fueron empujando sin remedio hacia la costa. Y allí nos esperaban nuestros enemigos. Una ráfaga violentísima desgarró entonces nuestras velas como si fueran papel de fumar y ya no pudimos hacer nada más.

—¿Se hundieron?

—No. Nos las compusimos para seguir a flote, pero durante días y días, los vientos nos fueron empujando hacia el sur. De vez en cuando, cuando podíamos, al amparo de una rada o protegidos por un cabo, fondeábamos con la intención de llegar a la playa y aprovisionarnos de lo que pudiéramos, pero siempre nos estaban esperando los anamitas, dispuestos a acabar con nosotros. No había nada que hacer: en los barriles de agua dulce no quedaba más que un fondo podrido, imposible de beber si uno quería seguir viviendo sin envenenarse, y en las sentinas ya no había verdura ni arroz ni nada.

»Durante casi dos semanas el monzón nos fue empujando irremisiblemente hacia el trópico. Y en la bahía de Cam Ranh, más bella que la de Nápoles, circundada por playas maravillosas de arena blanca, no pudimos encontrar refugio, porque una vez más el mar se desencadenó y rompió a hervir como si fuera una sopa de leche al fuego vivo, con una fuerza increíble, con olas enormes que nos llegaban de todos lados. Todavía no comprendo cómo salvamos la vida. De pronto, una nueva ráfaga de viento a mil por hora nos partió los dos mástiles como si fueran cerillas. Se desplomaron sobre cubierta, rompiendo y hundiendo cuanto encontraban a su paso. No nos mataron a todos de milagro. Y en un segundo, la vieja *Madelon* se había convertido en una balsa a la deriva que navegaba sin quilla hacia el sur a dos o tres nudos por hora. No podíamos hacer nada. ¡Sesenta o setenta millas en un día! ¿Se da usted cuenta? Sesenta millas que era preciso desandar sin que dispusiéramos de los medios para hacerlo. Por supuesto, antes que nada, necesitábamos un lugar tranquilo para reparar los mástiles e intentar volver a izar las velas. Por fin, en una rada, frente a un poblado de pescadores de apariencia inofensiva, fondeamos. Enseguida vimos que desde el poblado navegaba hacia nosotros un junco en pie de guerra. Era el comité revolucionario del pueblo que venía a investigar si había europeos a bordo. Nuestra tripulación les garantizó que no y el junco regresó a puerto, claro que sin darse por convencido, sino sólo en busca de instrucciones. Siempre necesitados de instrucciones, no vaya a ser necesario tomar alguna decisión —añadió con desprecio.

Me removí en la silla y el capitán levantó una mano.

—Está bien. No he pretendido ofenderla, pero es que a veces ustedes hacen que pierda la paciencia. Bueno. Hicimos a toda velocidad una reparación de emergencia, izando uno de los mástiles y sujetándolo con restos de cuerda de yute o de bambú, mientras por el rabillo del ojo vigilábamos la costa. Y, en efecto, poco después, el junco del comité volvió hacia nosotros acompañado en esta ocasión por una flotilla de sampanes amenazantes. Izamos la vela como pudimos y salimos de allí como alma que lleva el diablo. Durante quince días intentamos navegar con el viento en contra, dando una bordada detrás de otra. Era espantoso e interminable —dejó de mirarme y se encerró en sí mismo, reviviendo aquellos días horribles—. Ya no nos quedaba agua ni casi comida. El único sonido era el que salía del viejo transmisor que nos traía música de jazz de la emisora de Singapur. Era un sonido alegre que contrastaba con el horror que estábamos viviendo, tumbados en cubierta como desechos humanos. Sólo olía a fiebre y vómitos. Y de pronto, sin más, el viento rola y llega el monzón seco del invierno: nuestro junco medio destruido empieza a navegar veloz, viento en popa, nunca mejor dicho —suspiró—. Y ésa es nuestra historia. Ya ve.

Había estado manoseando su pipa todo el tiempo, sin encenderla. Ahora, como si se tratara de un punto final, se dio con la cazoleta en la palma de la mano.

—Sí —dije—, pero la guerra acabó hace dos años, o casi, y Ho Chi Minh ha acordado con Francia la independencia —hizo un gesto escéptico y levantó las cejas—. Bueno, me da igual que no lo crea. Lo que quiero decir es que usted sigue aquí, de corsario, como si nada hubiera cambiado.

—Tampoco es así. Cuando terminó la guerra, nos reintegramos en las fuerzas regulares y volvimos a nuestro acuartelamiento en Saigón.

—¿Y por qué ha vuelto entonces?

Sonrió.

—He vuelto, me han mandado de nuevo al golfo de Tonkin a hacer lo que mejor hago: de moscón. No queremos perder el Tonkin. Vaya, claro, tenemos la flota en Haiphong y a lo largo de la bahía de *Along*, pero en las ensenadas y en los puertecillos donde está emboscado el Viêt Minh, el único que llega hasta dentro soy yo con mi junco.

—Ya lo he visto, ya... Asaltando a pescadores indefensos y raptando a sus sobrinas.

Hizo una mueca de incertidumbre.

—En ocasiones la soledad, la falta de contacto humano, te empuja a cosas que tal vez se entienden mal en una sociedad civilizada. No crea que no lo sé —y se encogió de hombros—. Pero aquí, en esta bahía de piratas, *mademoiselle* Liên, impera la ley del más fuerte. ¿Qué quiere que le diga? Tiene usted mala suerte de estar en el lado perdedor, en este enfrentamiento, se entiende.

Se levantó y se puso delante de mí. Por supuesto, las circunstancias eran distintas y desde luego me sentía menos amenazada, pero de pronto la escena me devolvió el recuerdo de la prisión de Hoa Lo y el vomitivo espectáculo de los genitales del sargento Junod a la altura de mi cara, justo antes de que me abofeteara. Fue tan desagradable revivirlo que di un brinco hacia atrás en el asiento y aparté la cabeza bruscamente.

Rouet se puso en cuclillas, mirándome con sorpresa.

—¿Qué le pasa? No quería asustarla.

—No es nada —contesté—: son los buenos recuerdos que me han dejado sus compatriotas de Hanoi.

—¿Hanoi?

—Hoa Lo.

Hizo un gesto de comprensión.

—Aquí no hacemos nada de eso. Es lamentable, pero es verdad que en nuestro ejército también hay elementos que nos deshonran. Lo siento —alargó la mano y, sujetándome la barbilla, pese a mi resistencia, me forzó a mirarlo—. Lo siento.

Eché la cara hacia atrás para que me soltara.

—¿Tiene usted familia, *capitaine?*

—¿Por qué me lo pregunta?

—No hay nada que más rabia me dé que me contesten a una pregunta con otra pregunta.

Sonrió.

—Está bien. No tengo familia. No estoy casado, no tengo hijos, sólo una novia en cada puerto.

—¿Qué se le ha perdido en Vietnam?

—La casualidad. Salí de la academia militar y preferí venir al trópico antes que quedarme en Europa y dejarme pisotear por Hitler. ¿Y usted, Liên? ¿Por qué ha vuelto?

—Ya se lo he dicho: conocí a Ho Chi Minh en París y, en cierto modo, todo me recordó al Vietnam del que me fui siendo muy niña. Quise volverlo a ver, volverlo a vivir.

Como usted dice, mala suerte que me pillara esta guerra además de la que ya padecí en Francia. Pero guerra por guerra... prefiero la de mi pueblo.

—¿Por qué no aceptan ustedes que los franceses que estamos aquí y que no nos hemos ido somos igual de vietnamitas que ustedes, igual que si nuestra piel fuera oscura y tuviéramos los ojos rasgados?

—Ah, capitán, porque ustedes, por mucho que quieran, no serán capaces de hacer que sus ojos se rasguen.

Rouet apoyó las manos en los brazos de la butaca para darse impulso y se levantó con un gruñido de exasperación.

—Baje al camarote —ordenó.

Estuvimos navegando durante horas en silencio. El junco se balanceaba con suavidad. Sólo se oía el crujir de las cuadernas y de los maderos del puente.

Nadie vino a verme en todo ese tiempo. Estuve sentada en la silla durante un buen rato. Por fin, encontrándome muy cansada, decidí tumbarme en el camastro. La oscuridad era completa. Creo que me dormí al instante.

Tuve conciencia de haberme despertado cuando cesó el movimiento del barco. Como cuando el total silencio despierta a quien no lo oye.

Abrí los ojos. En la cabina, un resplandor difuso dejaba vislumbrar la silla, la mesa, mis manos cuando las levanté al contraluz de los cristales sucios de la puerta y...

—Capitán, ¿cuánto tiempo lleva ahí? —Me incorporé.

—Un momento sólo.

—¿Dónde estamos?

—Eso no importa.

Me puse en pie. Era un reflejo defensivo y los dos lo sabíamos. Me latía el corazón a toda velocidad. Curiosamente, no era miedo lo que sentía: creo que era más bien una descarga de adrenalina que me preparaba para la lucha, aunque no pensé que corriera peligro alguno, lo que demuestra lo equivocada que una puede llegar a estar.

—Sólo quiero ver cómo están sus costillas rotas. ¿No dice que se las rompieron en Hoa Lo?

—No necesito que me las vea nadie.

—Quítese la chaqueta del pijama.

—No.

—No quiero hacerle daño y prefiero que se desnude sin mi ayuda. Sería peor tener que obligarla. Quítese la chaqueta.

Lo miré en la penumbra. Y sin decir nada, me desabroché los botones de la chaqueta del pijama y dejé que se me deslizara por los hombros hasta el suelo. Era muy joven entonces y nunca llevaba sujetador ni banda de seda a la usanza vietnamita, lo que en una situación como aquélla no era lo mejor para la conservación de la virtud. Parece una broma que ahora lo relate de esta manera, pero es que así fue como lo viví: como un inconveniente estúpido más que como un peligro real, más que como la antesala de una violación.

En la oscuridad del camarote, las dos únicas cosas que se distinguían sobre mi cuerpo eran las dos gruesas tiras de esparadrapo que me sujetaban las costillas.

Rouet aspiró con fuerza, como si fuera a toser, y dio un paso hacia mí. Levanté una mano para que se detuviera, pero no lo hizo. Llegó hasta donde yo estaba y me sujetó por los hombros con ambas manos.

—Déjeme —dije en voz baja, pero con tanta intensidad que el capitán dejó de apretar.

—Eres la mujer más hermosa que he visto en mi vida —murmuró con el tono ronco de quien tiene que hablar pese a haberse quedado afónico. Comprendí en aquel instante que aquella declaración no era más que una irrefrenable explosión de concupiscencia, y entonces sí me asusté—. Y tus pechos son... son... —manteniéndome sujeta con una mano puesta en el cuello, con la otra me acarició largamente un pecho.

Incluso después de todos los años transcurridos, intento contar aquel instante con la frialdad con que se describe un experimento de laboratorio, porque, si no, no podría soportarlo: no podría soportar el recuerdo de aquel día sin vomitar. Lo he tenido guardado en mis entrañas bajo siete llaves y, por desgracia, lo conservo intacto, tan intacto como una víscera fresca.

Antes del momento en que me tocó, me había parecido que el contacto físico con aquel hombre sería espantoso... y soportable. Me había hecho a la idea de que como en cualquier caso no lo podría evitar, sería capaz de padecer la violencia física sin mayores daños, resignándome a lo que se me venía encima. Supongo que por eso había imaginado que no sentía miedo, sólo voluntad de luchar para contener la degradación. Un mal trago y nada más.

Pero no. Aquel abuso prepotente, hecho sin un mínimo de complicidad por mi parte aunque fuera reticente, sin siquiera aprovechar la apariencia de camaradería establecida tras nuestra larga conversación de unas horas antes, me sublevó. Me dio un asco infinito comprender que aunque habíamos hablado de tú a tú, aunque me pareció que habíamos establecido una relación irónica e inteligente, nada de eso tenía valor alguno. Estaba siendo doblemente despreciada, convertida en un pedazo de carne que late sin vida racional y que sólo sirve para que un semental hunda en él su sexo, y nada más. Un ser despreciable incapaz de seducir, sólo capaz de violentar.

Vomité. Le vomité sobre la guerrera. Bilis, que era lo único que tenía en el estómago. Eso lo enfureció como si yo hubiera sido culpable de la repugnancia que me provocaba. De un golpe me arrancó los pantalones y me desgarró la ropa interior. Luché con todas mis fuerzas, pese al dolor de mis costillas y de la herida de la espalda. Pero era una lucha sin esperanza. Recuerdo haber pensado que ojalá le hubiera podido arrancar el sexo igual que él me estaba violentando la vagina. Y eso fue todo.

Me dejó allí, tirada en el jergón, sollozando de dolor y de humillación. Ni siquiera me pude lavar. No me dieron con qué hacerlo hasta mucho más tarde.

Allí quedé.

7

Tal como me lo contaron después entre todos, ocurrió más o menos lo siguiente: cuando vieron que *La Madelon* se alejaba por la bahía, el tío Trieu y la pequeña Lu se abrazaron con la desesperación del débil frente a la fuerza invencible.

Yves Rouet era conocido en toda la bahía de Halong como un corsario rápido en sus movimientos e implacable en sus métodos. Durante la guerra contra Japón, hasta sus peores y más fuertes enemigos habían temido su ferocidad y respetado su valentía. Llevaba años recorriendo las aguas del golfo del Tonkin, de Pak Hoi hasta Haiphong, pasando por Long Mun, Moncay y Tien Yen, en el continente, y por el archipiélago de las Gotto y el de las Fai Tsi Long en la bahía. Nadie sabía dónde se guarecía, en qué gruta calcárea de las miles que había diseminadas por las islas. Eran cuevas de grandísima belleza, con lagos subterráneos y recovecos inverosímiles, estalagmitas que se perdían de vista en las alturas y maravillosos reflejos blancos y verde esmeralda en las paredes. Eran de difícil acceso: sus entradas quedaban disimuladas por la vegetación tropical. Pero incluso si una fuerza expedicionaria hubiera conseguido encontrarlas persiguiendo a los piratas franceses, siempre había, en el último rincón de una pared disimulada, una salida al mar que nadie podría intuir. Tal vez los pescadores sí, pero no se habrían atrevido.

Nadie era capaz de dar alcance al capitán Rouet y a sus hombres. De pronto aparecía por el canal del Jaguar, en la Isla de la Sorpresa o en la rada de Sha Pa Kwan, y saqueaba los poblados de pescadores o hundía sus sampanes, sospechosos, según él, de dar cobijo a los guerrilleros del Viêt Minh. Allá por donde iba, sembraba el terror. Y ahora que la tierra firme, desde Haiphong hasta la frontera china, estaba en manos del cuerpo expedicionario francés, el capitán Rouet se abastecía con facilidad de armas, municiones y, si lo necesitaba, de hombres de refresco.

Era un enemigo temible, sí. Por tanto, el tío Trieu y la pequeña Lu quedaron derrotados y sin saber qué hacer, comprendiendo que, tal y como estaban las cosas, les era imposible librarme de las garras de Yves Rouet.

Regresaron al poblado. Lu, que ya era taciturna, se encerró en un silencio impenetrable. Lloraba sin cesar. Pero no habían pasado ni tres horas cuando saliendo de su ensoñación, se sacudió, fue a hablar con su padre y le dijo que regresaba a Hanoi.

—Pero ¿qué vas a hacer allí, hija?

—Voy a buscar al doctor Vu.

—¡Pero él también es buscado por los franceses! No lo encontrarás y, si lo encontraras, no te podría ayudar.

—Sí, padre, pero él es un hombre importante y sabrá qué hacer para liberar a Liên.

—¿Desde allí?

Lu se encogió de hombros.

—Padre, me tienes que dar permiso para volver a Hanoi. ¡Por favor!

Y así fue como la pequeña Lu emprendió el camino de regreso hacia la capital, utilizando la misma camioneta en que habíamos llegado pocos días antes. Se sentó en la misma banqueta que había ocupado conmigo y no se movió en todo el trayecto.

Al llegar, sin perder tiempo, fue hasta nuestra casa, en la calle de los Ladrillos, andando todo lo deprisa que le permitían sus ligeras piernas, pegada a las paredes para evitar a la soldadesca francesa y para tener tiempo de esconderse en portales y callejas si por mala suerte topaba con alguna patrulla o se encontraba metida de bruces en alguna de las frecuentes escaramuzas, o para guarecerse de las bombas que estallaban de pronto en bicicletas abandonadas o en paquetes simplemente dejados en cualquier esquina.

No había nadie en casa, sólo la servidumbre. Lu los conocía bien a todos y preguntó por mi tío al viejo mayordomo.

—¿Vu Dinh Tung? —dijo el mayordomo.

—Sí, él —contestó Lu con impaciencia—. Es urgente que lo encuentre, muy urgente.

—Aquí no lo encontrarás, pequeña Lu. No viene nunca. Creo que tendrás que ir al Hospital Indígena para buscarlo.

—¡Pero el Hospital Indígena está al otro lado de la ciudad!

—Pues si quieres hablar con el doctor Vu, vas a tener que correr al otro lado de la ciudad —dijo el mayordomo—. Pero dime: ¿para qué quieres encontrarlo?

El mayordomo era un personaje muy importante en la casa de mi abuelo, en donde se respetaba mucho la jerarquía doméstica. Lu no tuvo más remedio que contarle mi secuestro, lo que produjo gran conmoción en él. Le preocupaba, claro está, la pérdida de cara de Trieu frente a mi padre: le encargaban de mi custodia y lo primero que ocurría era que me secuestraban. Sospecho que mi bienestar lo tenía mucho menos angustiado. Por consiguiente, recomendó a Lu que presentara los hechos desde el ángulo más favorable para la honra del tío Trieu y, con esa encomienda, la envió corriendo al otro extremo de Hanoi. Lu tuvo suerte de llegar al hospital sin mayores sobresaltos ni incidentes.

Una vez allí, preguntó por *soeur* Thérèse, de la que me había oído hablar y contar los desvelos, y dijo que le traía un asunto terriblemente urgente.

—¿Urgente? —le espetó la hermana portera—. Urgente son los combatientes heridos que nos llegan por docenas. Siéntate ahí y alguien le dará el recado.

—Por favor, que le digan que se trata de Liên.

La hermana portera se detuvo y giró la cabeza para mirar a Lu:

—¿Qué Liên?

—La hija del doctor Vu.

—¿Sí? ¿Qué le pasa?

—Por favor, dígale que es urgente —insistió la pequeña Lu.

—Muy bien. Siéntate ahí y espera.

Durante más de una hora estuvo sentada sin moverse frente a la gran escalinata de subida a los pisos superiores del hospital. Miraba hacia lo alto casi sin pestañear, hasta que por fin la hermana Thérèse empezó a bajar por las escaleras con su acostumbrado paso veloz.

La pequeña Lu se puso de pie y antes de que la monjita llegara a su altura juntó las manos y se puso a hacer rápidas reverencias.

—¿Eres la pequeña Lu? —preguntó *soeur* Thérèse—. ¡Pero, por Dios, deja de hacer reverencias! —añadió con impaciencia—. ¿Qué le pasa a Liên? ¿Está bien? ¿La han herido otra vez? ¿Qué le pasa?

—Se la han llevado.

—¿Se la han llevado? ¿Quién se la ha llevado?

—Los franceses, hermana. Han sido los franceses.

—A ver, a ver, a ver... No te atropelles. A ver, cuéntame.

—Los corsarios de la bahía.

—¿Los cor...? ¡Ah, ya sé! ¿Pero no lo habían dejado cuando se acabó la guerra? Bueno, da igual. Dime qué pasó.

Lu le contó con todo detalle cuanto había ocurrido.

—No sé, no sé muy bien qué podemos hacer —dijo la monjita cuando la muchacha hubo concluido el relato de mis desventuras. (En realidad, sólo pudo hablar de mi secuestro, puesto que desconocía todo lo demás)—. El doctor no está aquí y me parece que no volverá antes de dos o tres días. Está con el tío Ho en el norte y no creo que le podamos mandar recado. No —añadió de pronto, con la decisión con que ponía en práctica las cosas—. No. Ya sé lo que vamos a hacer. Sígueme.

Y sin esperar a más, se dirigió al portalón de entrada del hospital, salió a la calle y, sin detenerse, emprendió veloz marcha hacia el centro de la ciudad. La pequeña Lu, que la seguía con dificultad, preguntó jadeando:

—¿Adónde vamos?

—A la Ciudadela —contestó *soeur* Thérèse por encima del hombro.

—¿Qué haremos allí?

—Shh. Calla y corre, que no hay tiempo que perder.

Estuvieron andando mucho rato. Cruzaron la parte baja de la ciudad, entre los lagos de Bay Mau y de Thien Quang y pronto llegaron a la avenida Le Duan, que corre paralela a las vías del ferrocarril en dirección a la estación de Hanoi. Por fin, en la explanada frente a la estación, pudieron parar un *cyclo* y mandarlo ir hacia la Ciudadela francesa.

—No dejan pasar —dijo el chico.

—A mí sí —contestó la hermana Thérèse—. Vamos, ¡en marcha! ¡Deprisa! Que no tenemos tiempo que perder —repitió.

La ciudad estaba tranquila. Parecía que se hubiera declarado una tregua en los combates de las semanas pasadas: las calles próximas a la Ciudadela estaban desiertas y sólo se veían automóviles blindados patrullando. La pequeña Lu y la monjita no tuvieron dificultad en llegar hasta el puesto principal de control de acceso a la Ciudadela. El hábito de *soeur* Thérèse les franqueaba el paso. Todavía no era la hora del toque de queda y las dos pasajeras del *cyclo* eran la estampa misma de la inocencia.

En la barrera, un paracaidista les dio el alto.

—Buenas tardes, hermana. ¿Qué les trae por aquí?

—Venimos a ver al teniente Bernard Dejean.

—¿Y qué quieren ustedes?

El asunto no era fácil de explicar, pero *soeur* Thérèse se bastaba y sobraba para inventar excusas que le franquearan el paso en cualquier sitio. La toca y la cruz de madera que llevaba en el pecho hacían lo demás.

—Un comerciante francés ha sido herido cerca del lago Hoan Kiem y lo han traído al hospital. Dice que es pariente o amigo del teniente, no lo sé muy bien, porque se le entiende mal, y pide que le avisemos. Por favor, dígale que está aquí la hermana Thérèse y que es urgente. Él me conoce y querrá verme, ya lo verá usted.

—Esperen aquí, hermana —dijo el soldado. Dándose la vuelta, entró en la garita y le vieron coger un teléfono y girar la manivela. Estuvo hablando un momento. Luego colgó y, mirándolas, repitió:

—Esperen aquí.

Pocos minutos después apareció el teniente Dejean. Bajaba con paso apresurado. Con un gesto, hizo pasar a la monjita y a la pequeña Lu.

—¡*Soeur* Thérèse! ¿Qué ocurre?

—Es Liên...

—¡Elena! ¿Qué ha pasado?

Le pusieron atropelladamente al tanto de mis desventuras. Bernard, sin pensárselo dos veces, les dijo que lo esperaran allí mismo, que enseguida volvería. Tardó más de un «enseguida», pero regresó al cabo de una hora con una mochila y su pistola reglamentaria al cinto.

—Vamos —dijo, y las hizo subir a un auto semiblindado que inmediatamente arrancó.

—¿Adónde vamos? —preguntó la monjita.

—A la bahía de *Along*, a recuperar a Elena. ¿Viene usted con nosotros, hermana, o se queda en Hanoi?

—No, no —contestó *soeur* Thérèse, riendo—. No me perdería la excursión por nada del mundo. Pero ¿cómo se las ha compuesto para que le autorizaran a hacer el viaje, teniente?

—El capitán Rouet es, muchas veces, más un estorbo que una ayuda —contestó Bernard con la cara seria.

El conductor, al lado del que se sentaba Bernard, miró a las dos mujeres por el retrovisor pero no se atrevió a hacer gesto alguno.

—Ahora no necesitamos indisciplina ni aventuras del *Far-West* —dijo Dejean con irritación—. Hay veces en que la falta de sujeción de Rouet a las reglas militares, que es muy romántica y que, por supuesto, le ha dado cierta fama, nos crea más problemas que los que resuelve. El cuartel general ha dicho basta. —Guardó silencio por un momento y luego preguntó—: Hermana, ¿quiere que pasemos por el hospital antes de emprender viaje?

—Desde luego —dijo *soeur* Thérèse—. Me pondré algo menos... ecuménico en la cabeza —añadió señalándose la toca almidonada— y aprovecharé para llevarme algunas cosas de farmacia por si hicieran falta.

El viaje discurrió sin incidentes. La carretera era segura y la presencia de las tropas francesas, constante. Llegaron a la bahía en menos de cuatro horas.

Soeur Thérèse no había dejado de hablar en todo el trayecto.

8

Me violó tres veces más.

Luego mandaba a uno de sus tripulantes chinos a que me trajera un cubo de madera lleno de agua para lavarme. Es un recuerdo que me ha acompañado toda mi vida: el marinero con el cubo de agua. Más decente que su jefe, no me miraba cuando lo dejaba detrás de la mesa. También me traía algo de arroz cocido y un cántaro con agua.

No sé si Yves Rouet actuaba así como represalia contra el vacío de su propia vida de sanguinario o si no comprendía los elementos más simples de la decencia. Era un depravado, un canalla a quien ningún sentimiento parecía digno de respeto. Y, por supuesto, menos aún la vagina de una mujer. La broma macabra de todo aquello consistía en que, cuando entraba en el camarote, lo hacía de forma aparentemente amistosa y relajada. Daba la sensación de que, indiferente a cualquier culpa, pretendía recuperar el tono distendido de nuestra primera conversación: no había pasado nada; éramos dos personas civilizadas que habían establecido una relación intelectual interesante en «estos tiempos difíciles». Luego, frustrado por mi falta de respuesta, caía sobre mí con total desprecio y me violentaba como si yo fuera un simple estuche de placer. En ningún momento pretendió seducirme. Supongo que pensaba que eso quedaba para los más débiles. Y se marchaba del camarote sin mirarme siquiera.

¿Le tengo rencor? Claro que le tengo rencor. Creo que cercenó, como si lo hubiera hecho a cuchillo, un trozo sustancial de mi anatomía femenina, una porción grande de mi alma de mujer. Igual habría dado que me hubieran arrancado una pierna. Lo que arrebató de mi esencia nunca ha vuelto a crecer: esas cosas no rebrotan. Y así, no he tenido más remedio que acostumbrarme a vivir sin ellas. No estoy entera. Por eso mi equilibrio nunca ha sido ya más que precario.

En medio de aquel horror, pasaron las horas y los pocos días de forma monótona y angustiosa, siempre esperando la llegada de Rouet, siempre rezando para que una bala acabara antes con su vida. Encerrada en el camarote de popa, sin embargo, nunca oí los ruidos propios de una batalla verdadera, con disparos, órdenes de abordaje, gritos de heridos o estertores de agonizantes. Las incursiones que decía el capitán en los poblados de la costa o en las pequeñas radas en las que no cabían los buques de guerra franceses, al parecer, no se produjeron en el tiempo en el que estuve presa. Lo único que conseguía oír era la voz irónica de Rouet cuando hablaba con los pescadores o comerciantes a los que se disponía a desvalijar y los lamentos de éstos cuando habían sido desvalijados.

Al cuarto o quinto día, percibí una conmoción distinta. No había lamentos ni gritos de miedo o de súplica. Sólo pasos en cubierta y gente hablando en francés. Me levanté y me envolví en una manta ligera que uno de los chinos me había traído. Poco faltó para que perdiera el equilibrio, tan débil me encontraba. Pero, apoyándome en la mesa, pude sostenerme en pie.

Un instante después, la puerta se abrió con estrépito y allí apareció la pequeña Lu. Se tapó la boca con las manos. Vino corriendo hacia mí, pero se detuvo de golpe antes de abrazarme. Había comprendido que, de haberlo hecho, nos habríamos derrumbado las dos.

Detrás de Lu apareció enseguida la carita de *soeur* Thérèse. No llevaba su toca de alas de gaviota, sino un simple velo negro cubriendo la banda blanca que le tapaba la frente y las orejas y le ceñía el cuello por debajo del mentón.

—*Mon enfant!* —exclamó—. ¡Hija mía! —Y, como siempre, le salió el humor expeditivo—. El día que no estés hecha un desastre no te voy a reconocer. Ven aquí que te vea. ¡Virgen santísima! Cómo te han puesto —sus manos pasaron con ligereza por mi cara y mi garganta. Dio un gruñido—: Me parece que el clima de Vietnam te sienta fatal. Ven, vámonos.

Y, cogiéndome del brazo, me empujó hacia la salida mientras la pequeña Lu me sostenía por el otro costado. Hice un amago de resistencia y quise echarme para atrás.

—Estás a salvo —dijo la monjita en voz baja—, estás a salvo: no tengas miedo.

Salimos a cubierta. Enseguida vi a Bernard Dejean. Estaba de pie, casi en posición de firmes, y me miraba con la rigidez oficial que parecía ser la marca de la casa en nuestros últimos encuentros. Frunció el ceño.

—*Mademoiselle* —dijo, y me saludó inclinando la cabeza. Luego miró a *soeur* Thérèse y le hizo un gesto afirmativo.

Frente a él, el capitán Rouet, con los brazos cruzados, se apoyaba contra la borda. Sonreía con la ironía suficiente que yo había aprendido a odiar. Sólo que cuando giró los ojos para contemplarme como si le inspirara lástima o como si yo fuera un gusano, pude detectar algo infinitamente más amenazador en su mirada: me estaba diciendo que compartíamos un secreto y que si me atrevía a revelarlo en aquel instante, ninguno de nosotros saldría con vida de su barco. Suena muy melodramático y seguro que es exagerado, pero así fue como lo percibí. No me quedaban arrestos de heroísmo: me apoyé con fuerza en el brazo de la monjita y fuimos hacia la borda del *Madelon*.

Allí, abarloada, había una lancha de la armada francesa. Entre *soeur* Thérèse, la pequeña Lu y dos marineros de uniforme, me alzaron en volandas y me pasaron al lanchón.

Bernard y Rouet estuvieron hablando unos minutos más, aunque no alcancé a oír lo que decían.

Me acomodaron en una banqueta y cuando por fin el teniente volvió a bordo y dijo «muy bien, vámonos», respiré hondo, me apoyé en el hombro de Lu y me puse a llorar.

En casa del tío Trieu, *soeur* Thérèse, habiendo encontrado un espacio a recaudo de miradas indiscretas, me lavó y me curó con ternura, con más ternura aún de la que era habitual en ella. Llevaba en su botiquín de emergencia todo lo necesario y por fin me sentí limpia (desinfectada y desinsectada, debería decir). La pequeña Lu encontró un pijama recién lavado y me pude vestir. Esta vez, antes de ponerme la chaqueta, me anudé una banda de algodón blanco en torno a los pechos.

Estuve durmiendo sin sobresaltos ni pesadillas un largo rato. Sospecho que la monjita había mezclado alguna planta adormidera en el té caliente que me tomé nada más llegar a la casa. Debieron de pasar bastantes horas hasta que me despertó el aroma inconfundible de los fideos rojos de Haiphong del tío Trieu. Me incorporé y enseguida acudió la pequeña Lu; conociéndola, no me había quitado ojo en todo ese tiempo.

—Ah, nuestra enferma —dijo la monja—. Es la primera vez que te veo despertarte con una cara menos que baqueteada. Debe de ser que el clima de la bahía te sienta bien, sobre todo si no se ocupa de ti más que una religiosa inocente.

Mientras terminaba de arreglarme, Lu se puso a peinarme con gran cuidado. Me pasaba el cepillo lentamente una y otra vez, de arriba abajo, y luego me levantaba todo el pelo con una mano y con la otra me cepillaba desde la nuca hacia arriba. Y vuelta a empezar. Sentada en posición de loto, yo notaba cómo poco a poco se me iba relajando la tensión de los hombros y del cuello. Y Lu volvía a ser la niña tímida y taciturna de los primeros tiempos. Sólo sus movimientos armoniosos, lentos y sensuales me hacían patente su presencia. Respiré hondo. Pero mis horrores no estaban en mi nuca ni en mis hombros. Estaban en todo mi ser, rígido, ofendido, ultrajado, cerrado a todo, obsesionado con un asalto que aun ahora no era capaz de comprender o de digerir. ¿Cómo explicarlo a los que me habían salvado la vida, a quienes a partir de este momento me mirarían con una calurosa sonrisa de conmiseración? No quería sonrisas ni compasión. Ni siquiera sabía si quería venganza... Sí: venganza, sí. Y, después, reclusión en el fondo de un pozo en el que nadie pudiera verme.

—Tenemos fideos rojos —dijo el tío Trieu—. Espero que le gusten al *ong tay*.

—El *ong tay* es usted —dijo la hermana dirigiéndose a Dejean, que estaba en la veranda esperando a que me despertara—. ¿Le gusta la comida de aquí?

—Claro que sí. Me encanta.

Me levanté y, arrastrando un poco los pies, fui hacia la veranda. Bernard estaba sentado en una butaquita de mimbre, no demasiado cómoda, me parecía, para un hombre de su tamaño.

—Hola —dijo, poniéndose en pie con una sonrisa que le transformaba el rostro—. La bella durmiente. ¿Cómo se encuentra?

—Parece que lo único que usted le puede decir a Liên es: «¿Cómo se encuentra esta mañana?» —intervino la monjita—. Estoy deseando que puedan hablar de algo más que del aspecto de su rostro al despertar.

Rieron.

—Bueno... es que Elena, quiero decir Liên, debería hacerse un seguro contra catástrofes naturales. —Alargó la mano y me tocó en el brazo. Me eché hacia atrás y lo retiré con brusquedad. Quitó su mano con aire contrito—. Lo siento —añadió—. No quería...

—No importa —murmuré, y sacudí la cabeza.

—Lo que quiere decir el teniente es que cuantas más cosas desagradables te pasan, mejor es tu aspecto y más guapa te pones —dijo la hermana Thérèse con impaciencia.

—No es el mejor momento —murmuré.

—¿Nos tomamos los fideos del tío Trieu o dejamos que se enfríen? Porque me dicen que están buenísimos y hasta las monjas dedicadas al Señor tenemos un hambre canina algunas veces.

—Nos tomamos los fideos —dijo Bernard, mirándome con aprensión.

Entramos todos a la casa. El tío Trieu estaba preparado frente a la estufa, remezclando la comida en el wok. La tía Nga, generalmente la cocinera, esta vez se limitaba a poner los cuencos para que su marido los llenara. Luego, Lu nos los fue trayendo junto con un juego de palillos de madera lacada para cada uno. Excepcionalmente había algunas botellas de cerveza china y un cántaro de vino de arroz, aparecido como por ensalmo de debajo del altar. Yo no probé bocado. No hubiera podido tragar ni un fideo. Es más: podría haber vomitado con gran indiferencia hacia los sentimientos de los demás. Sólo quise beber un poco de té.

—Ahora, Elena, puede usted contarnos qué ha pasado desde que la secuestraron —dijo Bernard.

—No hay gran cosa que contar. Simplemente que ha sido una suerte que llegaran a rescatarme cuando lo hicieron —contesté, encogiéndome de hombros.

—Este capitán Rouet es un díscolo y un indisciplinado.

—Es más que eso, teniente —dijo la monjita.

Dejean se calló de golpe y me volvió a mirar. Se levantó como impulsado por un resorte y se puso delante de mí.

—¿La violentó? ¿Es eso? ¿La violentó? ¡Dígamelo, Liên! —Sus facciones se habían descompuesto al darse cuenta de pronto de que las cosas podían, es más, probablemente habían llegado mucho más allá de lo que había supuesto—. ¿Es así?

No contesté.

—¡Santo cielo! —exclamó—. ¿Pero cómo no me lo dijo cuando estábamos en el junco?

Me encogí nuevamente de hombros.

—¿Qué habríamos conseguido, teniente? —contesté en voz baja—. ¿Pretendía detener usted solo a un pirata que tiene la lealtad de su tripulación? ¿Solo? ¿Veinte contra uno?

—No lo habría detenido.

—Creo que no le habría dado tiempo a sacar la pistola, teniente —intervino *soeur* Thérèse. Me miraba con semblante serio.

Dejean guardó silencio. Al cabo de unos segundos, añadió:

—El capitán ha sido convocado a Hanoi, al cuartel general. Será detenido y juzgado por conducta incompatible con el comportamiento de un oficial del ejército francés.

—Huy, teniente, ¡cuánta solemnidad! —dijo la monjita, no sin ironía.

Tradujo este último intercambio para beneficio del tío Trieu, que sonrió satisfecho. No podía ser menos: le quitaban de en medio a un enemigo o, mejor, a un aficionado a la rapiña, que era lo que con seguridad más le importaba.

Dejean sacudió la cabeza, miró hacia atrás y se volvió a sentar. Se le notaba la frustración y, por el modo en que se removía en su asiento, debía de encontrarse muy a disgusto con lo que seguro consideraba una reacción insuficiente por su parte.

—Mañana volveremos a Hanoi, si les parece bien —dijo por fin—. No me fío de Rouet y de lo que pueda hacer. Por de pronto, esta noche me quedaré en Hang Trai, a bordo de la lancha. No creo que se atreva a hacer nada, pero en estos casos cualquier precaución es poca.

El resto de la velada transcurrió apaciblemente, sin que ninguno volviéramos a sacar el tema de los piratas o de mi secuestro. Yo, desde luego, no lo iba a hacer, pero tampoco oí mucho de lo que se hablaba; estuve demasiado abstraída. Al final, cuando me incorporé para irme a dormir, dije:

—Me caigo de cansancio y, si mañana tenemos que viajar, será mejor que duerma —y me volví hacia el teniente—: Gracias.

Hizo un gesto de rechazo, quitando importancia a cualquier cosa que hubiera podido hacer.

—Que descanse, Elena.

Era la tercera o cuarta vez en pocos días que la pequeña Lu hacía el trayecto entre Halong y Hanoi. Iba sentada, muy rígida, en el asiento delantero del semiblindado, al lado del conductor. Detrás nos acomodábamos Bernard, en la ventanilla de la derecha; la monjita, en la de la izquierda, y yo, en medio. Íbamos todos bastante baqueteados. En aquellos años, en efecto, las carreteras vietnamitas eran un potro de tortura, pero, aunque estaba muy dolorida, no tengo recuerdo de las incomodidades del viaje.

Es más, casi no tengo recuerdo del primer tramo del trayecto.

Al principio fuimos en silencio, mirando el paisaje, cada uno ensimismado en sus propios pensamientos y procurando colocarse de instinto de la mejor manera posible para proteger las vértebras de la combinación de baches y suspensiones de vehículos militares.

Cuando hubimos cruzado el río en Haiphong y enfilado la carretera en dirección al oeste, hacia Hanoi, Bernard dijo por fin:

—Elena, no sabe cuánto siento que sus encuentros con el ejército francés hayan sido, las dos veces, verdaderamente desagradables.

—No sea tan pomposo —dijo la monjita.

Bernard la miró confuso.

—¿Qué le dijo a Rouet para que me entregara?

—Nada. Le dije que todo el ejército colonial andaba buscándola.

—Un día se van a enterar de que es usted un mentiroso —interrumpió la hermana Thérèse.

El teniente sonrió.

—No miento, hermana. El ejército francés persigue a Elena, sólo que no lo sabe aún —me miró—. Tampoco sabe que es usted muy escurridiza.

—Y además, mis encuentros con los soldados franceses, como usted los llama, no han sido desagradables, no: han sido horribles. Pero en este momento viajo sentada al lado de quien me ha salvado tres veces de una muerte segura. De modo que el balance final lo redime a usted, Bernard.

—Tuve la suerte de estar ahí.

—Fue más bien Liên la que tuvo la suerte de toparse con usted, teniente. Basta de tonterías —interrumpió *soeur* Thérèse con tono impaciente—. Estas cosas son así. No busquemos más méritos de los que hay. Nada de esto estaría pasando si Francia no estuviera empeñada en esta guerra absurda que no va a ningún lado.

Bernard se inclinó por delante de mí para mirar a la hermana con verdadera sorpresa. «¡Una monja con opiniones!», me pareció que pensaba.

—Sí, no me mire así. Sólo porque mi vida esté entregada al Señor —se santiguó— no tengo por qué ser completamente tonta. Éste es mi país, Bernard. Aquí vivo, aquí cuido enfermos y heridos —me agarró la muñeca—, aquí rezo a mi Dios, no crea, a veces con mucho enfado, cuando veo las crueldades que ocurren a mi alrededor y que Él permite. Pero nací aquí, en Hoa Binh, anduve descalza por sus caminos... —sonrió—. Bueno, no es que vaya mejor calzada ahora: debe de ser que el cielo me tiene reservados algunos senderos de algodón y nubes para cuando llegue allá.

Por fuera de las ventanillas veíamos desfilar los campos de arroz y las bruscas alteraciones de terreno, colinas oscuras cubiertas de vegetación tropical que escondían las grandes minas de carbón y las formaciones de piedra caliza. Nos movíamos por las interminables llanuras ricas en hulla y arrozales, con la vegetación tan colorida pero tan plana como el paisaje, que sólo interrumpían los escarpes por entre los que se deslizaban riachuelos hinchados de agua. La carretera estaba desierta, pero se apreciaban por todos lados casas derruidas, poblados desolados y cunetas y campos reventados por la artillería cuyas explosiones habían formado grandes cráteres.

—¿Están ustedes ganando la guerra, Bernard? —pregunté con cansancio, cansancio de guerra, cansancio de sufrimiento. Lo miré a los ojos, tan azules detrás de sus gafas ligeras de estudioso.

Sonrió.

—Nadie lo diría, ¿verdad? ¡Tanta destrucción!

—No me diga que detecto alguna duda en la coraza castrense —oí que interrumpía *soeur* Thérèse.

Rió.

—Ninguna duda, hermana. Sólo me ofende mi propia Francia cuando no está a la altura de lo que se espera de su civilización milenaria —levantó una mano para impedir una interrupción irónica—, la misma civilización que inventó las palabras igualdad, libertad, fraternidad.

La hermana emitió un gruñido y yo dije:

—A veces me parece que estas hermosas palabras sólo valen en Francia, Bernard. ¿Qué hacen ustedes negándoselas a mis compatriotas en Bac Bo, en Tonkin, en Trung Bo y en la Cochinchina, en toda la extensión de esta caña de bambú?

—¿Caña de bambú?

—Mire usted un mapa de Vietnam —explicó la religiosa—: comprobará que este pobre país nuestro tiene la forma de una caña doblada, sujetando en cada extremo, como si fuera una balanza, un saco de arroz...

—... y el eje de la balanza está en Hué, la ciudad imperial —añadí. Luego me dio vergüenza—: Perdone la pedantería.

Dejean rió de buena gana.

—No es pedantería, sino poesía.

—¡Jesús! —exclamó la hermana.

—Dígame lo que está pasando —insistí.

—Bueno —explicó Bernard—, estamos intentando asegurar todo el norte hasta la frontera china, aunque no está siendo fácil. Y eso que es el terreno más propicio. Lo peor está siendo la reconquista de Hanoi; ahí es donde se libra la verdadera batalla. Creemos que Ho Chi Minh se ha ido hacia el norte, al triángulo de Thai Nguyen, Bac Can y Tuyen Quang. De momento es imposible asaltarle en esas montañas y valles. Me temo que el barrio de las Treinta y Seis calles es la zona de la capital que se está llevando la peor parte. Lo siento, Liên, recuerdo bien que ése es su barrio, ¿no?

—Oh, Dios mío —dije, llevándome la mano a la boca—. Allí está la casa de mis abuelos.

—Iremos a verla en cuanto podamos. No tiene por qué haber sufrido daños.

Sacudí la cabeza.

—Pero ¿por qué?

—¿Por qué todo esto? Me gustaría podérselo explicar, Elena, pero se diría que las grandes razones políticas no sirven para explicar las razones de tanta muerte inocente. Mientras un ejército y otro libran feroces batallas, las cúpulas políticas intercambian palabras diplomáticas. Bueno, tal vez ya no, pero hasta hace nada el gobernador francés se sentaba con el Viêt Minh y hablaban amablemente: dos naciones soberanas buscando soluciones amistosas a sus desacuerdos. No eran posibles, claro. Todo era hipocresía, colocando peones para estar mejor preparados en el asalto final. Vietnam quiere la independencia y Francia no quiere perder su imperio colonial. No lo perderán, no, pero ¿cuál será el precio?

—Sí lo perderán, sí, Bernard. No conocen ustedes la capacidad de resistencia de mi pueblo.

—Basta con mirar a Liên —interrumpió *soeur* Thérèse.

—¿Por qué tenemos que ser enemigos, Liên? —preguntó Bernard—. ¿Por qué tengo que ser su enemigo?

—No es usted mi enemigo. Me ha salvado la vida cada vez que ha estado en contacto conmigo. ¿Cómo va a ser mi enemigo? —contesté con impaciencia—. Lo que ocurre, me parece a mí, es que tiene usted tan pocas ganas como yo de librar esta guerra. Dígame, Bernard, ¿por qué está usted aquí? ¿A qué ha venido?

No contestó. Volvió la cabeza hacia el frente, pero al cabo de un momento la giró de nuevo hacia mí. Me miró con gran intensidad y, finalmente, alargó su mano con la palma hacia arriba. Estuvo así bastante tiempo hasta que la cerró despacio, dedo a dedo.

Soeur Thérèse me miraba con la frente fruncida, pero no dijo nada.

Entramos a Hanoi por la carretera que llega de Haiphong, en la parte baja de la ciudad, y enseguida pudimos divisar la mole del Hospital Indígena.

—Les voy a dejar ahí para que Elena sea debidamente atendida por los médicos. Me parece que debe quedarse unos días en cama y bajo observación.

Me hizo gracia esta solicitud paternal de Bernard, como si fuera mi aya, pero decidí no decir nada para no agravar su timidez.

A lo lejos se oía retumbar la artillería. Eran los estertores de la primera batalla de Hanoi, que por fin el Regimiento de la capital al mando de Liên Thua Vu tuvo que evacuar. Era el 18 de enero de 1947. En las paredes de decenas de casas del barrio de las Treinta y Seis calles, los *tu ve* habían escrito: «¡Volveremos!».

9

El hospital se había convertido en mi segunda casa. Entre otras cosas, era el único lugar en el que, aunque sólo fuera muy de vez en cuando, podía ver a mi padre con ciertas garantías de no ser descubiertos o importunados. Estaba continuamente moviéndose por lo que el Viêt Minh llamó la «zona de completa seguridad», *An Toan Khu* (ATK), a unos cien kilómetros al norte de Hanoi, entre Bac Can y Tuyen Quang. Repartidos entre decenas de villorrios y poblados, los vietnamitas habían establecido su veintena de ministerios, bueno, lo que ellos llamaban «ministerios»: una organización de gobierno precaria, pero móvil y escondida entre montañas, bastante protegida de la aviación francesa. En Cho Don, a más de mil quinientos metros de altura, habían establecido incluso varias fábricas de armamento. Un día le pedí a mi padre que me llevara a la zona ATK. Aún no había visto cómo era, lo que era, un país en guerra, y quería comprenderlo. Me miró y no me dijo nada.

En la rutina de mi regreso a la capital, Bernard volvió a convertirse en mi compañero fiel de cada tarde. Alejado ahora del día a día de la guerra, lo habían destinado al cuartel general, en donde se ocupaba de asuntos de intendencia y de inspección general, según me dijo de un modo bastante vago.

—¿Qué pasa? ¿Que no hay que fiarse de que esta amiga suya resulte ser una espía, la Mata Hari de Indochina? —le pregunté, bromeando por primera vez desde que habíamos vuelto de la bahía; nunca estaba de humor para la liviandad—. ¿Qué misteriosa actividad me esconde, teniente?

Sacudió la cabeza sonriendo y dijo:

—Nada muy dramático.

Venía puntualmente al caer el sol y nos sentábamos en los jardines del hospital, bajo los grandes plátanos, a charlar de lo humano y lo divino. Y así me fui acostumbrando de nuevo a su presencia, a su conversación firme, ingenua, carente de dudas. Era refrescante oírle hablar sin las angustias existenciales de mis compañeros de la universidad parisina. Sabía lo que quería de la vida y cómo lo quería. Tardé algún tiempo en comprender que la suya no era una actitud simplista y poco discurrida, sino una manera bastante madura de ver las cosas.

No hablábamos de la guerra, sino del después, de lo que le gustaría hacer cuando saliera del ejército. Hablaba con ensoñación de Francia, de la provincia donde quería establecerse, de un liceo local en el que le gustaría enseñar, de cómo habría de ser la casa en la que le apetecía vivir, de los paisajes... Un día le dije que a lo que me estaba contando sólo le faltaba un pasito para que hablara de patria, familia y religión y de corderitos. Me miró muy serio y me dijo:

—Yo voto radical.

Me incliné hacia delante y le puse por primera vez la mano sobre el brazo:

—¿Qué hace usted aquí? —le pregunté de nuevo.

No contestó.

A veces, *soeur* Thérèse pasaba a vernos y se sentaba con nosotros un momento. Nos miraba con su carita arrugada y la sonrisa rápida, y luego, aparentemente descansada, sin tiempo para nada, se iba corriendo por donde había venido.

El Hospital Indígena, todavía bajo administración francesa, volvía a ser una clínica para civiles, sobre todo heridos en la batalla de Hanoi, aunque dos o tres pabellones apartados («sanitariamente limpios», creo que le expliqué a Bernard, con sarcasmo; no le gustó) eran usados para curar a soldados franceses, víctimas de la guerrilla urbana y, luego, de la guerra de tierra quemada emprendida por el Viêt Minh alrededor de la capital.

Tardé poco en reponerme del todo. Vaya, me dolía todo el cuerpo, pero siendo tan joven como era, a los pocos días de nuestro regreso me encontré con fuerzas más que suficientes para trabajar. Me ayudaba a pasar el tiempo y a olvidar la carga de hielo que arrastraba en mis entrañas. Atendía a los heridos, hacía curas con la hermana Thérèse, asistía en los quirófanos si se necesitaba a alguien que ayudara con el instrumental y mezclaba potingues con los que confeccionar remedios, ungüentos y pomadas cicatrizantes. Y mientras me manejaba entre pipetas y laboratorios, me venía a la memoria el «especialista del tigre» de mi infancia que una vez al año visitaba a mi abuela en la casa grande de la calle de los Ladrillos y nos dejaba las malolientes medicinas y bálsamos que nos eran aplicados con cualquier motivo. Nunca lo había pensado, pero puede que el origen de mi vocación de farmacéutica estuviera en aquel hombrecillo con su fiera despiezada, moviéndose entre peroles y cacerolas humeantes. A aquellos recuerdos se sumaban los terrores por el destino que el curandero daba a los ojos del tigre, enormes, amarillos, cristalizados en la muerte, y a los formidables colmillos de sus gigantescas fauces. Una leyenda de espíritus malignos y magia negra que a veces reinaba en mi memoria de niñez.

Una tarde, Bernard llegó al hospital y, en lugar de sentarse bajo los árboles, me dijo «vamos». Intrigada, lo seguí hasta su coche. Nos subimos y, sin que fuera necesario que le dieran instrucciones, el conductor (el mismo que nos había traído desde Halong días antes; se llamaba Binette) arrancó en dirección al centro. En cuanto hubimos alcanzado la orilla del lago Hoan Kiem, comprendí que nos dirigíamos a mi casa de la calle de los Ladrillos. Me dio un vuelco el corazón.

Bernard me puso una mano sobre el brazo e instintivamente lo aparté.

—Perdón... —dijo—. Quiero decir... perdóneme, no quería... Bueno, en fin, lo que quiero decir es que está bien, la casa está bien. Es un milagro pero no ha sufrido.

El auto se detuvo frente al portalón. Me bajé casi sin esperar a que lo hiciera y franqueé el gran arco para entrar en el patio de la vieja casa de los abuelos Thi y Cuc. Nada había cambiado. Se hubiera dicho que la batalla y todas sus escaramuzas habían pasado por encima de ella sin romper el misterioso velo protector puesto por nuestros antepasados y por los espíritus de Tao Quan. En el nuevo Tet, tendríamos mucho que agradecer al Emperador de Jade.

La pequeña Lu nos esperaba en el centro del patio, con una sonrisa de oreja a oreja. Vino corriendo hacia mí y se abalanzó a mis brazos.

—¡Liên! —exclamó—, ¡Liên!

No la había vuelto a ver desde que habíamos llegado a Hanoi, una o dos semanas antes. Después, como cogida en falta, se echó hacia atrás, juntó las manos y me hizo varias rápidas reverencias.

—¡Ah, pequeña Lu, me hace feliz verte contenta y bien! ¿Qué tienes en la mano?

—Una carta de muy lejos, Liên.

Y, levantando la mano, me enseñó el sobre que, milagros imposibles de un mundo en guerra, había llegado a mi nombre al número 4 de la calle de los Ladrillos de Hanoi, Ngo Gach.

Era una carta de Luc. Me pareció que llegaba de un lugar tan apartado, tan de otra galaxia, que me hizo el extraño efecto de una misiva completamente desprendida de mí, de lo que estábamos viviendo, de lo que había sido este mes y medio escaso, ¡sólo unas pocas semanas!, que había vivido arrancada del mundo «civilizado» europeo. Cogí el sobre y lo acerqué a la luz del candil colgado en la columna. ¿Qué otra cosa me parecía que podría contener que no fuera papel emborronado de tinta?

Guardé el sobre en los pliegues de mi chaqueta guateada, con la intención de leer la carta cuando estuviera a solas. Bernard me miraba con curiosidad, pero no dijo nada. No le expliqué de quién era ni él me lo preguntó. Nunca habíamos hablado de Luc.

Estuvimos paseando por toda la casa, patio a patio, estancia a estancia. Nos detuvimos en los estanques y nos asomamos a los almacenes de arroz.

En el patio trasero, al pie de un rododendro de grandes flores rojas, una pequeña lápida de madera indicaba el lugar en el que estaba enterrado el tío Khuê. Nos detuvimos ante ella. «Pobre tío Khuê», dije, «estaba tan feliz de verme...». Me arrodillé a la vietnamita, apoyando las nalgas sobre los talones y las manos en los muslos.

—No se lo reproche, Elena. Fue una terrible mala suerte. Consuélese pensando que murió sin enterarse y cerca de su adorada sobrina.

Estuvimos en silencio unos instantes. Acababa de establecer un rito: desde aquella tarde, lo primero que hacía al llegar era ir a visitar al tío Khuê.

Dentro de la casa expliqué a Bernard lo que significaban las escenas representadas en los biombos lacados en oro y qué recuerdos me traía cada mueble. Luego dije: «hay una cosa que he querido hacer desde niña», y me senté de un brinco en la gran silla de mi abuelo Thi; apoyé con solemnidad las manos en los brazos de la silla y me recosté contra el respaldo; era toda de roja laca pulida, limpia, bellísima.

Le enseñé el gran ajedrez lacado de mi abuelo, con sus figuras de jade, unas en tono claro y otras de un verde intenso. Bernard cogió una hermosa reina ricamente esculpida y decorada como se vestían las princesas de Hué y la estuvo sopesando en sus manos. Me miró y la volvió a colocar sobre el tablero.

—Cuando mi abuelo se volvió ciego, él y un amigo suyo jugaban al ajedrez sin ver, sólo de memoria —dije—. Los oía durante horas, a oscuras, cantando los movimientos y al final, cuando uno de los dos ganaba, reían sin parar y acababan fumando una pipa de opio. Le pedí al tío Khuê que me explicara cómo se jugaba y, sobre todo, qué querían decir aquellas voces que daban mi abuelo y su amigo. Cuando supe cómo había que hacerlo, me venía aquí y sobre este tablero repetía las jugadas. Era muy niña pero aprendí muy deprisa. Luego, pasados los años, cuando llegué a la Sorbona, no me ganaba nadie. A veces, mi tío Dam, pero pocas veces. No hay mucha gente que sea capaz de ganarme —añadí en tono desafiante.

Bernard levantó ambas manos en señal de inocencia.

—No me atrevería. Sólo sé jugar a las damas y mal.

Nos paseamos por las salas de recepción del frente de la casa. Le expliqué que a los niños nunca nos habían dejado entrar en esa parte. Por eso hoy estaba siendo como pasear por un territorio mágico.

—Ahora que están las cosas tranquilas —dijo Bernard de pronto—, ¿por qué no viene a vivir aquí? Estaría más cómoda que en el hospital.

—Sí, pero el hospital queda muy lejos para ir andando todos los días.

—Bueno, sería cuestión de organizarle un transporte.

—¿Un *cyclo?* —dije dubitativamente—. ¿Usted cree?

Se me debió de notar lo mucho que me apetecía la idea de volver a mi casa de la infancia.

—¿Y por qué no?

—Bueno —contesté—, lo hablaré con... con... *soeur* Thérèse.

Ngai, el viejo mayordomo de mis abuelos, que nos había estado acompañando, dijo que era fácil de organizar: un sobrino suyo tenía un *rickshaw* y podría hacernos el servicio diario. Y añadió:

—Liên, los almacenes de arroz deberían seguir funcionando. No es fácil, pero la gente del barrio necesita seguir comiendo y siempre han acudido a nosotros. Tu abuela montó un sistema de comercio, de compra y de venta de arroz, que ha ido muy bien durante años. Sería una lástima que dejara de funcionar. Las cosechas están ahí.

Bernard me miró y arrugó el entrecejo:

—¿Y por qué no?

—Pero no entiendo nada de arroz, de comercio, de almacenamiento, de peso, de precios... No entiendo nada de todo eso.

—Los viejos empleados de tu abuela aún viven y, después de tantos años, vienen por aquí muchos días —dijo Ngai—. Hasta que empezó la guerra, esto siguió funcionando. Sería cuestión de hablarles y volver a empezar.

A regañadientes, acabé aceptando probar a hacerlo.

—¿Qué puede perder usted, Elena?

—Pues que esto puede acabar en desastre, pero, en fin...

Así fue como me convertí en una de las comerciantes de arroz de Hanoi, heredando el negocio que había montado la abuela Cuc. No era fácil ir al campo, a las grandes zonas de siembra en el delta del Río Rojo, y comprar el arroz sin trillar para traerlo y almacenarlo en la casa de la calle de los Ladrillos. Al principio fue complicado convencer a los campesinos de que nos vendieran a crédito, pero la presión de sus cosechas los acabó convenciendo. Luego me enteré de que también tenían que entregar parte de su arroz a la guerrilla del norte, contribución al esfuerzo bélico que se mantuvo durante años, especialmente en los momentos en que los franceses y más tarde los americanos emprendían campañas de desolación y tierra quemada para derrotarlos con el hambre.

Traíamos el arroz en carros tirados por bueyes, que entraban en el gran patio por el portalón; lo almacenábamos en los silos del piso alto y luego lo vendíamos al peso a los comerciantes del mercado Dong Xuan y, sobre todo, a los del mercado de arroz, Chö Gao, que estaba al lado de casa.

Muchas tardes, sentados en la gran cama de mi abuelo, Bernard y yo hacíamos, entre risas, contabilidad rudimentaria, distribuíamos las partidas que iban llegando y decidíamos el silo del que era preciso coger el grano para venderlo a tal o cual comerciante.

A veces terminaba el día cubierta de paja y polvo, muerta de cansancio. Entonces, la pequeña Lu me preparaba un baño y me lavaba, masajeándome durante mucho rato por debajo del agua. Después me hacía ponerme en pie y salir del baño, me secaba, me untaba de aceite perfumado y me volvía a dar un masaje en las piernas, en la espalda y en el pecho. Me hacía tumbarme y, mientras tarareaba una suave canción de cuna, yo me dejaba arrullar hasta que me quedaba dormida, cubierta por una toalla. Muchas veces pensé que era afortunado que nadie nos viera: seguro que aquella escena parecía salida de un libro de arte amatoria, sobre todo en las ocasiones en que la pequeña Lu llegaba más lejos de lo conveniente. Pero no me importaba, porque la sensación era tan placentera y tan relajante que no tenía ninguna intención de preocuparme de los demás. Además, Lu era una mujer, la única persona a la que permitía tocarme: me olvidaba de la cerrazón de mi cuerpo, de la rigidez de mis piernas, de la repulsión instintiva que me producía la mera idea de un contacto físico.

No me había acordado de la carta de Luc en absoluto. Tardé semanas en leerla y, cuando lo hice, me pareció bastante anodina. En lugar de una misiva apasionada, poética, llena de nostalgia, como me hubiera gustado, Luc había escrito un boletín de noticias. La verdad es que no sabía si esperaba más de ella, pero en todo caso fue una desilusión.

Me explicaba el lento despertar de Francia a la vida civil, el fin de las represalias por el colaboracionismo con los nazis, los juicios contra los dirigentes del gobierno de Vichy y, sobre todo, la incertidumbre en cuanto al destino del imperio colonial y, en especial, Viêt Nam, «*vuestro* imperio colonial», lo llamaba. ¿Y a mí qué más me daba? Luego me hablaba de algunos compañeros, de los más íntimos, de algunos de nuestros profesores más polémicos, de Jean-Paul Sartre...

No había en la carta de Luc ni un gramo de pasión y me hubiera venido bien saber que alguien vibraba, se acordaba de mí, recordaba la textura de mi piel, algo...

Creo que con sus frases pulidas de lenguaje elegante e inteligente y la gracia un poco ácida del buen parisino, Luc hizo mucho por devolverme al mundo de Vietnam (por «indigenizarme», habría dicho él) a pesar de toda mi formación francesa. Y en aquel momento me pareció que Hanoi, esta cultura, esta vida, esta guerra, me tenían mucho más enganchada, más atada, más inmersa aquí que en el París en que había vivido durante tantos años.

El primer día en que se me retrasó la regla no le di importancia alguna. Las aventuras de las pasadas semanas, los altibajos, los sustos, las emociones y la violencia física padecida, justificaban, me parecía, cualquier desarreglo de mi maltrecho cuerpo. ¡Por Dios! ¡Me habían violado!, me recordaba a cada instante, aun cuando no quisiera pensar en la carga física que arrastraba, en la sensación de culpa, en el asco que me invadía cada vez que revivía todo aquello. ¡Por Dios!

Esperé, con incredulidad creciente y con la peor de las angustias, a que se normalizara la situación y mi cuerpo retornara a la sensatez que mi mente le exigía. No podía ser. Estas cosas tan injustas no pasaban como resultado de un estúpido momento. Hubiera concebido tener que aceptar las consecuencias de un acto querido, pero ¿de uno en el que mi voluntad y mi feminidad habían sido ultrajadas a contrapelo de todo lo que quería?

Me miraba y remiraba, empujaba con todas mis fuerzas para producir el chorro de sangre que tenía que venir, me palpaba, espiaba cualquier dolor anunciándome la menstruación.

Pero no. El maldito Yves Rouet me había dejado un hijo en la entraña. Creo que, si el día en que lo comprendí, lo hubiera tenido delante, habría sido capaz de matarlo con mis propias manos. Bueno, con una pistola, mejor.

¿Cómo explicar lo que sentí?

Me sentí sucia, mal usada, desperdiciada; me sentí engañada una vez más, porque un acto tan bajo, tan mínimo, tan insultante como una violación pudiera dejar al final de todo un rastro tan formidable, tan lleno de consecuencias. Nunca lo había pensado, claro está, pero me parecía de pronto que un embarazo tenía que ser el fruto de tal multitud de ensueños que padecerlo a causa de un rapto era un fraude. El peor fraude.

No quería aquel niño, no lo deseaba, no lo apetecía. No me interesaba. Estuve muchos días tratando de decidir qué hacer con él y, sobre todo, con quién compartir el terrible secreto, y al final, la primera que se dio cuenta fue la pequeña Lu mientras me lavaba en el baño. Cómo lo intuyó es cosa que aún hoy no se me alcanza: mi vientre no había cambiado de forma, yo no estaba engordando, nada se había alterado en apariencia.

—¡Oh, Liên! —exclamó y me acarició el ombligo.

—Calla... —dije.

Y en aquel mismo instante me asaltó la primera náusea que hacía inútil cualquier disimulo.

Pasé la noche en un puro vómito; me encontraba fatal por momentos y muy mal el resto del tiempo. La pequeña Lu me cuidó sin desfallecer, me dio un poco de arroz (que enseguida volvía a salir por donde había entrado) y todo el té que pude tragar, me puso en la frente compresas de tela de algodón con agua fría, me dio friegas de alcohol en la espalda y de aceite perfumado en el vientre, me masajeó las piernas para relajarme y me sujetó los pechos con vendas como si ya se me estuvieran cargando de leche. «Ya», le decía, «ya», antes de doblarme en dos y vomitar en una vieja palangana de aluminio aparecida como por ensalmo.

Fue una noche triste en la que me estuve acordando de Yves Rouet, de su descaro, de su insultante falta de respeto o de compasión. Me arrepentía de no haber permitido que Bernard volviera al junco a ejecutarlo allí mismo. Aquel hijo de mala madre merecía más que la muerte.

Al día siguiente, por no romper la rutina, fui al hospital.

Lo primero que hice al llegar fue sentarme en el banco de la entrada, como si me faltara el resuello. Estaba cansada, cierto: no había dormido gran cosa y en mi alma todo aquello pesaba como una losa. Pero mi agotamiento era más efecto de la angustia por lo que me esperaba que de la revolución física que me había estallado dentro.

Por la gran puerta de entrada asomó, al cabo de un rato, la carita arrugada de la hermana Thérèse. Debía de ser un sexto sentido, una brújula que la llevaba directa al corazón de los problemas. No sé.

—Hola —dijo. Y desapareció en el interior. Pero enseguida volvió a asomarse con el ceño fruncido—. ¿Qué pasa, Liên?

No contesté. Suspiró, dio un paso por encima del umbral del portalón y vino a sentarse a mi lado.

—¿Qué pasa, Liên? —repitió.

—Estoy embarazada.

Suspiró una vez más. Puso sus dos manos sobre las rodillas, se echó para atrás y dijo:

—Alabado sea el Señor, Jesús, María y José —todo en voz pausada. Se volvió hacia mí y, con el pulgar de la mano derecha, me hizo la señal de la cruz en la frente—. ¿Quién es el padre? —preguntó, haciendo hincapié con cada palabra en el vértice de cada extremo de la cruz: «quién» en la frente, «es» en el pecho, «el» en el hombro derecho y «padre» en el izquierdo. Como una blasfemia.

—El capitán Rouet.

—Ya me parecía, hija mía. Hay hombres que sólo sirven para causar dolor y mujeres que lo atraen. A veces se diría que llegan a absorber la cuota de dolor que corresponde a todo un pueblo..., en la guerra, en los momentos de peor sufrimiento, en las persecuciones... Piensa en Jesús en la cruz, entregado por todos nosotros. Puede que tu destino sea convertirte en símbolo, que es lo peor que te puede pasar. Dios nos manda estos sacrificios.

—¡Pero yo no lo quiero! ¡No quiero este sacrificio! No lo merezco. Y además —me encogí de hombros para romper el hechizo obsesivo y volver a la realidad—, tampoco es que un embarazo vaya a servir para la redención de Vietnam.

—¿Y tú qué sabes? Dios manda estos sacrificios, hija mía —prosiguió con severidad, agarrándome la mano—, y los tenemos que aceptar. Piensa que te los manda precisamente a ti porque sabe que eres lo suficientemente fuerte como para soportarlos y porque de este horror saldrá un fruto que nos redima a todos.

—¡Pero yo no quiero este niño!

—¡No blasfemes! Es un hijo que te manda Dios y debes aceptarlo. Llévalo con dignidad. Lo parirás con dolor, como es la voluntad de Dios. —Concluido el argumento, se puso de pie y tiró de mí—. Vamos. Hay mucho trabajo —y cuando me levantaba, cansina, añadió—: Hoy viene tu padre.

Cerré los ojos y pensé: «vaya por Dios».

Me pasé la mañana combatiendo la náusea. *Soeur* Thérèse, que no me quitaba ojo, me forzaba de vez en cuando a beber un cuenco de té bien cargado.

—¡Pero lo voy a devolver! —me defendía.

—Sí —contestaba ella—, pero te mantendrá hidratada.

Después, cuando estuve sentada unos minutos mezclando unas pomadas con glicerina para aliviar quemaduras, sobre todo para los soldados franceses que se reponían en las plantas superiores de las heridas de la selva (les hubiera puesto *nuoc mam* para que les escociera bien), la monjita desapareció hacia la cocina. Volvió al rato con un cuenco humeante de *canh ran thit lon*, un potaje de verduras y cerdo sazonado con *nuoc mam* y acompañado de arroz blanco, tan delicioso que aún hoy lo tengo que cocinar con frecuencia en Béziers por petición general de la familia. No pude negarme a tomar unas cucharadas, que conseguí conservar en el estómago y así me recompuse un poco.

—¿Cómo va nuestro negocio de arroz? —oí que alguien preguntaba a mi espalda.

—¡Padre! —exclamé, volviéndome a mirarlo. Había llegado con el sigilo de siempre.

—No tienes buena cara. La verdad es que ninguno tenemos buena cara en estos tiempos que corren.

No dije nada. Me volví hacia la mesa de laboratorio para seguir ocupándome de mis ungüentos y no tener que soportar su mirada. Claro que, al volverme, tuve que hacer frente a la de *soeur* Thérèse, que me contemplaba con seriedad.

—El negocio de arroz va... bueno, va. Todo lo que puede ir. La gente tiene hambre y poco dinero, y yo bajo los precios todo lo que puedo para no arruinarnos y dar de comer a los más necesitados. A los peor parados les regalo algunas raciones a diario —sonreí—. A los viejos piratas del mercado les ha faltado tiempo para venir a protestar de que les quito negocio. Bueno, vamos llegando a un término medio.

—No me has dicho por qué tienes tan mala cara.

Me cerré la bata blanca y, dándome la vuelta, apoyé los riñones contra la mesa y crucé los brazos. Respiré profundamente.

—Tú mismo has dicho que ninguno de nosotros tiene muy buen aspecto.

No me contestó. Se acercó y me tomó el pulso.

—Tienes un poco de fiebre. ¿Has tenido náuseas últimamente?

Cerré los ojos. ¿Qué llevaba escrito en el rostro?

—¿De quién es este niño?

Bajé la cabeza, notando un intenso sofoco en las mejillas y el cuello.

—Del militar aquel que me violó —dije al cabo, en un murmullo.

Suspiró.

—Siempre pierden los más débiles. Alguna vez dejará de ser así. ¿Qué quieres hacer?

¿Me estaba preguntando si quería abortar? No, claro que no.

—¿Quieres que te diga lo que quiero hacer? Me gustaría perderlo, padre, que me lo arrancaras de las entrañas.

—Pero ¿qué estás diciendo? —preguntó sin alzar la voz—. Eso es imposible, tú sabes que es imposible.

—Entonces, ¿qué me preguntas?

—Te pregunto si quieres volver a París, si quieres tenerlo aquí, si seguirás trabajando en el hospital, si te encerrarás en casa... pero sobre todo, si quieres volver a Francia con tus tíos y tu madre. Ellos sabrán cuidarte.

—No. No me quiero ir. Soy vietnamita, padre, ésta es mi tierra y aquí es donde quiero vivir.

La verdad es que no me sentía tan segura de mí misma como aquello sonaba, pero fue lo que dije.

—Muy bien —contestó. Ni una palabra de consuelo, ni un gesto de cariño. Qué hombre—. Dentro de unos días te haré un examen.

Afortunadamente, aquella tarde Bernard no vino a visitarme. Estaba un poco harta (aunque tal vez no sea la palabra adecuada) de confesiones y sonrojos: me había quedado vacía de sentimientos y no podía concebir otra sesión de compasión, de furia resignada y conmiseración. No quería que hoy me consolara ya nadie. Sólo me apetecía volver a la casa de mis abuelos en la calle de los Ladrillos y llorar. O, mejor todavía, que la pequeña Lu me diera un baño con sus manos hábiles y me hiciera dormir un sueño que, si este Dios se conformaba con convertirme en símbolo sin mayores exigencias, estuviera exento de pesadillas.

10

Durante semanas intenté ignorar lo que estaba pasando dentro de mí. Curé pronto de las náuseas: unos días de reposo en casa y las preocupaciones propias de una inexperta comerciante en arroces fueron el mejor bálsamo posible para mis males.

Pasado el malestar, era como si mi embarazo se hubiera desvanecido en la nada; tal vez mi percepción atenta me hacía vigilar cómo se me iba rellenando el contorno de los pechos y cómo mis caderas, nunca demasiado estrechas, se habían redondeado un poquito. Eso era todo, de manera que podía rechazar la idea misma de gravidez sin que me preocupara o me lo reprochara. Yo seguía viviendo atenta a las otras mil cosas en las que estaba ensimismada y mi... en fin, mi hijo crecía en otro recipiente que nada tenía que ver conmigo. Dos entidades separadas y la otra no me interesaba nada en absoluto. Me ocuparía de ella cuando no hubiera más remedio.

Pocos días después de que decidiera quedarme un tiempo en la calle de los Ladrillos, Bernard, habiendo intentado localizarme sin éxito en el hospital, me envió un mensaje a través de *soeur* Thérèse anunciando que se ausentaba de Hanoi para una misión y que me vería a la vuelta si yo quería.

—Dice que siente no podértelo comunicar personalmente, y se le pone cara de carnero degollado —me dijo la hermana, y sacudió la cabeza—; me pregunto qué tendrán que ver estos chicos tan bien educados metiéndose a matarifes. ¡Bah! —Se calló por un momento—. ¿Te he dicho que estás muy guapa?

—No. Y además sé por qué me lo pregunta.

Levantó las cejas.

—¿Ah, sí?

—Sí.

—¿Y por qué?

—Ahora me va a decir que Dios premia mi sacrificio de este modo.

—¡Qué tontería! —Se dio la vuelta y, sin añadir nada más, se subió al *cyclo* y emprendió regreso al hospital.

Tres días después volvió a por mí. La labor civilizadora de Francia en Hanoi no alcanzaba al funcionamiento de los teléfonos en el barrio antiguo, y para hablar con las personas, era preciso desplazarse hasta ellas. Ridículo, pero así eran las cosas.

—Vamos —me dijo.

—¿Adónde?

—Te espera tu padre.

—Un momento.

Cerré mi rudimentario libro de contabilidad, recogí mi chaqueta, tirada en la cama de la habitación de los primos que había hecho mía, me reajusté el *ao dai*, el vestido de cuello alto típico de las mujeres vietnamitas que ahora llevaba siempre, me rehíce la cola de caballo y bajé corriendo al patio. Vi que *soeur* Thérèse levantaba una mano, obviamente asustada y pidiéndome prudencia. ¡Por Dios! Aquel niño parecía más de ella que mío.

—No me pasa nada —exclamé con irritación—, estoy bien.

Estaba ya avanzada la tarde. En la sala de curas esperaba mi padre. Cuando me vio entrar, hizo un brusco gesto de impaciencia y con la mano indicó que lo siguiera.

Salimos del hospital sin dirigirnos la palabra. Fuimos andando hasta donde nos esperaban sendos *cyclos*. Con rapidez y a cubierto de la oscuridad creciente, nos llevaron por las calles desiertas hasta la estación de ferrocarril. Allí, frente a la entrada principal, al otro lado de la calle, nos esperaba un automóvil: un Ford baqueteado pero enorme. En cuanto el conductor nos vio llegar, puso en marcha el motor. Montamos en la parte trasera y arrancó.

—¿No tiene miedo de que lo descubran los franceses, padre?

—Ya te he dicho que son unos inútiles y que no encontrarían un saco de arroz en medio de una avenida.

Una afirmación que no cuadraba con la realidad, puesto que la fuerza expedicionaria francesa siempre fue muy hábil durante toda la guerra y estaba muy bien informada. Supuse que por misteriosas razones estratégicas, el servicio de espionaje de hecho no *quería* encontrar a mi padre por el momento.

—¿Adónde vamos?

—¿No querías ver la zona de seguridad de la República Democrática de Vietnam?

—Sí.

—Pues hoy es el día.

Tuvimos que rodear Hanoi y seguir la ribera del Río Rojo para salir hacia el norte por la carretera 3, la *Route 3*, hacia Thai Nguyen y, en última instancia, China. Aún hoy no comprendo cómo mi padre se las componía para moverse en la impunidad: se había hecho noche cerrada, desde luego, y poca gente circulaba a aquellas horas por las calles de la capital, pero las patrullas francesas, fuertemente armadas y desde luego muy atentas a cualquier cosa poco habitual, deberían haber hecho más caso de un coche como el nuestro. Tal vez fuera la hora o la tranquilidad relativa del momento o la seguridad de haber ganado momentáneamente la batalla o la creencia de que el auto pertenecía a algún rico industrial francés, pero, salvo por algún control aislado y poco entusiasta, nadie nos dijo nada. Además, mi padre parecía saber dónde estaban los controles, porque de pronto daba una orden, el coche se detenía, nos bajábamos de él y continuábamos a pie dando un rodeo mientras el Ford doblaba la esquina y se enfrentaba inocentemente al puesto militar francés o a la patrulla. Doscientos o trescientos metros más allá volvíamos a subirnos y seguíamos adelante.

En cuanto salimos de la ciudad y la carretera empezó a subir hacia la meseta, se puso a llover, una lluvia pertinaz, insistente y fría que, aunque estuviéramos protegidos del agua en el interior del gran Ford, calaba con su humedad pegajosa hasta la médula de los huesos.

A derecha e izquierda del camino, estrecho y de tierra (y, al modo del país, con algunos toques de alquitrán aquí y allá), la vegetación era densa, hecha de grandes bosques de rododendros y pino y macizos de hortensia. Todo estaba cubierto de barro desprendido de los bordes con el agua de la lluvia. A la izquierda, más allá del río, podían vislumbrarse algunas grandes plantaciones que, pensé, eran de caucho, con sus árboles disciplinadamente en fila, aunque apenas si las veíamos, puesto que la noche era muy oscura.

—¿Eso es caucho? —murmuré.

Mi padre se revolvió en el asiento.

—No —contestó—. No, no tan arriba. El caucho está en las provincias de la meseta occidental, al sur de Annam.

Supuse que eso quería decir en las llanuras entre Dalat y Saigón, en el extremo de la Cochinchina, en las tierras fértiles del trópico, pero no lo habría podido asegurar. No me lo aclaró.

Al coronar un pequeño puerto, en una revuelta del camino, topamos con una espesa cortina de niebla que primero nos asaltaba a jirones desprendidos de los árboles y que enseguida se hizo impenetrable. Los faros de nuestro coche, amarillos como los de todos los automóviles que circulaban en territorio francés, reflejaban una luz cegadora que no dejaba ver más allá de unos cuantos metros. Rodábamos muy despacio, siguiendo con prudencia el capricho de la carretera. No había más tráfico que el nuestro, de modo que lo único de lo que nos teníamos que preocupar era de no salirnos del trazado, por imaginativo que éste fuera, y de no caer en los grandes baches precariamente cubiertos por el barro deslizado con el agua de la lluvia o patinar e irnos hacia la cuneta para despeñarnos después por una pendiente entre árboles. En los tramos de mejor visibilidad podía distinguirse el agua resbalando a capas por el camino, cruzándolo en diagonal, de derecha a izquierda.

Estuvimos rodando en silencio durante largo rato. Hacía frío y me arrebujé en mi chaqueta guateada, pero aun así, cada poco tiempo me asaltaba un escalofrío. El Ford olía a tabaco frío.

Mi padre me miraba, sin que trasluciera nada de su opinión o sus sentimientos.

—Has mejorado —dijo de pronto.

Lo miré con sorpresa.

—Sí.

—La vida es dura a veces, pero siendo implacables con el cuerpo, llegamos a fortalecernos. Nunca sabemos lo que nos espera, lo que nos tiene reservado el destino, pero estando preparados, será menos difícil hacerle frente. Nada te ha sido fácil desde que has llegado aquí, pero deberías verte —sonrió— para comprender en lo que se ha convertido aquella señorita parisina y elegante que aterrizó en Bach Mai. —Me encogí de hombros—. Sólo una mujer transformada —continuó— tendría derecho a sentarse en el mismo asiento que ocupa *bac* Ho cuando viaja.

Soltó una carcajada breve, encantado de la sorpresa que me había dado. Di un brinco, como si la tapicería quemara.

¡Iba sentada en el sitio del mismísimo Ho Chi Minh! ¡En su propio auto! La emoción me cortó el habla. Mi padre sonrió de nuevo como si me hubiera hecho un regalo inapreciable.

Estuve inmóvil, con el corazón latiéndome aceleradamente. Durante un buen rato no pude decir nada. Y luego:

—¿Vamos a ver a *bac* Ho?

Mi padre asintió.

—Pero ya lo conoces, desde París —dijo.

—Sí, pero sólo lo vi una o dos veces, a distancia, en casa de los Aubrac y en una merienda con todas las familias vietnamitas.

—An Toan Khu, la zona de completa seguridad —anunció el conductor.

—Pero, padre, ¿cómo es posible que este enorme coche se pasee por una zona de guerra, de combate diario, sin que le pase nada, lo vuelen, le revienten los neumáticos o lo incendien? ¿Cómo es posible que *bac* Ho se desplace impunemente en él?

—Verás... Esto no es un campo de batalla, esto es una selva impenetrable en la que los viet nos movemos a nuestras anchas. Sabemos dónde estamos y adónde nos dirigimos. Por la noche los franceses están ciegos. No es su terreno, ¿comprendes? Y esto que llamamos la ATK no es una zona tan segura ni tan libre. Las unidades francesas llegan hasta aquí, combaten y... se pierden. Pero siempre hay riesgo. Ahora mismo, por ejemplo, hemos hecho prisioneros a dos coroneles que encabezaban dos columnas que debían cerrarse al norte, en Lang Son, como una pinza alrededor nuestro. Los hemos apresado, sí, pero habían llegado hasta aquí. Son peligrosos, incluso si en su soberbia de poder colonial cruzan la selva y los bosques marcialmente, como si se tratara de un paseo militar.

—Cho Chu —anunció el conductor, después de una última curva.

—Ah, aquí estamos por fin.

Habíamos llegado a un pequeño poblado de cabañas y casas de caña y palma colocadas a un lado y otro del camino. Se hubiera dicho que el lugar estaba desierto, hasta que en la luz de los faros pudimos distinguir las pantorrillas de centinelas, con los pies enfundados en abarcas de caucho, y el fulgor metálico de los cañones de sus metralletas. Se movían, cruzaban el sendero, los vislumbrábamos mientras andaban de un lado para otro: allí había de todo menos sigilo e inactividad.

Nos apeamos del Ford. Sin decir nada, mi padre dio unos pasos hasta una de las cabañas, levantadas no al borde del camino sino más hacia el interior del poblado, entre la carretera y el río al que se veía discurrir con cierta lentitud en la dirección de donde llegábamos.

—¿Se puede? —preguntó mi padre y, al instante, se abrió la rudimentaria puerta de la cabaña.

Creo que muchos habrían reconocido instantáneamente a la figurilla que se asomó apoyada en el quicio. Especialmente para nosotros, vietnamitas y franceses, Ho Chi Minh se había convertido en un personaje mítico, reverenciado por unos, temido por otros, reconocido por todos. *Bac* Ho, el tío Ho, era el símbolo de la lucha, no ya de un pueblo, sino de la de todos los oprimidos, del ansia de liberación. Los años se encargarían de prostituir el mensaje, de hacer de su figura otro símbolo distinto no querido por él, de otra opresión, del culto a la personalidad, de una tiranía tan bárbara como la que pretendía combatir ahora. Tal vez. Pero ahora, para mí, en todo caso, era el héroe. El padre, nuestro protector, nuestro defensor, nuestro amigo, el hombre que había hecho de la cercanía a la gente la filosofía de su vida. Y así, nunca admitió la prepotencia de los que se creían líderes, porque la invocación irracional de la doctrina le parecía menos importante que el amor a su pueblo. Era el primero en fustigar a los que él llamaba los «mandarines de la revolución». Lustros después, esos mandarines consiguieron derrotarlo. Pero no ahora. Ahora no.

Rondaba los sesenta años de edad. Mediría no más de un metro sesenta, era extremadamente delgado y tenía grandes entradas en la frente, decorando los ojos almendrados y agudos; su barbita medio rala y unas manos de dedos casi femeninos le conferían un aire delicado e inofensivo. Visto tan de cerca, su aspecto era menos rígido, menos oficial, menos de líder del mundo, mucho más humano y próximo. Sonreía con calor. Miró a mi padre y le dijo:

—¡Tung! —Luego volvió la mirada hacia mí, alargó la mano y me dijo—: Tú eres Liên. He oído hablar mucho de ti.

Nos hizo pasar a su choza: una mesa, una silla, un jergón; sobre la mesa, unas cuartillas, lápices, goma de borrar, un candil encendido. Sencillez extrema.

—Siempre hay que estar dispuesto a salir corriendo, cuanto más ligero de equipaje, mejor. —Se sentó pulcramente en la silla y encendió un cigarrillo—. Dicen que ésta es la zona de seguridad del Viêt Minh. Si vierais la cantidad de gente que me visita, compañeros del Partido en Francia, periodistas, hasta diputados, pensaríais que estamos en los Campos Elíseos. Vienen hasta aquí y se sientan conmigo a discutir de colonialismo y liberación, de lucha armada, de los chinos, ¡ah, los chinos! Les obsesionan. Quieren saber cómo son, qué piensan, qué pretenden.

—¿Y vienen así, *bac* Ho? —pregunté—. ¿No podrían mandar a un asesino y atentar contra...?

Se encogió de hombros, sonriendo.

—No me encontrarían. Estoy bien protegido. Y a los que se acercan los conozco desde Francia. —Suspiró—. En realidad, no me quiero pelear con nadie, pero no lo entienden. Hace unos días vino un emisario de París para intentar convencerme de que pusiéramos fin a los combates.

Sólo que había una pequeña condición escondida: el Gobierno francés exigía mi rendición incondicional. ¿Cómo iba yo a hacerle eso a mi pueblo? Le contesté que, de aceptar, sería un cobarde y no hay sitio para los cobardes en la Unión Francesa —me miró directamente a los ojos y me pareció detectar en los suyos un reflejo irónico—. En fin, tengo que redactar una proclama —añadió mientras sacudía la cabeza—: me paso el día redactando proclamas, y aprovecharé la noche para hacerlo. Tung, he pedido que os pongan en la casa de aquí al lado. Tomad té y algo de sustento y nos vemos mañana. Hay mucho que hacer. No olvides que antes de marchar tienes que ultimar los planes de la Facultad de Medicina en Thai Nguyen. Quisiera tenerla funcionando antes de las grandes ofensivas del otoño. —Alargó la mano una vez más y me acarició la cara—. Buenas noches.

—*Bac* Ho es una sorpresa, padre —dije después, cuando estuvimos solos.

—Bueno, no es un general a la antigua usanza, lo que los italianos del Renacimiento llamaban un *condottiero*. De las cuestiones militares se ocupa el general Giap. Ya ves: *bac* Ho conduce a un pueblo hacia la libertad pero no es un estratega, no es un general que se pone al frente de las oleadas de asaltantes. Por el contrario, dirige una guerra de resistencia: prefiere el diálogo directo, prefiere escribir poemas y hablar en proverbios, prefiere convencer. Para los jóvenes, es un referente. Pero un referente que no tiene nada que ver con los grandes héroes guerreros de la antigua historia vietnamita, sino con el concepto mucho más moderno del guía de la patria, del padre. Ahora dormiremos, Liên, que mañana tendremos una intensa jornada.

Muy temprano, cuando apenas empezaba a amanecer, me despertó ruido de actividad frente a nuestra cabaña. Miré a mi alrededor y vi que no estaba mi padre. Me puse de pie, me lavé y arreglé un poco con la ayuda de una palangana llena de agua que alguien había dejado al pie de mi jergón, me peiné y abrí la puerta.

Había dejado de llover y un tímido sol asomaba por entre las copas de los pinos y de los rododendros. Hacía frío.

En la pequeña explanada que había delante de nosotros pude ver a Ho Chi Minh embarcado en una larga tabla de ejercicios de *tai-chi,* acompañado por una docena de jóvenes que seguían sus evoluciones con el mismo ritmo armonioso y ligero. Estuvieron así un buen rato, hasta que *bac* Ho se fue deteniendo (no podría describirlo de otra manera, como si su cuerpo fuera flotando hacia la inmovilidad) y por fin, juntando las manos delante de su rostro, se inclinó brevemente hacia delante. Cerró los ojos con una expresión que reflejaba relajación completa. Se hubiera dicho que nada lo inquietaba.

Cuando se enderezó, sonreía.

—Ah, la pequeña Liên —dijo en francés, al verme—. ¿Has dormido bien? —Asentí—. Pues enseguida iremos a reponer fuerzas, puesto que es el deber de todos nosotros estar saludables para construir nuestra nación.

Cada vez que *bac* pronunciaba una de estas sentencias definitivas me daba la impresión de que rendía pleitesía a los principios generales de la revolución, al tiempo que se lo tomaba con un humor no exento de ironía.

—Como dice el escritor chino Luxun —añadió con seriedad—, el Partido de los Trabajadores dirige el país, pero yo soy el búfalo y el caballo, el fiel servidor del pueblo. Y debo comer como un búfalo y un caballo —y soltó una carcajada silenciosa, me tendió la mano y fuimos hacia una zona en donde tres o cuatro mujeres *zan cong,* no combatientes, se afanaban en preparar fideos con bambú y legumbres en unos grandes woks humeantes—. Estas legumbres —dijo con orgullo— provienen de nuestro huerto; yo mismo me ocupo de cuidarlo. Muchas veces me acusan de ser un estudioso de Partido y no saben que soy sólo un campesino.

Comimos apaciblemente, sentados en el tronco de un pino caído frente al riachuelo. Venía crecido de toda la lluvia caída durante la noche.

—Dime, Liên, tú eres la última que ha visto a Do Muoi en la prisión de Hoa Lo. Sufrimos mucho por él. Es un compañero muy querido. ¿Cómo se encuentra?

—Bueno, *bac* Ho, lo vi hace ya algunas semanas, justo antes de que me liberaran. Estaba bien... bueno, bien... La celda en la que nos tenían era horrorosa. Era inhumano.

—No nos importan sus incomodidades. Ni a él tampoco. Cuando nos comprometimos en la lucha, sabíamos que pagaríamos el precio físico de nuestro compromiso. Es lo de menos. No, no. Me interesa saber cómo estaba de ánimo. ¿Escribía cuando lo viste?

—Con tinta china, sobre el envés de hojas de camelia.

Ho Chi Minh rió.

—¡Ah! ¡Entonces está bien!

—¿Nunca os han ofrecido canjearlo por alguien?

—Sí, pero el precio era demasiado alto. Mira aquel grupo de hombres y mujeres al otro lado del río —dijo sin solución de continuidad.

En la orilla opuesta, unos cuantos campesinos miraban al agua, que bajaba tan crecida que no se atrevían a vadear la corriente. El *bac* se incorporó y dijo:

—Quitémonos las ropas y atravesemos el río; eso animará a nuestros compatriotas a hacer otro tanto.

Ni corto ni perezoso, se despojó de su pijama negro. Se quedó sólo con los rudimentarios calzoncillos que llevaba como única ropa interior. Dos jóvenes que le hacían de escolta también se quitaron la ropa y los tres (los dos jóvenes por debajo del líder, todo hay que decirlo) cruzaron hasta la otra orilla. No era un vado peligroso: el agua les llegaba no más arriba de medio muslo y bajaba sin demasiada fuerza. Cuando estuvieron al otro lado, Ho se dirigió a los campesinos, les dijo unas palabras y, a los pocos minutos, todos volvieron a cruzar.

—Tung —dijo mientras se vestía—, tengo que escribir unas cartas y unas directrices que tendrás que llevar a Hanoi. De modo que debo sentarme a reflexionar. Pero después iremos a visitar a nuestros dos coroneles.

—¿Qué coroneles? —pregunté a mi padre después.

—Los dos que te decía ayer que venían al mando de dos columnas de paracaidistas. Uno era el jefe de la guarnición francesa en Cao Bang, en la frontera china. Les tendimos una gran emboscada y los apresamos sin grandes dificultades, ¿sabes? Ahora *bac* Ho quiere hablar con ellos —sonrió—. Quiere discutir con ellos, convencerlos. Pero, no creas, no es simple inocencia bondadosa. Hablando con ellos descubre sus contradicciones, sus fallos argumentales, e intenta que comprendan nuestras razones. También les dice mentiras, para que se sientan a sus anchas y hablen con mayor libertad. Ya verás.

Tenían a los coroneles encerrados en sendas grutas. Como a *bac* Ho le encantaban las bromas, dijo que se presentaría ante el teniente coronel Charton, el oficial al mando de la guarnición de Cao Bang, como consejero político del Frente de Liberación. «Alto consejero político», precisó el comandante de Estado Mayor que nos acompañaba.

—No, nada de alto —contestó Ho—. La entrada de la gruta es baja y si yo soy alto, me pegaré en la cabeza.

Charton era un personaje soberbio y antipático, prepotente y estúpido, de los que pululaban en la Francia de Vichy haciendo el bárbaro en nombre del mariscal Pétain. Un verdadero fascista. Lo primero que hizo al encararse con Ho Chi Minh (¡no lo reconoció!) fue quejarse:

—Imagínese usted, señor mío, en los últimos tiempos no he podido afeitarme ni sacar brillo a mis zapatos. Es difícilmente tolerable.

—Usted es el coronel Charton. Yo soy el pequeño Louis —dijo *bac* Ho, mirándolo con fijeza—. ¿No me conoce usted?

—Nunca le he visto antes y, desde luego, no he oído hablar del *petit Louis*.

—Era mi nombre en la Resistencia. Era ferroviario en Francia durante la ocupación nazi y mis camaradas me llamaban así.

—¿Usted estuvo en la Resistencia? —Una pregunta incrédula y, desde luego, teñida de hostilidad. A mí también me sorprendió: Ho no había estado en Francia durante la Segunda Guerra Mundial, por lo que deduje que eran pequeñas trampas dialécticas con las que se divertía confundiendo al adversario.

—Pues sí, si se entiende por resistencia la lucha por expulsar de Francia al invasor alemán.

—No soy ni nunca fui comunista —dijo el coronel—. Difícilmente pude estar del lado de la resistencia contra la Francia eterna.

—Pues lo lamento, coronel.

Estuvieron hablando un rato y Ho fue llevando a Charton a reconocer que la guerra de conquista era inmoral y que Francia había perdido ésta sin remedio.

—Puedo aceptar sus argumentos, señor mío. Pero imagínese, ¿cómo podría admitirlos ante sus cuadros más jóvenes?

—La juventud tiene poco que ver con lo bien fundado de las razones, coronel.

Pronto todos perdimos interés por este personaje tan grosero y zafio y tan primitivo. Al final de la entrevista, *bac* Ho le regaló unos cigarrillos ingleses y un paquete de galletas.

La entrevista con el otro coronel, Lepage, fue harina de otro costal. Era un hombre inteligente, con un discurso colonialista mucho más estructurado y, desde luego, menos simplista. Nunca cayó en la trampa de aceptar cualquiera de los argumentos (y menos aún los más sibilinos) esgrimidos por *bac* Ho. Y además, aunque no dijo nada, lo había reconocido; lo noté cuando entrecerró los ojos al vernos entrar en la gruta.

Concluidas las dos entrevistas, Ho nos preguntó:

—Según vosotros, ¿cuál de los dos coroneles es el más detestable?

Mi padre contestó por todos nosotros:

—Este Charton que nos suelta ventosidades a la cara y no hace más que decir groserías. Ése es el más detestable.

—Pero Lepage es el que resulta más temible —dijo Ho—. El otro habla y dice tonterías sin parar; por eso resulta más fácil de convencer y de manejar. En fin, os propongo que juguemos un partido de voleibol. —Se frotó las manos, riendo.

Aquella tarde, en el poblado, nos llegó la noticia de la muerte de un joven combatiente caído en las primeras escaramuzas en torno a Tuyen Quang. Hubo un poco de confusión sobre la identidad del muchacho y Ho permaneció inmóvil en el porche de su cabaña, hasta que uno de sus protectores se acercó a él y le susurró un nombre al oído.

Entonces inclinó la cabeza y juntó las manos. Luego se giró y vino despacio hacia donde estábamos los demás. Mi padre palideció. Había comprendido. *Bac* Ho se inclinó ante él y lo cogió de las manos.

—Es Tuan, tu hijo, Tung.

Vi que a mi padre se le descomponía el rostro. Pareció encogerse hacia dentro, como si se le fueran secando las entrañas. En un segundo había envejecido años. Di un paso hacia él, pero *bac* Ho me miró y me detuve. En ese momento, mi corazón voló hacia mi padre: sus silencios, su actitud imperturbable, su frialdad aparente... no significaban nada. Delante de mí tenía a un anciano destruido por el dolor.

—Eres católico, Tung —dijo Ho Chi Minh—. Para vosotros, la salvación está en el más allá. Tu hijo ha sacrificado su vida por la patria —suspiró como si le costara gran trabajo seguir—. Sabes que no tengo familia, que no tengo hijos. Vietnam es mi familia. Todos los jóvenes vietnamitas son mis hijos. Perder a un joven es como si me arrancaran las entrañas. Nuestros hijos y nuestros jóvenes hermanos mueren para que viva la patria. Son piadosos hijos de Dios y han puesto en práctica el lema: «Dios y Patria». Estos jóvenes son una nación de héroes. Espero que este pensamiento te sirva de consuelo, aunque sé bien que en este momento todo es flaco consuelo. Piensa que el alma de tu hijo que está en el cielo es ahora feliz.

Bac Ho dejó caer los brazos y dio un par de pasos hacia atrás. Entonces me abracé a mi padre. Sin aspavientos, en silencio. La única vez en toda mi vida. Lloré con él.

11

La primera vez que noté a mi hijo moviéndose en mi seno me entró un ataque de pánico. Me senté de golpe en una silla y exhalé aire con fuerza. Me quedé inmóvil, aterrada, vigilando mi vientre, por si aquel extraño volvía a moverse en su interior, por si me asaltaba de nuevo como si fuera un extraterrestre de los de ahora, que me hubiera invadido y fuera a destruirme. Desenrollé la falda con la que estaba vestida y me quité la ropa interior y, sin moverme, estuve escudriñando la superficie lisa de mi piel en torno a mi ombligo, que era donde me parecía que se había producido el asalto.

Durante muchos minutos no pasó nada. Yo respiraba lo menos posible para no provocar un nuevo ataque. Poco a poco me fui relajando y empecé a preguntarme si no lo habría imaginado todo; en realidad, quise que me asaltara de nuevo, para que no resultara ser todo el fruto de mi imaginación desbocada. Me miraba el vientre y todo seguía igual. Igual que diez minutos antes, igual que un mes antes, igual que un año antes.

¿Cómo iba a haber nada ahí dentro?

Me había sentado en la silla de mi abuela Cuc, en la habitación que siempre había sido su despacho, y tenía los libros de contabilidad abiertos sobre una mesa. En una esquina de ésta estaba posado el ábaco que había sido el único instrumento de trabajo y negocios de la abuela.

La pequeña Lu entró de pronto y me vio, así, sentada, desnuda y mirándome al ombligo. Se le abrieron mucho los ojos, se llevó una mano a la boca y se precipitó hasta mí.

—¿Qué te ha pasado, Liên?

—Sssh —dije, levantando una mano—. ¡Mira!

Como siempre, la pequeña Lu comprendió enseguida lo que pasaba. Se puso de rodillas frente a mí y colocó su mano derecha sobre mi vientre, como una bendición. Sonreía.

—Es tu hijo —afirmó.

—¿Eso crees?

—Es tu hijo —repitió.

Y como si mi hijo quisiera ratificar lo que había dicho Lu, volvió a rozarme y en la superficie de mi vientre apareció el leve trazado, enseguida desvanecido, de una pequeñísima rama de camelias que se moviera en mi interior.

Se me saltaron las lágrimas, no porque quisiera a este hijo que me invadía, sino por ser capaz de albergar esa revolución en mi interior. Creo que pasé las siguientes semanas concentrada en mí misma, remirándome, llena de curiosidad por lo que mi cuerpo estaba haciendo. Había, me di cuenta, una cierta sensualidad en todo ello, mi cuerpo iba poniéndose algo más patoso, la patosería con que una despierta de un sueño y que exige estirarse perezosamente al sol.

Ni una vez pensé en Rouet asociándolo a esa sensualidad. Nunca me acordé de él con simpatía o con calor, incluso a regañadientes. Aquel miserable no era el padre de mi hijo; era el que me había roto en dos y, por tanto, el que se había hecho acreedor a mi odio. Lo odiaba con todas mis fuerzas. Su recuerdo me producía náuseas. Me asaltaba con frecuencia en cuanto mi mente dejaba de estar enfocada hacia algo concreto, y aquello me producía escalofríos de repugnancia. ¿Pensar en otra cosa? ¿Cómo iba a pensar en otra cosa?

Ni una vez me preguntó Bernard qué me pasaba, aunque era evidente que lo sabía, que sabía quién era el padre. Se limitaba a venir a la casa de la calle de los Ladrillos y a sentarse a charlar conmigo.

Un día, tiempo después, cuando ya se me notaba mucho el embarazo, le pregunté:

—¿Qué ha sido de Rouet?

Hizo un gesto con la boca, una mueca que no quería decir nada.

—Muerto.

Me sentí palidecer. Bajé la voz.

—¿Cómo?

—Emboscada.

—¿Cómo emboscada?

Volvió a torcer la boca.

—Hoa Binh, en un ataque de la guerrilla viet, cuando volvía a Haiphong.

No parecía querer hablar más del asunto. Me llevé las manos a la cara.

—Pagó el precio de su crimen —añadió—. No lo sienta por él.

—Pero ahora este niño no tiene padre.

En cuanto lo dije, comprendí que me había expresado mal. Desde luego, no era lo que quería decir; no quería dar la impresión de que lamentaba la ausencia de un padre para mi hijo. No hubiera querido *aquel* padre para mi hijo. Me preocupaba más el concepto de la necesidad de un padre que el hecho en sí respecto de mi hijo. Ah, bah.

—Ningún niño necesita esa clase de padre, Elena.

Sacudí la cabeza.

—No sé.

—Y, además, ese niño sí tiene padre, si usted quiere.

Sorprendida, guardé silencio.

—¡Oh, Bernard! —dije por fin; e inclinándome, le puse la mano en el brazo—. Eso es muy generoso.

Sonrió.

—No, no es muy generoso. Es francamente interesado.

—Ah, me gustaría que las cosas fueran tan fáciles.

—Bueno, a lo mejor no lo son, sí, pero nunca olvide el ofrecimiento.

Reí.

—Igual cuando quiera aceptar ese ofrecimiento, está usted en la otra punta del mundo.

—No, Elena. Siempre estaré aquí.

Un día, era una tarde de domingo, lo recuerdo bien, en mi quinto o sexto mes de embarazo, Bernard me dijo:

—¿Le puedo hacer una pregunta?

—Claro.

—Nunca me contó usted qué era el busto de Ho Chi Minh, para qué sirve, por qué está rodeado de tanto misterio y por qué se diría que toda la fuerza expedicionaria de Francia está empeñada en encontrarlo y no sé si en destruirlo. ¿Qué tiene dentro? ¿Para qué sirve?

—Es un símbolo, Bernard, sólo un símbolo. Y le voy a contar la historia de ese símbolo.

III

Vu Cao Dam

12

Vu Cao Dam, el tío Dam, que era hermano pequeño de mi padre, fue siempre el artista de la familia. Desde muy niño dibujaba y pintaba como si no quisiera hacer otra cosa en la vida y los abuelos Thi y Cuc decidieron pronto que aquel muchacho tenía que dedicarse en profundidad al arte.

Pero decir que mi tío Dam era simplemente un hermano menor de mi padre era como decir que en la bahía de Halong había unas cuantas islas. En realidad, eran diez, los hermanos. Y es que mi familia en Tonkin era enorme y muy variada. Nosotros, es verdad, mis tíos, mis hermanos y mis primos, constituíamos un núcleo bastante compacto en torno a mis abuelos, pero el conjunto de la familia en sentido amplio era como un gran teatro lleno de personajes extraordinarios. Por ejemplo, mi hermana mayor, Vu Thi Vuong, que también era farmacéutica, se había casado con un médico que era primo segundo del emperador Bao Dai, lo que constituía un gran honor para todos nosotros.

Un gran mandarín, que vivía en varios palacios diseminados por el Tonkin, y su hermano, el regente, habían decidido poner en común sus propiedades, arrozales y otras explotaciones agrícolas, y se habían hecho riquísimos. El mandarín se casó con una tonkinesa católica. Tuvieron siete u ocho hijos, de los que la mayor se casó con un hermano de mi padre (así fue como entroncamos); otro de los hijos fue cantante y bailarín, hasta que decidió quitarse la vida; otro era dueño de una fábrica de productos químicos en Saigón, pero acabó viviendo en Biarritz; otra fue monja y murió de cáncer en Roma; y una arruinó su vida: tuvo dos hijos con dos hombres diferentes (uno de los cuales era su cuñado); era bellísima y terriblemente caótica.

En la familia hubo al menos tres violinistas (uno de los cuales era, además, empleado de correos en Francia), un recaudador de impuestos no muy interesante, algunas monjas más, un fumador de opio (o varios, no sé), el nieto de un general y dos o tres médicos, hasta un cirujano de hígado, inventor de una técnica quirúrgica innovadora, y una investigadora química brillante, licenciada en la Unión Soviética.

En los años inmediatamente anteriores y posteriores a la Gran Guerra, muchos se marcharon a Europa, sobre todo a Francia, y algunos, a Estados Unidos. Muy pocos hicieron el viaje de vuelta. Creo que, en realidad, fui la única que volvió a Vietnam después de hacerse una vida en Occidente, estuvo allí durante la guerra y regresó a Francia sólo años después.

Para muchos de los de mi generación que vivieron y crecieron en Europa, Vietnam quedó en la memoria como un sueño apenas real. Yo, en cambio, que estuve allí en los años duros, lo vi evolucionar paso a paso, sin que hubiera lugar para fantasías románticas hechas de recuerdos idealizados. Mi memoria es tan cierta, tan triste a veces y tan maravillosa otras, que no puedo concebir la idea de amoldarla a un deseo tan alejado de la realidad como el que cultivan los que se quedaron en Francia. Es casi como si recordáramos dos países distintos. Un gran amigo mío, hijo y nieto de vietnamitas, nacido y criado en París, me lo explicó recientemente en una hermosa carta que conservo:

De Vietnam, sólo he visto los meandros del Mekong desde la ventanilla del avión que me llevaba de Bangkok a Hong Kong. Pensé entonces que aquel país irreal, a miles de metros por debajo de mí, era la tierra de mis antepasados. De niño soñé tanto con él que no sé si iré un día a visitar este pobre devastado y empobrecido por tantos años de guerra. Cuando mi hermano y yo éramos pequeños, nuestro padre evocaba con frecuencia sus recuerdos del Tonkin… Se acordaba muy bien de la gran casa familiar e incluso nos dibujaba su planta. Un paisajista llegado de China había diseñado un magnífico jardín, en el que había situado un gran lago en cuyo centro había sido erigido un pabellón de mármol. Mi abuelo iba en barca hasta el pabellón para fumar sus pipas de opio, hechas de madera preciosa con incrustaciones de nácar y oro. Este personaje de otra época hasta tenía el poder de hacer cortar cabezas.

Aunque instalado en París desde los años treinta, mi padre continuaba frecuentando los ambientes vietnamitas. Todos sus amigos eran o habían sido ministros. Algunos habían sido muy ricos y lo habían perdido todo; los vietnamitas juegan mucho y apuestan fuerte. A menudo vivían en grandes apartamentos vacíos en el centro de París, en las esquinas de algunos de cuyos salones yacían abandonadas algunas defensas de elefante del más bello marfil.

Todo eso es Vietnam para mí. Fotografías de hombres de blanco rodeando al emperador Bao Dai, cuadros de juventud de mi padre representando pagodas en paisajes que recuerdan extrañamente al País de Gales.

Se diría que Vietnam está de nuevo de moda después del éxito de algunas películas llenas de vestidos blancos, mujeres lánguidas, bananos, grandes plantaciones de caucho y gigantescos árboles umbríos. Pero esta visión de pacotilla del país de mi padre me provoca náuseas y me reafirma en mi voluntad de nunca peregrinar a la tierra de mis ancestros. Prefiero quedarme con las imágenes que él evocaba cuando yo era niño y que vuelvo a encontrar cuando hojeo algunos libros, cuando miro algunas fotografías olvidadas o cuando sostengo el estuche de gafas de mi abuelo, finamente bordado en seda y oro y con un cierre de cuarzo rosa.

Esos recuerdos de ese país que no conozco me vuelven a la memoria cuando, soñadoramente, contemplo el retrato de Hoang Trong Phu y de su esposa. Este poderosísimo mandarín que posaba cubierto de condecoraciones tenía verdadera debilidad por mi padre y no podía negarle nada. Su mujer llevaba las uñas tan largas que no podía realizar trabajo manual alguno, si se exceptúan las interminables partidas de cartas que jugaba con la hermana de mi padre, mi tía, que hoy sería mucho más que centenaria.

Ése es el país que amo: un Vietnam que no tiene el menor atisbo de realidad, pero que existe aún en las singulares pinturas sobre seda de las que son autores mi padre, Le-Pho, y su amigo, el pintor y escultor Vu Cao Dam, tu tío. Creo que mi padre, como lo expresa tan bien su pintura, prefiere, antes que la realidad de aquel país, la imagen idealizada de una tierra que fue la suya hace mucho tiempo y que ha dejado de existir.

En fin, en mi familia los había de todas las profesiones, confesiones e inclinaciones, es cierto, pero sólo un artista verdadero: el tío Dam.

El abuelo Thi, además de un pésimo negociante y un terrible disciplinario, fue toda su vida un admirador profundo de Francia. Había acudido a París en 1889 como representante de Indochina en la Exposición Universal. Cautivado por la cultura francesa, tuvo la virtud de imbuir en sus hijos el gusto por ella. Y en el que más, en Vu Cao Dam.

En 1926, el tío Dam ingresó en la Escuela de Bellas Artes de Hanoi para estudiar durante los cinco años que duraba la licenciatura las especialidades de dibujo, pintura y escultura. Era un curso durísimo, con nueve horas de clases al día, además de las que era preciso emplear practicando. Recuerdo una fotografía del tío Dam, sería en 1926 o 1927, pintando al óleo en su caballete, en un bosquecillo a las afueras de Hanoi. Siempre vestido de modo impecable, con corbata, las mangas de la camisa remangadas y pantalones de lino blanco (la chaqueta, eso sí, tirada de cualquier manera en el suelo, encima de la hojarasca).

Los alumnos se levantaban a las seis de la madrugada y tenían una primera clase a las siete. Daban anatomía y perspectiva, y modelaban, y estudiaban medicina para que sus dibujos resultaran comprensibles y armoniosos. El primer trabajo de copia y perspectiva era indefectiblemente el desnudo de una bella modelo. Eso fue lo que hizo muy difícil a otra gran artista amiga de nuestra familia, Le Thi Luu, ingresar en la escuela: ¿Una mujer pintando una modelo desnuda? ¿A quién se le podía ocurrir semejante disparate? En aquellos años, las mujeres vietnamitas de buena familia no solían salir de casa y todavía se lacaban toda la dentadura de negro. ¡Pues Le Thi Luu acabó siendo profesora de la escuela! Era tan guapa que sus alumnos, en lugar de copiar lo que ella les enseñaba, hacían su retrato a escondidas.

El fundador y director de esta Escuela de Bellas Artes era Victor Tardieu. Él y otro pintor, Joseph Inguimberty, mimaban la vocación de sus alumnos pero les exigían esfuerzos continuos. Tardieu, padre del poeta Jean Tardieu, había estudiado pintura en París en el estudio de Gustave Moreau y sus compañeros aprendices se llamaban Albert Marquet, Henri Matisse, Georges Rouault y Simon Bussy.

La originalidad de la Escuela de Bellas Artes de Hanoi consistía en que dispensaba una enseñanza universal del arte, sin olvidar jamás que los alumnos eran hijos de la larga tradición del arte chino.

Para Tardieu, el más aventajado de todos los alumnos de la promoción que ingresó en la escuela en 1926 era sin duda el tío Dam. Desde muy pronto comprendió que su pupilo sería un escultor extraordinario.

Mi tío tenía manos huesudas de dedos largos y ágiles. Viéndolo malear la arcilla o el barro, daba la impresión de estar creando vida en cada trazo del pulgar, en cada movimiento untuoso de los dedos índice, medio y anular, que deslizaba juntos como si se tratara de una paleta flexible y delicada, en cada pellizco de barro que arrancaba de un mentón o de una nariz. Trabajaba a gran velocidad para no perder el hálito de vida que flotaba delante de él, entre el rostro del modelo vivo y la plasmación de un instante de su expresión. También pintaba al óleo sobre seda unos cuadros de gran delicadeza y colores vivos y pastosos.

La primera escultura que realizó en 1927, con apenas diecinueve años de edad, fue una cabeza del abuelo Thi que hoy se encuentra en una gran sala de la maravillosa fundación-museo de mi prima Yannick, en Mallorca. Es de tal perfección, está tan viva, tiene tanta fuerza que ya no sé si el recuerdo que guardo del abuelo proviene del bronce o de la realidad. Tiene la mirada entre fiera y asustada del hombre ya casi ciego que, angustiado, percibe la agresión definitiva de la vida e intenta esconderse de ella; el gesto algo amargo de la boca caída que se esconde detrás del ancho mostacho. El conjunto es tan moderno, tan estéticamente evolucionado que sorprende que una escuela de arte tan tradicional como la sino-vietnamita pueda producir cosas así. Éste era el genio del tío Dam y, en el conjunto de las enseñanzas de la escuela, el de Victor Tardieu.

En 1931 el tío Dam, terminada su formación en la Escuela de Bellas Artes de Indochina, que era como se llamaba aquel centro, obtuvo una beca para ampliar su formación en París y juntos nos fuimos él, dos hermanas suyas, Hong y Luu, dos hijos pequeños de Hong (mis primos) y yo misma hacia Le Havre en el paquebote *D'Artagnan*, un gran transatlántico que hacía el trayecto Saigón-Le Havre en más o menos un mes, con unas escalas llenas de romanticismo exótico: Colombo, Suez, El Cairo, Gibraltar, Lisboa...

Más o menos por la misma época también viajaron a Francia algunos artistas indochinos que acabarían siendo célebres, como Le-Pho, Mai Thu y Le Thi Luu. Todos eran grandes amigos entre sí y todos aprovecharon la ola de popularidad que había adquirido en Francia la pintura vietnamita. En el caso de Le-Pho, Tardieu lo había nombrado asistente suyo en la dirección artística del Pabellón Angkor en la Exposición Colonial de París en 1931.

Fue un viaje maravilloso durante el que los niños recorrimos una y otra vez el paquebote, subiendo y bajando escaleras, escondiéndonos detrás de las grandes barcazas salvavidas y deslizándonos hasta la cocina para que el chef, con su aire fiero y sus grandes mostachos, nos acabara regalando pastas y dulces, con la recomendación de que no se lo dijéramos a nadie, para que el capitán no lo tirara por la borda. Mientras tanto, el tío Dam esculpía la cabeza de Colette Reynaud, la hija del que luego sería primer ministro francés en el momento del estallido de la Segunda Guerra Mundial. *Mademoiselle* Reynaud viajaba de Saigón a Le Havre tras unas largas vacaciones al otro lado del mundo.

En Ceilán nos llevaron a visitar el inmenso jardín botánico, pero lo que más me impresionó fueron las esclusas del canal de Suez y las tres grandes pirámides de El Cairo. Estas cosas ya no ocurren así, pero entonces descubrir el mundo de aquella manera era para una fantasiosa niña de siete u ocho años como vivir un cuento de hadas.

Lo que más nos sorprendió y cautivó a todos de París fue el orden de sus calles, la limpieza de sus inmensas avenidas, la armonía de sus edificios y el río, con sus riberas de cemento y piedra tallada. Comparado con el desorden de Hanoi y las orillas arenosas del Río Rojo atestadas de sampanes y juncos, nos pareció que entrábamos en la civilización por primera vez en nuestras vidas. El tío Dam, con sus facciones regulares y sus grandes ojos almendrados que le conferían un aire de permanente ilusión, era el más cautivado por la ciudad que, creo, decidió hacer suya para siempre: nunca nos lo dijo, pero me parece que en el instante mismo en que nos bajamos del tren que nos había traído desde El Havre tomó la decisión de no marcharse de allí por más que pasaran décadas de nuestras vidas.

Los niños pequeños fuimos a vivir a casas de un millón de parientes, primos, tíos, tías (en mi caso, hasta tanto no llegara mi madre algunos meses después), mientras que el tío Dam alquiló junto con sus otros amigos artistas un pequeño apartamento en la ciudad universitaria. La cercanía le facilitaba asistir como alumno a la Escuela del Louvre, sección Extremo Oriente, que era como había planeado las cosas Victor Tardieu.

El «sistema Tardieu» consistía en organizar para sus alumnos continuas exposiciones, ventas a marchantes, publicidad en prensa, hasta que poco a poco les iba llegando fama y algún dinero, el suficiente para vivir y progresar en Francia.

El tío Dam se hizo rápidamente muy famoso en París, sobre todo después de esculpir la cabeza del emperador de Annam, Bao Dai, más o menos en 1932, y las de algunos de los políticos más importantes de Francia. De hecho, el emperador y él se hicieron muy amigos: jugaban regularmente al tenis, un deporte al que mi tío se dedicaba con la misma pasión con que hacía todo en la vida. Probablemente, con la misma pasión con que se enamoró de la tía Renée, aunque en un ataque de timidez tardara mucho tiempo en declararle sus intenciones. Recuerdo lo nervioso que estaba la tarde en que por fin la invitó a ir a un baile: una proposición que ella aceptó con risas y seguramente preguntándose por qué había tardado tanto en hacerla.

La tía Renée era una mujer menuda y con mucho carácter. Vu Cao Dam pintó su retrato sobre seda allá por 1938, sentada en el sofá de casa, con los ojos muy redondos y tan expresivos. Seguro que tuvo que porfiar mucho para que le permitiera hacerlo. Es un cuadro bellísimo, melancólico y delicado. Tiene mi tía exactamente la expresión que le recuerdo: firme e ingenua, decidida y tierna. Era bretona, una condición que no se pierde nunca. A los catorce años había viajado con sus padres a París. Allí se establecieron, aunque su país (puesto que se es bretón como se es checo o inglés) fue durante toda su vida su único punto de referencia verdaderamente serio, incluso en lo que hace a la gastronomía. No llegaría a decir que fue una gran cocinera, pero sí que tenía el sentido de la calidad, de la frescura y del sabor de los platos que preparaba. Y, claro, su gran especialidad fueron siempre las *crêpes*.

El tío Dam, en cambio, era un estupendo cocinero de no muchos platos, cuyos sabores y texturas eran indefectiblemente exquisitos. Con paciencia e inventiva, desde su llegada a París había recuperado todos los aromas de su infancia. Durante la Segunda Guerra Mundial nos llegaban regularmente de Vietnam, como un milagro, sacos de yute llenos de arroz dirigidos a *monsieur* Vu Cao Dam y cubiertos de sellos exóticos que hacían bizquear de envidia a la mismísima portera de su casa. Nuestra familia indochina también enviaba plátanos, carne, pescado, gambas secas y, por supuesto, *nuoc mam*. Y también té, champiñones secos, galletas de arroz y granos de loto que parecían botones de madera pero que daban a los platos un delicado sabor. Aún hoy no comprendo cómo en el París ocupado por los nazis nos llegaban sin merma aquellos mágicos envíos.

La comida era un rito muy importante en la familia y la competencia entre la cocina de la tía Renée y la del tío Dam una verdadera delicia. En días de fiesta, a veces acudíamos al restaurante del *père* Ti, único establecimiento vietnamita de París de cuyas paredes colgaban los famosos cuadros pintados sobre seda del tío Dam. Pero por lo general comíamos en familia: una anciana tía de Vu Cao Dam iba al mercado todas las mañanas y tardaba infinito tiempo en seleccionar las verduras, legumbres y frutas, sopesando cada pieza para comprobar si estaban frescas y maduras. A los dueños de los tenderetes se los llevaban los demonios y le decían toda clase de impertinencias que la vieja señora desdeñaba sin inmutarse, entre otras cosas, porque no hablaba francés. Luego volvía a casa, desembalaba sus compras con la mayor parsimonia y comenzaba a preparar sin apresurarse las decenas de platos de las comidas que iban a ser servidas a lo largo del día. Porque no sólo cocinaba para los miembros de la familia, sino también para todos los amigos de la casa, que llegaban a cualquier hora y que se sentaban a una inmensa mesa dispuestos a comer lo que les pusieran delante. Todo eso me parecía de una gran elegancia y de un maravilloso sentido de libertad. La tía Renée, en cambio, consideraba que todo aquello era un escándalo.

Por la tarde, la anciana tía, vestida con una túnica y unos pantalones de seda, con su pelo blanco recogido en un moño sujeto por un redondel de terciopelo negro, se hacía servir el té en el jardín, que, con su sola presencia, adquiría una atmósfera remota y misteriosa. Cuando sonreía, sus dientes lacados en negro conferían un brillo suave y melancólico a sus facciones. Nadie debía llamarse a engaño, sin embargo: en Vietnam había amasado una colosal fortuna; era una mujer de negocios temible y una formidable jugadora de cartas que apostaba un inmueble de su propiedad con la misma indiferencia con que nosotros comprábamos un hotel cuando jugábamos al Monopoly.

13

Los años de París transcurrieron sin grandes sobresaltos. Hacíamos la vida de la comunidad vietnamita, viéndonos todos con frecuencia, acudiendo a las mismas escuelas y liceos, yéndonos de excursión juntos. Acaso fuera por el color de nuestra piel y de nuestro pelo o por la forma de nuestros ojos, tal vez se debiera a nuestras actitudes y comportamientos sociales, que tendían a apartarnos de los demás, pero vivíamos un poco encerrados en nosotros mismos. No eran los franceses los que nos empujaban a ello: éramos nosotros. Sin duda, el racismo y la xenofobia estuvieron siempre presentes en mayor o menor grado, y peor cuanto más se acercaba la guerra que venía, pero Francia nunca nos rechazó. Al contrario, nos arropó por completo.

Yo, por ejemplo, me sentí totalmente parisina desde el primer momento. Sin embargo, la familia y sus adláteres, los numerosos amigos con los que convivíamos, absorbían gran parte de nuestro tiempo con sus ritos culinarios, sus leyendas de aquí y de allá y la estructura algo rigurosa de nuestras relaciones. La familia era como un compartimento estanco del que una salía cada mañana para ir al liceo y al que se reintegraba inexorablemente por la tarde. No me resultaba claustrofóbico, ni mucho menos, sencillamente así era lo vietnamita: un sistema basado en el respeto al orden de prelación familiar, que a su vez se sustentaba en el hecho, reconocido por todos, de que la sabiduría de nuestros mayores estaba en relación directa con su edad. Sin embargo, no excluíamos nada ni a nadie por mucho que pudiera parecerlo. Lo curioso era que, al mismo tiempo, los más jóvenes nos esforzábamos por integrarnos hasta el fondo en la sociedad y la cultura francesas. Incluso cambiábamos nuestros nombres para que sonaran más a Francia; por esta razón, en los años finales del liceo ya me conocían como Elena, una forma de llamarme más sencilla que Liên. Cuando llegué a la universidad, era una francesa como cualquier otra, aunque de convicciones más ardientes, más acendradas.

Al principio pensé que la tía Renée no resistiría esta forma de vida, pero me equivoqué. Era bretona. La fuerza de su carácter y la seguridad de sus convicciones le hacían superar cualquier dificultad sin esfuerzo aparente. El tío Dam y ella se querían mucho, de manera apasionada y apacible al mismo tiempo. Siempre estuvieron muy unidos; y a veces me pareció que la tía Renée sacrificaba gran parte de su vida en favor de la carrera artística de su marido. Imaginaciones mías, supongo.

Claro que la trayectoria artística del tío Dam le había ido empujando hacia derroteros cada vez más europeos. Creo que, como ya he dicho, en eso consistió el genio del maestro Victor Tardieu, el director de la escuela que los había formado a todos en Hanoi: fue capaz de imbuir en sus alumnos una visión global del arte, al tiempo que de ellos seguía saliendo a borbotones el Lejano Oriente. Mientras el grupo de artistas vietnamitas continuaba pintando y esculpiendo con la pasión que llevaban dentro (la que cada cual había traído del Tonkin, de Annam, de la Cochinchina), habían ido incorporando a su obra la influencia de todo lo que el mundo occidental había creado durante siglos: los primitivos italianos, el contraluz, los impresionistas, Matisse, Van Gogh, todo.

En 1946 ya nos habíamos trasladado a vivir a Vanves, en los arrabales de París. La guerra mundial había terminado y de golpe la paz recuperada nos daba a todos la impresión de una primavera que florecía a todas horas. La luz cambió, los aromas de la vida diaria pudieron percibirse de nuevo y la gente circulaba por las calles sin miedo, sin mirar a hurtadillas a derecha e izquierda para no ser sorprendida por las patrullas alemanas y, peor aún, por las bandas de nazis franceses.

No había sido fácil la vida en París durante los años de la ocupación alemana, pero habíamos sobrevivido, igual que los franceses. ¿Qué otra cosa éramos?

Sólo que ahora los vietnamitas nos habíamos quedado solos en medio de la plaza, convencidos de que nos esperaba idéntica liberación a nosotros allá lejos, de que nos correspondía por derecho, igual que había correspondido a los franceses tras una cruel guerra de más de cinco años. ¡Ah, sí! La guerra...

Ho Chi Minh, *bac* Ho.

Apareció de pronto en nuestras vidas, con la fuerza de un torbellino. Así, sin más, un día estuvo allí, convertido en mito y en héroe, no un héroe guerrero, sino uno como nosotros, amable, apacible, convencido y muy, muy testarudo.

A principios de febrero de 1941, Ho Chi Minh cruzó la frontera de China al Tonkin por el punto kilométrico 108, el mojón que quedaría para siempre como un hito en nuestra historia: por una cara reza *China* en ideogramas y por otra, *Tonkin* en francés. Hacía treinta años que no pisaba Vietnam. Llevaba consigo una destartalada maleta de fibra de junco y una máquina de escribir. Se instaló en una gruta de un villorrio llamado Coc Bo y, desde allí, organizó la resistencia contra el imperialismo con la ayuda de unos cuantos fieles. El hombrecillo de la maleta, refugiado en remotas montañas en los confines de China, se dispuso a luchar casi en solitario contra las dos grandes potencias coloniales de entonces: Japón, que había invadido Indochina, y Francia, su aliada, que nunca perdió de vista su objetivo de mantener allí intacto su imperio colonial una vez que se acabaran las hostilidades y se hubieran ido los demás.

En París el tío Dam nos enseñaba con orgullo los boletines que Ho escribía y distribuía desde allí, llamando a la insurrección y a la lucha nacional contra el fascismo francés y japonés. Creo que fue más o menos por aquel tiempo cuando se cambió el nombre de Nguyen Ai Quoc por el de Ho Chi Minh: Ho, «el de la voluntad esclarecida».

En aquella gruta creó la Alianza para la Independencia de Vietnam, el Viêt Minh, bajo la dirección del Partido Comunista. Empezaba el largo combate por la libertad.

Una guerra de independencia es siempre cosa cruel y violenta, sin cuartel. En el caso de Vietnam, fue una lucha plagada de dificultades y muerte a la que se superpuso, en su inicio, además, la pelea más visceral: la dictada por el hambre. En apenas unos meses, la hambruna se había cobrado más de un millón de víctimas. Los que quedaban, aguantaron.

El emperador Bao Dai y *bac* Ho se vieron en marzo de 1945, justo unos días antes de que el primero proclamara la independencia de todo Vietnam (una declaración algo huera, considerando que tenía el territorio ocupado por la más variada combinación de ejércitos extranjeros). Ho Chi Minh le dijo al emperador: «Vamos a trabajar todos juntos por la independencia del país»; y se dieron la mano al modo occidental. Todo esto ocurría pocos meses antes de que Ho, dueño ya de casi todas las provincias del norte, lanzara un llamamiento a la insurrección nacional y el general Giap empezara la larga marcha de su andrajoso ejército hacia Hanoi.

Pero no hubo violencia en Hanoi. La capital sencillamente cayó en manos del Viêt Minh sin un solo disparo, entre las aclamaciones de una gigantesca manifestación frente al Gran Teatro. Y el 29 de agosto se formó un Gobierno provisional presidido por Ho Chi Minh, el franciscano del comunismo. Todo estaba resuelto. No hacía falta más: Vietnam era libre por fin.

En realidad, empezaban veinte años de guerra. Y de engaños, puesto que ningún Gobierno de Francia, y luego de América, estuvo dispuesto a aceptar sin más la independencia de Vietnam. Los japoneses derrotados se marcharon, sí, pero los franceses, convertidos nuevamente en imperio, se quedaron.

Le hicieron venir a París a negociar la independencia, la integración de Vietnam en la Unión Francesa, las condiciones de la colaboración, la unión aduanera y monetaria... Lo comprendimos todos e imagino que el tío Ho el primero: Francia quería disfrazar su colonia indochina con pomposos ropajes, sabiendo que aun cuando la mona se vista de seda, mona se queda.

El tío Ho llegó a Francia el 31 de mayo de 1946. Venía a hablar, a seducir, a ganar para su pueblo. El Gobierno francés había organizado reuniones, conferencias, entrevistas. Ho no asistió a los debates. Lo habían hecho venir para que interviniera cuando fuera necesario allanar dificultades. Sus amables modales les habían engañado y Ho, el luchador silencioso y obstinado, se mantuvo en París con paciencia, sabiendo, a medida que pasaban los días, que todo era inútil y que llegaba el tiempo de la guerra. Estuvo en París hasta el 20 de octubre, casi cinco meses.

Fue durante este tiempo que Vu Cao Dam modeló su busto.

Instalaron a *bac* Ho en un piso de uno de los palacetes del barrio de L'Étoile, un modo de darle trato de jefe de Estado, pero sin exagerar.

«Sé que la comunidad vietnamita de París es grande», dijo al poco de llegar. «Tengo intención de compartir algo de mi tiempo con ellos: me debo más a mis compatriotas que a las pesadas cargas del protocolo». Y añadió: «Sé que también viven aquí varios grandes artistas de Hanoi y de Saigón. También quisiera verlos. Tengo entendido que uno de ellos, Vu Cao Dam, esculpió el busto del emperador Bao Dai. Me enseñaron hace poco un artículo de periódico en el que aparecía una foto de la obra. Me gustó mucho».

Los tíos Dam y Renée, y sus dos niños pequeños, mis primos Yannick y Michel, fueron invitados a la primera merienda organizada por la comunidad vietnamita, más o menos a mediados de junio de 1946, en el Parque de la Bagatelle, al lado del Bois de Boulogne. Hace mucho que no lo visito, pero lo recuerdo como un parque maravilloso, un juego de agua continuo, lleno de suaves murmullos de fuentes, riachuelos y diminutas cascadas y, sobre todo, dos enormes rosaledas con miles de rosales en flor. Allí nos reunimos todos con el tío Ho.

La merienda que yo recuerdo empezó con mis primos Yannick y Michel disfrazados con una túnica roja y llevando en la cabeza una estrella de oro (confiscada de las decoraciones de Navidad) y entre los dos, una bandera vietnamita. Cantaban el himno de Vietnam. Yannick, que entonces tendría cuatro años, temblaba como una hoja y me parece que fue necesaria cierta indulgencia por parte de los asistentes para reconocer las notas de lo que interpretaban. No importó. El hecho era que para todos nosotros, pequeños y mayores, la figura de Ho Chi Minh nos aparecía teñida de misterio, de heroísmo y de gloria. El Ho sonriente que escuchaba con la cabeza ligeramente inclinada encarnaba todas las virtudes, todas las cualidades de nuestra patria tan lejana.

Pidió que nos acercáramos, sobre todo los niños, para sentirse rodeado de inocencia y de sonrisas.

Luc me había acompañado a la recepción de Bagatelle; le apasionaba la idea de conocer a Ho. El líder viet era la suma de todo lo que significaba revolución, sacrificio generoso, anticapitalismo y compromiso para los politizados estudiantes de la Sorbona. Le permití que lo saludara, pero sólo con el resto del grupo de invitados franceses, para que al día siguiente pudiera pavonearse frente a sus ávidos compañeros. Cuando el tío Ho nos indicó a los vietnamitas que nos aproximáramos a él, obligué a Luc a quedarse atrás. En caso contrario, me habría parecido que ensuciaba el momento, ¿cómo podría explicarlo?, que lo mestizaba, cuando en realidad pretendíamos no mancharlo de blanco. Me parece que aquel día emprendí el regreso a Vietnam.

—¡Ah! —exclamó de pronto *bac* Ho al reconocer a mi tío, que se mantenía a respetuosa distancia detrás de sus dos hijos—. Usted es Vu Cao Dam, hermano de mi buen doctor Vu Dinh Tung y escultor célebre e ilustre. Lo hablaba con él esta mañana y le dije que quería conocerlo.

—Muchas gracias, presidente.

—Ah, no, no. Si yo soy presidente, usted es excelentísimo artista.

—Está bien, *bac* Ho —dijo el tío Dam, haciendo una profunda inclinación, a la que Ho correspondió juntando las manos—, pero entonces yo tampoco seré ningún ilustre artista, ni nada que se le parezca. Sólo trabajo con las manos para reproducir lo que tengo delante de mí.

—Bueno, por lo que veo, es bastante fiel a la realidad, al menos cuando reproduce a las figuras del antiguo régimen.

—¿Se refiere usted al emperador Bao Dai? —preguntó mi tío; Ho sonrió, pero no dijo nada—. Le hice ese busto hace ya muchos años, diez o doce, no sé —tragó saliva—. Y desde entonces somos buenos amigos y jugamos al tenis cuando él está en París.

—Me temo que acabarán practicando mucho ese deporte ustedes dos, aquí en París. Siempre me ha gustado verlo jugar —se apresuró a añadir, para quitar mordiente a su exabrupto.

—¿Podría hacerle una escultura a usted, *bac* Ho? —preguntó repentinamente el tío Dam—. Quiero decir, ¿le gustaría que lo hiciera?

Ho estuvo un momento en silencio, sin apartar la mirada de Vu Cao Dam. Luego dio una palmada de contento o de entusiasmo o de decisión, no sé.

—¿Un busto mío? ¿Usted cree? No estoy muy a favor del culto a la personalidad. Una estatua mía, como si fuera una figura mitológica. ¿No cree que mis enemigos me podrían acusar de eso? —Bajó la vista y sonrió de nuevo—. Tengo muchos —añadió para sí, pero después sacudió la cabeza como si quisiera apartar malos pensamientos—. Creo que no va a ser posible, ¿sabe? No dispongo de mucho tiempo y esas cosas requieren tiempo, ¿verdad?

—No, no. No lo crea. Sólo necesito una hora de su tiempo.

—¿Una hora? ¿Sólo?

—Nada más.

—En ese caso, sí que me gustaría. ¿Podría usted venir mañana a mi apartamento? ¿A las seis?

—¿De la mañana?

—Joven, ustedes los católicos tienen un dicho: a quien madruga, Dios le ayuda. ¿Qué le parece?

El tío Dam me dejó que lo acompañara al día siguiente hasta la puerta del palacete. La tía Renée rara vez le seguía en estas excursiones artísticas: no quería interferir en el proceso creador, y a mí me lo permitió tras mucho insistir y rogarle que me dejara llevar la maleta con los utensilios y un cajón que contenía el saquito con el barro. Pesaba como un demonio, pero no me quejé. Recuerdo que era palpable la tensión de mi tío. Me sorprendió, porque estaba acostumbrado a esculpir a grandes personajes sin darle mayor importancia. Es probable entonces que su nerviosismo se debiera al convencimiento de que se disponía a plasmar en barro a una de las grandes figuras del siglo veinte, un personaje al que además se sentía muy próximo.

En la calle, frente al portal, di unos pasos, y después me senté en un banco a esperar. Al cabo de un buen rato, cansada de no hacer nada, crucé de acera, me di la vuelta y miré hacia arriba, hacia el primer piso del palacete, donde yo sabía que estaba alojado el tío Ho. Por entre las ramas de los árboles pude divisar una gran ventana abierta y, encuadrado en ella, a Vu Cao Dam. Estaba inclinado delante de un montón de barro al que, con gestos rápidos, acariciaba (en fin, daba la sensación de acariciar), pellizcando aquí, raspando allá, empujando y estirando, moldeando con un gesto circular de su pulgar lo que podía ser la frente o la curva de la nariz o el arco ciliar. Visto desde la distancia, se hubiera dicho que ni miraba a su modelo y que se mantenía quieto sin comparar la realidad con la figurilla de barro, como si trabajara sólo de memoria. Todavía recuerdo, enmarcada por las hojas de los grandes castaños, su cara de intensa concentración, el pulgar y el índice de una mano arrancando un sobrante de la mandíbula de barro, mientras que la otra permanecía lánguida, ociosa, apoyada sobre la mesa de madera en la que reposaba el busto.

No tardó mucho. De pronto se enderezó, dio un paso atrás y se entretuvo en mirar su obra desde varios ángulos. Repasó una ceja y una guedeja del pelo de la barba y de nuevo se apartó para contemplar su obra. Entonces, por fin pareció darse por satisfecho y dijo algo. Enseguida apareció en la escena del ventanal *bac* Ho, que se quedó inmóvil escudriñando su busto. Al cabo, dio un par de palmadas y pude oír que decía: «¡Ah!, muy bien. Me gusta mucho. Gracias, Dam».

Así fue como nació ese busto que tantos quebraderos de cabeza nos ha causado.

A los pocos minutos, el tío Dam apareció en el portal llevando la caja de madera que antes había servido para acarrear el barro y que ahora transportaba la obra viva.

—¿Puedo verlo, tío Dam?

—Ahora no, Liên. Más tarde, en casa —le brillaba la cara y un largo mechón de pelo le caía sobre la frente—. ¿Sabes? Le he regalado uno de mis lienzos sobre seda. Me parece que le ha gustado.

Más tarde, ya en su casa, incapaz de detener su nervio creativo, lleno de intensidad, cogió una gran foto de su hija Yannick, le dio la vuelta y dibujó a tinta y con trazos muy sencillos un perfil de Ho Chi Minh.

—*Voilà* —dijo—. Tal como es, ¿no?

Después abrió la caja y sacó el busto, que había cubierto con una tela blanca. La quitó y se apartó para que pudiéramos verlo. Nadie dijo nada. A mí se me contrajo la garganta y quise llorar.

La tía Renée dijo:

—*Le buste de bac Ho.*

Unos días más tarde hubo en Bagatelle una recepción con las autoridades francesas y los miembros de la delegación indochina. Entre los franceses presentes estaba Raymond Aubrac, un personaje célebre proveniente de las filas de la resistencia francesa que había sido nombrado comisario de la República después de la guerra. Debía su fama al hecho de haber organizado el movimiento de Liberación-Sur, pero, sobre todo, a que tras haber sido detenido por los nazis en Caluire cuando estaba reunido con Jean Moulin, el gran jefe de la resistencia francesa, había logrado evadirse. Aubrac habría sido otro héroe anónimo de la Resistencia, fusilado tras su detención, si no hubiera sido porque su mujer, Lucie, organizó su evasión no una, sino dos veces: la primera, cuando fue detenido por la policía francesa de Vichy; ella dijo al fiscal que Aubrac era el delegado de De Gaulle en el sur de Francia (lo que no era cierto) y que si no lo ponía en libertad aquella misma tarde, por la noche el fiscal habría sido abatido por la resistencia. Esto ocurría el 10 de mayo de 1943. El 11, Aubrac estaba en la calle.

El 21 de junio, Moulin se vio obligado a reorganizar la estructura de la resistencia, muy dañada tras la detención en París de su jefe militar, y convocó una reunión a la que asistieron Aubrac y varios jefes más, uno de los cuales había sido detenido unos días antes por la policía de Klaus Barbie, jefe de la Gestapo en Lyon. Nunca se supo lo que había pasado y si, como se sospecha, este René Hardy, para salvar la vida, se había conchabado con Barbie con la promesa de colaborar con los nazis. El hecho fue que los detuvieron a todos.

Al enterarse Lucie de la nueva detención de su marido, se puso una vez más manos a la obra. De modo casi milagroso, se las compuso para que la recibiera el mismísimo Klaus Barbie. Es sabido que las historias más creíbles son las que más se acercan a la verdad: Lucie le explicó que acababa de darse cuenta de que estaba encinta (lo que era cierto) y que le angustiaba el hecho de que su novio estuviera herido (que también). Pidió que la atendiera un médico. Barbie, para comprobar que Aubrac se llamaba genuinamente Claude Ermelin (nombre supuesto de Aubrac en esos momentos), sacó de un cajón por sorpresa la cartera que había incautado al detenido; entre los papeles (falsos) que en efecto confirmaban su nombre como Ermelin, apareció una foto de Lucie y Raymond con su primer hijo en brazos. Barbie se tragó el anzuelo y aunque no puso a Aubrac en libertad, ordenó retenerlo en Lyon, convencido de que era un resistente de poca monta. Lo hizo interrogar en uno de los despachos y no en las salas de tortura, sólo medianamente interesado en saber dónde guardaba el dinero su organización y dónde se escondían sus jefes, pero bastante seguro de que su prisionero lo ignoraba casi todo.

Pocas semanas después, sabiendo que Barbie estaba en Italia, Lucie lo intentó de nuevo. Un coronel alemán que se ocupaba de intendencia accedió a escucharla. Lucie refinó su historia y se presentó como una joven de buena familia, seducida y abandonada. No pretendía «que pusieran a su Claude en libertad», sino solamente «casarse con él para no ser una madre soltera más, rechazada por la sociedad». Durante un mes consiguió que le permitieran visitar a Aubrac para llevarle regalos y alguna golosina. Al cabo de ese tiempo, un oficial de la Gestapo la recibió para decirle que dudaba de que Claude Ermelin quisiera casarse con ella, a lo que Lucie contestó que quería un cara a cara para comprobar si el hombre tenía el valor de negarse. El oficial accedió y el cara a cara tuvo lugar aquel mismo día en las oficinas de la Gestapo. La resistencia preparó un asalto al furgón que trasladaría después al preso hasta la cárcel, ¡pero no pudieron dar el golpe de mano porque el furgón alemán iba demasiado deprisa para la renqueante velocidad del Citroën a gasógeno que utilizaron!

Raymond, por supuesto, se había prestado al juego, y había declarado que accedía, aunque a regañadientes, a casarse con Lucie. Entonces, Lucie, que necesitaba a su marido nuevamente fuera de la cárcel y al alcance de una operación de rescate de sus compañeros, sorprendió a todos exigiendo que Raymond-Claude firmara un contrato de compromiso.

El 21 de octubre, fecha de la firma, por la mañana, la Resistencia tenía organizado un nuevo asalto al furgón que hacía el recorrido desde la cárcel a las oficinas de la Gestapo. Fue otro fiasco: se les había calado el coche cuando llegó el momento de adelantar a los alemanes.

Firmado el contrato, durante el regreso de Aubrac y otros presos hacia la cárcel, un nuevo ataque tuvo por fin éxito.

Hoy nos parecería un simple montaje de película, pero entonces fue una maniobra muy arriesgada: desde la ventanilla de la derecha de un coche que adelantaba al furgón, un disparo acabó con la vida del conductor alemán, que se desplomó sobre el volante al tiempo que, ya muerto, pisaba con fuerza el freno. El furgón se detuvo y los tres soldados de la escolta se bajaron para ver qué había pasado. Fueron abatidos sin contemplaciones. Aubrac estaba libre.

Los Aubrac hubieron de ocultarse durante meses, mientras amigos suyos tuvieron la previsión de esconder también a su pequeño hijo, librándolos a todos de la salvaje represalia organizada en Lyon por la Gestapo. En febrero de 1944, los Aubrac fueron evacuados por avión a Londres.

Regresaron a Francia meses más tarde, tras la caída de París. Raymond Aubrac fue nombrado comisario de la República.

Cuando había estallado la guerra, en 1939, el Gobierno francés había hecho venir a miles de trabajadores de Tonkin, de Annam, de la Cochinchina, de Camboya y Laos para remplazar a los trabajadores franceses movilizados por el ejército. Después de la derrota de 1940, estos trabajadores asiáticos habían sido internados en campos de concentración; y cuando Aubrac ordenó a finales de 1944 una inspección del campo que había cerca de Marsella, se encontró con la peor de las situaciones: prostitución, mercado negro, tolerancia de las autoridades con los jefecillos mafiosos que lo controlaban todo y, sobre todo, malnutrición e insalubridad con unos niveles intolerables de mortandad. Aubrac intervino y puso remedio a la situación.

Los vietnamitas nunca lo olvidaron: le estaban muy agradecidos y se pasaban la vida mandándole pequeños regalos —cajas de bombones durante el festival del Tet, y cosas así— y, de vez en cuando, una invitación para una cena o para una recepción.

En aquella ocasión de principios de verano de 1946, Aubrac había acudido a la recepción de Bagatelle, invitado, como siempre, por el grupo de vietnamitas más amigo. Inmediatamente le fue presentado Ho Chi Minh. Se saludaron con simpatía instintiva y pasearon un rato por entre las avenidas de flores del parque, sin que Aubrac estuviera muy seguro de qué decir a esta estrella de la actualidad.

—Señor presidente —dijo por fin—, ¿le gusta a usted París?

—¡Claro! Conozco esta ciudad desde hace años; sobre todo, el barrio Latino.

—¿Y está usted bien instalado aquí?

—Bueno, su Gobierno me ha alquilado un piso en un palacio de L'Étoile. Pero lo cierto es que no me encuentro muy a gusto. Si debo decirle la verdad, me falta un jardín.

—Me encantaría enseñarle el mío, pero vivo bastante lejos, en las afueras, al norte de París.

—Ah, señor Aubrac, me gustaría mucho visitar su jardín y si le parece bien, iré el próximo martes a tomar el té.

Dicho y hecho. Visitó, vio y convenció a los dueños de la casa: pocos días después, el tío Ho se instaló en el segundo piso de la villa de los Aubrac. Se hicieron enseguida muy amigos y, en cuanto nació la pequeña Elizabeth, *Babette* (la que seguía a Catherine, el bebé protagonista de la historia de la evasión de los Aubrac en Lyon), Ho decretó que sería su padrino. Se hizo contar las aventuras de las dos evasiones muchas veces. Reía sin parar del ingenio y el atrevimiento de Lucie; quería que le repitiera cada detalle como si fuera un filme cómico.

—Vuestro té no es muy bueno —decía—, pero la casa y la compañía me encantan.

Lucie me contó que la mejor amiga de *bac* Ho en aquellas semanas fue sin duda su madre, una sólida campesina de la Borgoña lista como un rayo y directa y franca como una lanza. Ho hacía que le contara los trabajos, las costumbres, los prejuicios de los campesinos borgoñones, sobre todo de los que se ocupaban de los viñedos, y, a su vez, le contaba los de los campesinos de su país. Hablaban durante horas.

Cada mañana le traían los periódicos franceses, alemanes, ingleses y rusos y los hojeaba sentado en cuclillas en la hierba del jardín. Varias veces por semana iba a visitar al jardinero del pueblo y volvía cargado de flores. Algunos días iba a París a hablar con las gentes de su delegación o con colegas del Partido Comunista, periodistas y políticos. Si no se movía de la casa, venían a visitarlo intelectuales, escritores, gentes de derechas e izquierdas a quienes pedía que se invitara a cenar.

Para los Aubrac aquello resultaba casi demasiado oneroso y complicado. Fue al tío Dam a quien se le ocurrió la solución: se encargaría de hacer la comida el *père* Ti, que además resultó ser buen amigo de Ho Chi Minh de los viejos tiempos de París.

Y así fue como Ti se instaló en la cocina de los Aubrac y aquella casa se convirtió en un paraíso de la gastronomía vietnamita. Y, sin duda alguna, el té mejoró de modo espectacular.

—Han sido unas semanas asombrosas —le dijo Raymond a mi tío en una ocasión—. Todos nosotros hemos llevado una doble vida. Por un lado, mi casa ha sido la residencia de un jefe de Estado que llevaba el peso de una negociación difícil y mantenía contactos con amigos y adversarios para intentar influir en sus opiniones. Pero seguía siendo el hogar de una familia, con los problemas de los niños, el trabajo del marido y la espera del nacimiento de Babette, la tercera de nuestros hijos, con todo lo que ello supone de preparativos, nervios y esperanza. Qué curioso, ¿verdad?, que las dos actividades se acabaran juntando al final del día en conversaciones, en comidas, a través de amigos comunes y gestos que crean recuerdos.

Es dramática la facilidad con que las cosas pueden cambiar.

14

Bac Ho regresó a Vietnam a finales de octubre. Bruscamente las cosas se pusieron feas y la tensión ensombreció nuestra existencia falsamente idílica de París.

Desde hacía semanas, el tío Dam había cerrado con llave una habitación de la buhardilla y nos había prohibido entrar en ella a los pequeños (y a los no tan pequeños, puesto que yo ya tenía veintidós años). Al mismo tiempo, su buen humor y su sonrisa tan espontánea fueron desapareciendo y su cara se fue crispando. Tanto que pensé que había enfermado. Pregunté a la tía Renée y me contestó con un «tiene muchas preocupaciones» y allí quedó la cosa.

Todos éramos conscientes de que las relaciones entre Francia y Vietnam se estaban agriando, de que la Conferencia de Fontainebleau, que era donde se reunían los delegados, no progresaba y de que la gente más conservadora del Gobierno y el ejército franceses se impacientaba. Les apetecía dar un buen golpe de mano, acabar con la resistencia vietnamita y restablecer de una vez por todas la gloria colonial de París. Era preciso enseñar a esos pequeños miserables amarillos lo que significaba enfrentarse a Francia.

El espectro del nazismo y del Gobierno de ultraderecha de Vichy quedaba ya lejos, las malas conciencias del colaboracionismo se habían calmado y la Francia conservadora empezaba a volver por sus fueros, lo que equivale a decir que una gran parte del país exhibía una vez más posturas más conservadoras, de fuerte anticomunismo y de renovado imperialismo. Esto, aplicado al Lejano Oriente, significaba que, para muchos, la recuperación del prestigio de la metrópoli pasaba por la recuperación de su papel en lo que ellos llamaban «el concierto de las naciones coloniales».

¡Cuántas discusiones en la Sorbona! ¡Con cuánto apasionamiento disentíamos de nuestros políticos y nos avergonzábamos de esta su nueva ambición que, nos parecía, nada justificaba ya! Los jóvenes universitarios estábamos ya instalados en el anticolonialismo radical que se generalizaría en la década siguiente. Y seguíamos apasionadamente la redención del individuo a través del marxismo. Que *bac* Ho fuera comunista era lo que contaba para nosotros, le prestaba un doble valor de redención: en 1924 ya había estado en Moscú durante el V Congreso del Komintern (y, lo que no nos confesábamos luego, años más tarde había aprobado tácitamente las terribles purgas de Stalin) y en 1938 había llegado a Yanan, la capital de la China roja de Mao.

Bac Ho era un hombre puro. No teníamos duda de que conquistaría la libertad para su pueblo. No era una tesis que gustara mucho a la policía de París y a los servicios secretos. Por eso, cuando Ho Chi Minh regresó a Hanoi y la posibilidad de un acuerdo franco-vietnamita pareció alejarse mientras se acercaba el espectro de una nueva guerra, la situación para la colonia vietnamita de París se tornó desagradable.

Durante esa temporada yo me había trasladado a vivir a casa de mis tíos Dam y Renée.

La llamada de lo prohibido es irresistible. Para gran enfado de mi tío, una tarde conseguí entrar de puntillas en la habitación de la buhardilla para descubrir qué secretos inconfesables escondía.

El cuarto estaba en penumbra y al principio no pude distinguir nada con claridad; me parecía que lo que había en la alcoba aquella eran cuadernos y carpetas de fotos amontonados sobre sillas y mesas. No creí que, fuera lo que fuera lo que aquellas fotografías retrataban, el misterio revistiera gran gravedad ni resultara merecedor del sigilo impuesto por Vu Cao Dam.

Aunque la buhardilla no era el estudio de mi tío, olía a pintura al óleo. Sobre un caballete, el esbozo de un cuadro con la pintura reciente brillaba en el reflejo de la contraventana entrecerrada. Me sorprendió y decidí mirarlo con detenimiento cuando hubiera aclarado el resto del misterio.

Me acerqué a una silla sobre la que había un gran cartón doblado, evidentemente lleno de fotos. Sobre el cartón alguien había escrito en letras mayúsculas HOA LO. Alcé la tapa y tuve que acercar la cara para poder distinguir el tema de la primera fotografía, que estaba en blanco y negro y que era muy oscura.

Era un hombre. El pelo largo le caía sobre la cara, tapándole el costado derecho del rostro. Tenía cerrado el ojo que quedaba visible y lo cubrían unos churretones que enseguida comprendí que eran de sangre. La boca, abierta, parecía gritar de dolor. El resto de su maltrecho cuerpo tenía grandes heridas medio cubiertas por harapos y la pierna derecha se doblaba a la altura de la rodilla hacia fuera en lugar de hacia atrás como hubiera sido natural. Estaba tirado contra una pared muy sucia y mal iluminada. En la esquina inferior izquierda de la foto aparecía una mano retorcida de otra persona.

Horrorizada, me tapé la boca con el puño cerrado. No me parecía posible apartar la mirada de aquel espanto. Un momento después miré por encima del borde de la foto. Incapaz de detenerme, descarté la que tenía en las manos y cogí la siguiente. Y la siguiente y la siguiente, con revulsión cada vez mayor. Fui a otro montón de fotografías y había muchas más escenas de gentes torturadas, mujeres desnudas, hombres rotos, ancianos mortecinos, grupos de jóvenes amontonados los unos sobre los otros. Me pareció imposible tanta crueldad. Me entraron arcadas, tal era la fuerza bestial de aquellas escenas, y poco faltó para que vomitara allí mismo. Pude contenerme a duras penas.

—¿Qué haces aquí? —preguntó de pronto el tío Dam. Había entrado sigilosamente en la habitación para sorprenderme. Pegué un brinco y me volví. Me sentía enferma.

—¡Dios mío! Nada... No hago nada. Miro..., esto..., bueno, miro.

Con la barbilla señaló la foto que tenía entre las manos.

—¿Miras? ¿No te había dicho que estaba prohibido subir aquí?

—Yo..., lo siento, tío Dam. Pero ¿qué es esto?

Pareció dudar un momento. Tal vez mi aspecto enfermo, el olor palpable a náusea, lo ablandó y, por fin, mirándome, ordenó:

—Deja esa foto ahí y cierra el cartón. Y deja todas las demás como están.

—Pero, tío, ¿qué es todo esto? ¡Dios mío!

—¿Eso? Eso es la labor civilizadora de Francia en nuestro país. Eso es lo que los soldados hacen en Hanoi con los patriotas.

—¿Los torturan así?

Asintió.

—Así.

También él había palidecido y se le habían marcado dos gruesas venas en la frente.

—Pero ¿qué es Hoa Lo? —pregunté, señalando la tapa de cartón en la que estaban escritas las dos palabras.

—Hoa Lo es la cárcel de Hanoi. Antes iban los criminales a cumplir condenas y ya era horrible. Ahora, desde que se fueron los japoneses de Vietnam, es una prisión militar de los franceses. Allí torturan, matan y degradan a nuestra gente. Que nadie te encierre nunca ahí dentro, Liên.

Sacudí la cabeza. ¿Quién me iba a encerrar a mí en aquel espantoso lugar?

—¿Y estas fotos, tío Dam?

—Me las mandan desde allí. Las sacan gente amiga a escondidas y me las envían —se encogió de hombros— para que las enseñemos aquí a nuestros amigos, a los camaradas, a la gente del Partido Comunista, a los periódicos..., y puedan divulgar lo que Francia está haciendo en Vietnam.

—¡Pero yo no he visto nada de eso en ningún sitio!

—Todavía no es el momento —me miró de hito en hito y añadió—: Y ahora, sal de aquí y no digas a nadie lo que has visto.

Dos días después, la portera de casa nos delató a la policía.

No sé qué habría sospechado, qué habría visto o si habría abierto uno de los grandes sobres llenos de fotos que llegaban para Vu Cao Dam desde Hanoi. Pero hacía poco que la tía Renée la había dejado llegar hasta la cocina, para recoger una bolsa de patatas bretonas. La portera se había detenido en el umbral del salón y, levantando la voz, había preguntado:

—¿Ésa es la escultura del comunista ese que ha estado en Francia?

—¿De Ho Chi Minh? —preguntó mi tía—. Sí, ése es Ho Chi Minh.

La portera dio un bufido.

—Ya —dijo. Y se marchó sin agradecer siquiera el regalo de la bolsa de patatas.

Por suerte, un hermano de la tía Renée se enteró a tiempo de que la policía vendría aquella noche a hacer un registro y nos avisó.

El tío Dam tenía un radio-transmisor, regalo, creo, de algún partisano que lo había utilizado durante la guerra. Me parece que con él se mandaban mensajes a los ingleses cuando París estaba a punto de caer. Aunque ya habría servido de poco, el transmisor estaba en perfecto orden de funcionamiento. Habría sido difícil explicar a la policía para qué lo usábamos nosotros, peligrosos espías.

En casa había un piano de cola: allí guardamos a toda velocidad el transmisor, las fotos de la buhardilla y algunos documentos que mi tío no nos dejó leer. En cuanto al busto, fue el hermano de la tía Renée el que se lo llevó a su propia villa. Mi tía cubrió el piano con un chal de cachemira y encima colocó un gran vaso de cristal con flores. Eran lirios de los que pintaba el tío Dam sobre seda y que olían tan, tan bien.

El registro nos tuvo a todos sobre ascuas. Yo veía a la tía Renée tensa y nerviosa; no se despegó del piano ni por un momento. Al final, los policías pidieron a Dam que los acompañara. Hice un gesto para intervenir, pero mi tío me contuvo con una mirada severa.

Estuvo fuera muchas horas y no volvió hasta las tres de la madrugada. Venía tranquilo. Dijo que lo habían tratado bien, con cortesía, y que creía que el peligro había pasado.

—Pero me parece que deberíamos esconder todo esto en algún lugar seguro... Y el busto, también. No sé, a lo mejor deberíamos destruirlo y destruir las medallas con su efigie que tengo preparadas para la Casa de la Moneda.

—¡No! —exclamó tía Renée—. De ninguna manera.

El tío Dam había intentado colar en bronce el busto de barro, pero era justo después de la guerra y las fundiciones en Francia estaban ocupadas en otras cosas. Le dijeron que debía esperar. Podría haber hecho la reproducción en cerámica en Sèvres, como había sido el caso con el busto de Bao Dai, pero para la fábrica de Sèvres el emperador era una cosa y el líder comunista que lo había destronado, otra muy distinta. No hubo más remedio que resignarse y esperar una ocasión mejor. ¿Qué podíamos hacer?

Padecer, eso es lo que tocaba hacer.

En las semanas que siguieron, la salud del tío Dam se fue deteriorando: respiraba mal, se sentía incapaz de trabajar y la desmoralización le ganaba la partida. No quería salir de casa y pasaba cada vez más horas en el cuarto de la buhardilla. Alguna vez intenté entrar a consolarlo, pero en cuanto pisaba el dintel, levantaba una mano sin siquiera mirarme, prohibiéndome pasar de allí. Y la tía Renée, pese a la solidez de su carácter, sufría contemplando la desesperación creciente de su marido.

Fue por aquellas fechas, en el otoño tardío de 1946, cuando Ho Chi Minh rogó a mi padre que volviera a Hanoi. Las palabras habían fracasado: había llegado el tiempo de la lucha. Y, claro, me sumé al viaje. Es cierto que tuve dudas y que pensé en quedarme, viendo lo mal que se encontraba mi tío, pero mi padre me miró con la seriedad de costumbre y sentenció:

—No te corresponde, Liên.

La tía Renée, generosa como siempre y espantada por el riesgo de guerra en Oriente, intentó disuadirme del viaje. Pese a las complicaciones por las que ellos pasaban (a las que se añadiría, si me quedaba, la responsabilidad de mi presencia), le parecía que yo era muy joven y que las cosas en Vietnam se estaban poniendo muy feas. Mejor esperar. Llegué a titubear, sin saber qué camino tomar, pero una vez más mi padre me miró e hizo un gesto negativo. Fue suficiente.

Entonces, la tía Renée, que nunca perdía detalle, tras un largo suspiro, añadió:

—De todos modos, creo que el clima de París es malo para Dam —no dijo cuál clima, si el de la persecución moral o la humedad—. No vale la pena que sigamos aquí. Tenemos familia y amigos en el sur. Mejor será que nos vayamos a vivir allá con los niños. Ya lo hemos hablado Dam y yo. ¿Para qué seguir sufriendo aquí? —me sonrió—. No será fácil prescindir de tu compañía, Elena, pero me parece que nos las arreglaremos.

Y así me fui a Hanoi con mi padre, aunque no antes de que mi tía se comprometiera a escribirnos contándonos las vicisitudes de su marcha al sur de Francia. Fiel a su promesa, nos escribió. Mi padre me trajo la carta al Hospital Indígena:

> *Estamos por fin instalados en Saint-Paul de Vence. Es un lugar maravilloso, lleno de luz y colorido, con el mar Mediterráneo a un paso y olor a flores y lavanda. Hemos decidido no marcharnos nunca más de aquí. El clima es mucho más benéfico, por más de una razón, y vuestro hermano y tío se encuentra decididamente mejor de salud y de ánimo. Da placer verlo sonreír de nuevo.*
>
> *El viaje en tren desde París no fue fácil, sino más bien angustioso. Dam no quiso separarse del cajón con el busto que todo el mundo parece querer destruir por razones que no acabamos de comprender. Las fotos iban en una maleta con la ropa de los niños. Nadie nos molestó.*
>
> *Estuvimos unos días en Béziers. Allí, Dam visitó a un campesino del Partido al que conocía desde París de alguna reunión sindical a la que había asistido para hablar de Vietnam y de su lucha por la liberación. El campesino le había ofrecido ayuda si en algún momento la necesitaba. Dam no se lo pensó dos veces y le pidió que le guardara el busto hasta que la situación mejore. Y allí ha quedado* bac *Ho, a buen recaudo, escondido Dios sabe dónde.*

—Y ésa es la verdadera historia del busto de Ho Chi Minh —concluí—. Ya ve: está escondido, enterrado o vaya usted a saber qué, en algún lugar de la campiña de Francia. Y no tiene poderes miríficos.

—Todo esto me parece bastante inocente —dijo Bernard.

Reí.

—Pero no se lo vaya usted a contar a sus jefes. Perderíamos la ventaja moral.

Suspiró.

IV

Viêt Nam

15

Petit Jean, el pequeño Juan, nació a principios de octubre de 1947 en el Hospital Indígena de Hanoi. Lo trajo al mundo mi padre y *soeur* Thérèse lo lavó y envolvió en una tela de gasa para ponérmelo en el regazo.

Y allí estuvo, sin que yo permitiera que me lo quitaran, hasta que, agotada y en paz y sin recuerdo del dolor, me dormí. Por lo que me contaron después, pasó por las manos de todos: la monjita, mi padre, Bernard (que había esperado impaciente en una sala contigua al paritorio), la pequeña Lu, incluso el anciano mayordomo de mi abuela.

Mi padre y Bernard se miraron con cierta solemnidad, me dijo *soeur* Thérèse riendo, «Jesús, María y José»: dos enemigos verdaderos frente a frente, sin hablarse, reconociéndose como tales pero unidos por un trocito de carne que gimoteaba. «Lo que hace un recién nacido inocente». Vu Dinh Tung era el abuelo; Bernard, el padre. (Por supuesto que no era el padre, claro, pero, por lo visto, se plantó allí, en aquel quirófano, dispuesto a establecer sus derechos morales sobre el niño. Como si los hubiera tenido o yo se los hubiera concedido).

—El ejército francés te violó y lo produjo; el ejército francés lo prohija y lo defiende —añadió la hermana, como si se tratara de una broma—. ¡Ah, bah! Eran como dos gallos de pelea disputándose un pollito recién nacido.

Debió de ser una escena muy dura, puesto que Bernard era la encarnación de todo lo hostil, de todo lo que mi padre rechazaba, contra lo que luchaba, un soldado del ejército colonial empeñado en aherrojar su país. Pero, al mismo tiempo, supongo que tenía que reconocer que era el hombre que me había salvado varias veces y gracias al cual estaba viva y este nieto nacía.

Bernard, en cambio, por lo que me dijo después la monjita, no dudó. En ningún momento sintió la tentación o la obligación de actuar como enemigo declarado que era de mi padre. De no haber mediado nosotros dos, mi hijo y yo, no habría titubeado: habría apresado al doctor y lo habría entregado a la cárcel de Hoa Lo. Pero, para él, el orden de prelación de las opciones estaba claro y no vaciló. En ese instante, las únicas obligaciones que reconoció como sagradas fueron las que lo ataban a mí y al pequeño. Nada de esto resultaba muy marcial. Tiempo después lo reconocí como una tácita esperanza de paz.

—¿Está bien? —preguntó.

—Está sano —contestó mi padre.

—No, no me refiero al bebé, no... ¿Liên?

—Es fuerte y flexible como una caña de bambú. Dentro de unas horas estará de pie exigiendo irse a casa con su hijo.

No fueron unas horas, sino un par de días, al cabo de los cuales Bernard me llevó a la casa de los abuelos en la calle de los Ladrillos en un coche requisado para la ocasión.

La pequeña Lu esperaba en la entrada. Le entregué a *petit* Jean y después, no sin esfuerzo, me agarré a la mano de Bernard para salir del coche. Me apoyé contra la columna de la entrada, y cuando hizo ademán de cogerme en volandas para ayudarme, lo fulminé con la mirada.

—¿Qué cree? ¿Que estamos casados y esto es el principio de nuestra luna de miel? Ha enloquecido, Bernard.

—Sólo quería ayudarla a entrar y dejarla instalada en su habitación —contestó. Se había puesto rojo como un tomate.

—Soy perfectamente capaz de hacerlo sola. Déjese de tonterías.

Entré en el patio andando como uno de los patos que pululaban por allí. Me sentía torpe y aún estaba muy dolorida. Me detuve un momento delante de la fuente, pero me enderecé y seguí andando como si nada.

Con la pequeña Lu, habíamos decidido que me instalaría en la habitación de mi abuela Cuc, que era espaciosa y recibía mucha luz del patio. Además, quedaba al lado uno de los cuartos de baño a la europea que había sido añadidos hacía años.

Allí, el bebé estaría perfectamente, en una esquina ventilada y fresca.

El mayordomo me recibió con un festín, el origen de cuyos ingredientes no debía de estar muy lejos de nuestro jardín y de nuestro gallinero. Me había preparado una *súp gà nâm*, el «potaje misterioso» con pollo y botones de loto, champiñones y setas y hojas de cilantro. Y de postre, un flan al jazmín, uno de mis dulces preferidos de toda mi vida.

En verdad que fue volver a casa y reconocer que éste era mi hogar. Me arrebujé feliz en la cama de la abuela y reclamé a mi hijo para darle el calor que necesitaba para encontrarse protegido y amado.

Pronto volví a la rutina de mi ocupación como comerciante de arroz, un trabajo sólo interrumpido por las seis veces diarias en las que alimentaba a mi pequeño. Hubiera debido impacientarme; en ocasiones, *petit* Jean pasaba horas agarrado a mi pecho y además se dormía, pero en lugar de ello, me enternecía contemplar sus ojos azules y su piel oscura, las manos de dedos largos y delicados y sus pies interminables.

—Será muy grande —decía Lu.

Le acariciábamos el pelo tan sedoso y cuando lo bañábamos, jugábamos con lo que Lu llamaba «su colita».

No lloraba nunca. Apenas emitía de vez en cuando unos gemidos apagados, señal de que tenía hambre y ya le tocaba comer. El resto del tiempo lo pasaba durmiendo o abría los ojos y sonreía, agitando mucho brazos y piernas.

Había momentos en los que me recordaba a su padre, supongo que por el color de los ojos o por algún gesto instintivo o por la forma de sus manos. Pero yo rechazaba la memoria con rabia y me decía a mí misma que ese niño era sólo mío, puesto que el semen que lo había concebido estaba contagiado de miseria. Sólo yo lo había redimido. Yo le había ganado la partida a Yves Rouet. Nunca pregunté a Bernard el detalle de las circunstancias de su muerte en aquella emboscada en Hoa Binh de la que me había hablado; tampoco quise averiguarlo, quiero decir que no me atreví a hacerlo, porque había momentos en los que Bernard, cuando pensaba que yo no le veía, miraba al niño con aire de feroz reivindicación. Como si lo hubiera conquistado en una batalla. Eso me hacía comprender que existía entre los tres, Rouet, Jean y Bernard, un lazo de sangre o de ponzoña que más valía no remover.

Lo que importaba era que *petit* Jean estaba conmigo, era completamente mío.

No lo habría confesado en voz alta, pero mi hijo absorbía todas mis energías sentimentales y, desde luego, todo mi día de amores. Tenía que hacer verdaderos esfuerzos para atender mis otras ocupaciones, entre ellas, el comercio del arroz; no diría que floreciente, puesto que distribuía mucho de él de modo gratuito o a bajo precio, pero sí intenso.

El arroz era cuestión complicada. Los franceses, que controlaban Hanoi y la zona del delta del Río Rojo, tenían establecido una especie de monopolio del comercio, para alimentarse a sí mismos y a la población indígena a su cargo en las ciudades. Las cosechas estaban militarizadas y el almacenaje se hacía bajo estricta supervisión militar. La gente como yo, que en la capital servíamos de mercaderes al por mayor, éramos los suministradores oficiales. Todo eso estaba muy bien, sólo que Hanoi estaba rodeado de pueblos y villorrios controlados a todos los efectos por el Viêt Minh. Fue en aquellas áreas donde empezó la práctica de los silos subterráneos en los que almacenar el arroz con que se alimentaba a las poblaciones rurales.

Se excavaba un gran agujero, de unos cuatro metros de diámetro y seis o siete de profundidad que abajo del todo acababa en ángulo, en una especie de tolva enchufada a una caña de bambú vacía. Al lado de este silo se perforaba una chimenea bastante estrecha en la que apenas cabía un hombre (mejor dicho, cabían los vietnamitas, que eran pequeños y flacos, pero no los europeos, por delgados que fueran). Al fondo de la chimenea, que llegaba más abajo que el silo contiguo, se perforaba un boquete con el que comunicaba el final de la caña de bambú. Todo este artilugio se disimulaba bajo tierra. Allí se almacenaba el arroz que campesinos aparentemente inocentes recogían por la noche para alimentar a poblaciones enteras. Yo misma, aprovechando la oscuridad y el regreso de los carromatos a las zonas de los arrozales, los cargaba con disimulo y los mandaba a dos o tres silos próximos a la capital. Allí vaciaban el arroz y seguían inocentemente hacia sus destinos.

Con el tiempo y las necesidades de la guerra de guerrillas, estos silos fueron evolucionando hasta convertirse en verdaderas redes de túneles, miles de kilómetros de ellos, por las que los vietcong iban y venían, preparaban operaciones militares, vivían, tenían sus hospitales y comedores; y hasta salidas al río por debajo de su nivel de superficie.

Creo que los túneles fueron en última instancia los que dieron al Viêt Minh la ventaja que necesitó para acabar ganando las guerras contra Francia y América. Que se lo pregunten a los americanos, si no: tardaron años en comprender que los vietcong que atacaban por las noches sus grandes bases militares cerca de Saigón vivían y se organizaban literalmente debajo de sus pies, en los túneles de Cu Chi.

Ah, sí... La guerra seguía allá afuera. Con una violencia y un odio crecientes, los días pasaban, y a medida que pasaban se hacía más profundo el abismo abierto entre franceses y vietnamitas. A los asaltos de unos respondían los otros sin medida, y las exageraciones eran aprovechadas por todos para aumentar la rabia y hacer más irresoluble el conflicto.

La casa de la calle de los Ladrillos era, me parecía, el único remanso de cordura que quedaba en Hanoi. Bernard venía y, con su equilibrio parsimonioso, me daba «las noticias de la tarde» sin que yo pudiera apreciar exageraciones o furia en sus palabras. Sólo tristeza.

—Es usted como Cyrano de Bergerac —le dije un día mientras charlábamos, sentados en el patio al atardecer.

—Sí, como si éste fuera el jardín del convento y yo le trajera las noticias cotidianas de ahí fuera —contestó Bernard sonriendo—. Sólo que no sé hacerlo en verso.

—No importa. Tampoco es usted mi enamorado secreto.

Estábamos casi a oscuras y no pude ver la expresión de su rostro.

—Yo...

Levanté una mano.

—Somos enemigos, Bernard.

—No. Nuestros pueblos lo son. Usted y yo, no.

—¿Cómo querría usted que le explicara una cosa así a mi hijo? ¿Nos entrematamos pero en realidad nos queremos?

—No necesitará explicarle nada. Este infierno habrá acabado cuando él crezca y lo que tendrá usted que hacer será que él olvide.

Suspiré.

—¿Qué ha pasado hoy?

—Ha sido un día rutinario de mucha sangre —contestó con amargura—. En el bar de la esquina del Teatro, un joven vietnamita apoyó su bicicleta contra una farola, al lado de una mesa en la que tomaban el aperitivo cinco oficiales franceses. —Se interrumpió un momento. Y luego añadió con voz ronca—: Salió corriendo y, al instante, la bicicleta estalló y mató a tres, dejando malheridos a los otros dos. Dos *paras* que pasaban por la acera de enfrente abatieron al muchacho. No tendría más de trece años.

Tragué saliva.

—Dios mío... —dije—. Bernard, ¿no se dan ustedes cuenta de que no es posible luchar contra un pueblo que echa a sus niños a la calle para que mueran gustosos por la patria?

Le vi sacudir la cabeza en la penumbra. Murmuró algo.

—¿Cómo? —dije.

—Digo que tiene usted razón, Liên. Porque ahora ya habremos lanzado un batallón de paracaidistas a que tome represalias y la espiral sigue. —Estuvo callado unos instantes. Lo vi agarrarse con fuerza las rodillas—. ¿Sabe usted cuál es la nueva táctica Ho para derrotar a los franceses? Dios del cielo... ¡Las brigadas del amor! Las brigadas del amor, sí señora. Jóvenes vietnamitas que han contraído voluntariamente la sífilis para contagiársela a nuestros soldados. ¿Puede usted imaginar algo más perverso?

—No me lo creo. Mejor dicho —hice un gesto para que no me interrumpiera—, sí me lo creo. ¡Qué horror!

Estuvo callado unos segundos y luego prosiguió con cierto desánimo:

—Es verdad que no veo ninguna luz al final de este túnel. Francia está muy lejos de aquí y se necesitaría otra clase de empeño para ganar esta guerra. Se necesitaría, no sé, una voluntad que no veo, un dinero que no existe y, sobre todo, un compromiso de los grandes generales que ni siquiera saben cómo proceder. Es una situación imposible, Liên.

—¿No le tienta abandonar?

—¿Yo? ¿Me sugiere que deserte? ¿Cómo se le puede ocurrir semejante disparate?

—No, Bernard, sólo le sugiero que saque las conclusiones de cuanto me dice y actúe en consecuencia. A usted le parece que esta guerra es inútil, que es una barbaridad sangrienta y sin sentido. —No contestó—. ¿Verdad? —No dijo nada—. Yo le sugiero que…

—Un militar no abandona su compromiso, a menos que sea un cobarde o un inconsciente. Y encima, si abandona durante una guerra, lo fusilan.

—No se enfade. Usted no es un soldado. Es un profesor de liceo y, como tal, una persona pacífica.

—¡Claro que soy un soldado! Lo seré hasta que me licencien los míos o me maten los suyos. Toda esta conversación es absurda. ¿Qué pretende? Pretende que vaya a ver a mis jefes y les diga que estoy cansado de tanta sangre inútil y que me quiero marchar. ¿Sabe usted lo que me contestarían?

—La Humanidad será más feliz el día en que pueda ser más espontánea.

—Liên, está usted diciendo tonterías. ¿Por qué no va usted a visitar a Ho Chi Minh y le dice que dejen de matar franceses volándolos con bicicletas cargadas de explosivos o que dejen de contagiarles enfermedades venéreas? Eso sí que sería sacar las consecuencias de lo que ocurre.

—¡Es que ésta es nuestra tierra! ¿Cómo vamos a dejar de defendernos de los depredadores?

—Ah... Bah, ésta parece una conversación de comedia del teatro del absurdo.

—Claro —dije riendo—, ¿no es usted Cyrano de Bergerac?

—No tengo la nariz del protagonista.

Nuestras charlas eran así. Unas veces bordeaban lo cómico y hasta lo grotesco. Otras, jugaban delicadamente con sentimientos o añoranzas, con deseos de paz y de sensatez. Pero era ansiar lo imposible y por eso, tarde tras tarde, buscábamos en nuestros sueños el consuelo para los horrores de este mundo absurdo que hacía de nosotros, de Bernard y de mí, enemigos a la fuerza. Y esta guerra no resolvía nada. Vaya, para los vietnamitas se aproximaba un triunfo que acabaría en independencia (¡a qué precio!), pero entre los franceses cundía el desánimo, porque no veían el objeto de esta lucha sin rumbo. Francia había perdido la ambición de ganar la guerra, incluso de vencer en la siguiente batalla.

Hasta que llegó el nuevo comandante en jefe, el general De Lattre de Tassigny. Llegó diciendo a sus soldados: «¡Ya no estáis sobre arenas movedizas! ¡Os garantizo que seréis mandados como se debe, y que sabréis, por fin, a qué ateneros! ¡Estoy aquí para hablar sólo con vosotros, los que peleáis para ganar, no con los indiferentes y los desmoralizados!». ¡Cuánta espantosa firmeza! Volvía el verdadero horror de la guerra.

Petit Jean, mientras tanto, crecía ignorante de cuanto sucedía a nuestro alrededor, feliz y revoltoso. Ya correteaba por el patio y por los jardines, persiguiendo a las gallinas y a los patos, gritándoles: «*¡Co co, co, co!*». Poco faltaba ya para que consiguiera dar caza a una de las gallinas que huían despavoridas y para llevarse algún buen picotazo. La complicidad de Bernard lo llenaba de contento y de seguridad y los desvelos de la pequeña Lu lo tenían protegido de cualquier mal. Hasta *soeur* Thérèse permitía, cuando nos visitaba, que le arrancara el rosario que le colgaba de la cintura para azotar con él a las gallinas o intentar pasárselo por el cuello y estrangularlas.

De Lattre. Vaya con De Lattre. Lo primero que hizo fue fortificar un enorme perímetro que iba desde la costa hasta el norte de Hanoi y, desde allí, a la bahía de Halong; a intervalos regulares colocó fortines de cemento armado defendidos por artillería. Y luego plantó cara al Viêt Minh en Vinh Yen, al norte de la capital. Dirigió personalmente las operaciones sobre el terreno, trajo a la aviación, reforzó las unidades y obligó a los hombres del general Giap a retirarse de la zona.

Y ordenó el uso de napalm.

La capacidad de crear espanto es consustancial a los señores de la guerra. De Lattre utilizó napalm para despejar zonas de selva e impedir que sus enemigos se escondieran.

—Claro —le dije a Bernard—. Los incendia para que sean bien visibles, sufran mucho y resulten fáciles de matar.

En realidad no se lo dije, se lo grité.

Fue nuestra discusión más amarga, pronto llena de inesperada violencia cuando Bernard, con patosería indecible, declaró que no tenía más remedio que ser leal a los principios que había jurado sostener y que se consideraba obligado a defender a sus jefes y sus métodos. Expeditivos, los llamó. «¡Qué le vamos a hacer!», añadió.

—¿Cómo podía escapársele semejante locura?

—No es locura: es guerra —me contestó.

—¡No me puede decir eso!

—Estoy obligado a decírselo, Liên. ¿No lo comprende? ¿No comprende que, en caso contrario, sería un traidor a mi país?

—¿Pero qué tontería es ésa? Hasta un niño comprende que hay una barrera entre la dignidad y la miseria, o entre guerra y asesinato. ¡Por Dios, Bernard!

Bajó la cabeza y guardó silencio. Ahora sé que fue porque no supo qué decir de tan horrorizado como estaba; pero entonces pensé que era indiferencia, desprecio, odio..., no sé…, hacia todos nosotros.

Me encogí de hombros.

—Pues en ese caso, teniente, no quiero verle nunca más. Ya no será bienvenido en la casa de la calle de los Ladrillos. No quiero asesinos en mi casa. —Lo llamé asesino y le vi palidecer, como si lo hubiera abofeteado. ¡Qué horror! Había perdido la compostura por completo; debí haberme contenido, pero en aquel momento fui incapaz de hacerlo. Así se desmoronan las cosas irremediables—. ¡Asesino! —le dije—. ¿Cómo puede un ser humano que se considera ser humano defender una forma de guerra que consiste en rociar al enemigo, por muy enemigo que sea, con un chorro de fuego? ¿Y luego me habla de los niños vietnamitas que ponen bombas a los oficiales mientras toman café, después de ver cómo han abrasado a sus padres, a sus hermanos, a... a... ¡Ah!

—Yo... —balbució Bernard.

—¡No tiene derecho a hablar! —me había plantado frente a él (apenas si le llegaba a la barbilla), con las manos en jarras. En ese momento lo odiaba con todas mis fuerzas. Peor: me pareció despreciable. Abrió los brazos, creo que para pedir perdón o excusarse o enmendarse, no sé—. ¡No se atreva a considerarse protector o padre o lo que sea de *petit* Jean! ¡Nunca más!, ¿me oye?

—¡Por Dios, Liên!

Entonces lo empujé con las dos manos contra el pecho, para que se apartara de mí. Le pegué en los hombros, en el estómago, grandes puñetazos, con todas mis fuerzas. No hizo siquiera ademán de defenderse. Pero sí perdió el equilibrio, tal era el empuje de mi furia, y cayó hacia atrás sobre la cama de mi abuelo. Tropecé y me desplomé sobre él. Lloraba como una estúpida encolerizada pero seguí pegándole sin controlar dónde caían mis puñetazos y mis bofetadas; en el cuello, en la cara, en la frente, mientras él se obstinaba en no defenderse. Le grité:

—¡Pero qué te crees! ¿Qué te has creído? ¿Tú crees...?

Lo agarré por el pelo, así como estaba, tumbada sobre él, y sin saber lo que hacía, empecé a besarle en desorden, como una salvaje, en la boca, en la nariz, en las cejas, en la barbilla, y otra vez en la boca, con toda la violencia de que era capaz, como una posesa, hasta que me di cuenta de que sus labios no continuaban cerrados con la dureza de antes sino que se habían rendido y que yo mordía su boca entreabierta y su lengua y sus pómulos y su barbilla.

Entonces me detuve, eché la cabeza hacia atrás y lo miré por entre las lágrimas. «Pero ¿tú...?», repetí, sin saber lo que le quería decir o de qué lo estaba acusando.

Y Bernard me rodeó con sus brazos y me dijo:

—Calla, no digas nada. No volveré a defender a nadie que no seas tú. Calla.

Y, sin dejarme hablar, me dio la vuelta y me aprisionó bajo él.

Perdí la cabeza.

No recuerdo mis gestos, mis impulsos, mis rendiciones. Sólo recuerdo que el *ao dai* voló con los botones deshechos (es típico de Bernard que me los desabrochara con gran paciencia en medio del desorden de los sentidos, de los gestos, de la repentina e inesperada locura), que la camisola abierta le franqueó cualquier acceso a mi piel, a mis pechos, a mi ombligo...

¡Cuántos placeres inesperados!

Imagino que la sorpresa de descubrirme apasionada y enloquecida me derrotó por completo. Tanto tiempo sin poseer a nadie o ser poseída por nadie, sin recordar la ternura de la piel en la que uno se sumerge, me habían dejado desguarnecida, desprevenida para el nuevo asalto de mis sentidos y para el placer de los sentidos de Bernard.

Fue un terremoto de los sentimientos y del tacto, del olfato, de los sabores y me sumergí por completo en ellos.

Esto no tenía nada que ver con Luc y la rutina de unas tardes perezosas en la Sorbona. Esto era brutal, casi insoportable por su intensidad; tenía que ver con los incendios de un país revuelto, como si lo que nos estaba ocurriendo fuera la continuación inevitable de la guerra y no pudiera experimentarse menos.

¿Feliz? Sí, supongo que fui feliz en los meses que siguieron. Pero se trataba de una felicidad terrible. A veces me ahogaba en ella. No podía respirar, sudaba, de pronto tenía que desnudarme y sumergirme en agua fría. Paseaba durante horas por el jardín, de un lado para otro, sin poderme detener hasta que, al cabo del tiempo, mis entrecortados jadeos disminuían, recuperaba el resuello y conseguía volver a respirar con normalidad.

La pequeña Lu me miraba en silencio. Había momentos en los que me sonreía, arrugando el entrecejo, una sonrisa inquisitiva y preocupada, hasta que yo sonreía a mi vez, alargaba la mano y le acariciaba la cara y el cuello y dejaba que mis dedos se deslizaran por la base de su garganta. Entonces se daba la vuelta y regresaba hasta donde se encontraba Jean. Al instante, oíamos las risas entregadas del niño y sus ruiditos de alegría.

Bernard no se trasladó a vivir a mi casa. Conservaba la suya, cerca de la Ciudadela, unas habitaciones en una de las villas reservadas a los oficiales del cuerpo expedicionario francés. No le pareció correcto pasarse al enemigo con armas y bagajes, dijo. Pero eso sí, nos dedicaba todo su tiempo libre. Nos bañábamos durante largo tiempo en la bañera de mi abuela, nos enjabonábamos, hacíamos el amor, gritábamos y murmurábamos cosas sin sentido. Refugiados en ese mundo nuestro, reíamos sin saber de qué o intentábamos volar lejos de este infierno.

Después Bernard me secaba muy despacio, durante horas a veces, y me frotaba con unos polvos de talco perfumados que se había hecho traer desde Saigón. Soplaba aquí y allá para quitar una mota de polvo que había quedado depositada entre mis pechos o sobre una cadera. Hasta que me volvía a rendir. Luego nos traíamos a *petit* Jean a la cama y jugábamos con él hasta que, poco a poco, se dejaba adormecer entre nosotros.

—¿Cuándo se va a acabar esta guerra? —preguntaba yo.

—Cuando se acabe la guerra, ¿adónde querrás ir a vivir? —preguntaba Bernard.

—Me gustaría quedarme en Hanoi —le contesté la primera vez. Pero no era cierto.

—Nadie aceptará ya a los franceses en Hanoi —me contestó la primera vez.

—¿Me estás diciendo que vais a perder la guerra?

—Me parece que no tiene remedio —dijo en voz baja. Agachó la cabeza y me acarició el ombligo con la punta de los dedos y luego con la lengua.

—Pues volveremos a Francia: yo pondré una farmacia y tú obtendrás una cátedra de Historia en un liceo de provincias, a lo mejor cerca de mi madre y de mis tíos, en Vence, y tendremos quince niños iguales que Jean.

—¡Qué disparate!

—¿No quieres?

Se puso serio. Luego se encogió de hombros.

—Quiero un niño, uno solo, que se nos parezca.

—¿Uno? Tres por lo menos. Y el resto, ¿te parece bien?

—El resto me parece bien. Todo me parece bien. Pero qué de tonterías podemos llegar a decir, Liên.

Reí. *Petit* Jean, que andaba por ahí jugando con el ábaco de mi abuela, se asomó sonriendo desde la puerta. Estaba muy grande y se le había puesto el pelo rubio.

—Pero sí me gustaría tener un niño ahora.

—Ahora no puede ser, Bernard. Ahora no. Tiene que acabarse esta guerra primero. Ahora no.

En mayo de 1950 tuvimos una niña, Deyan Liên Khai, *Clara,* que todavía hoy, tantos años después, es de una belleza limpia y exótica, con grandes ojos claros, rasgados hacia las sienes. Desde muy pequeña, Clara, al igual que su padre, tuvo que llevar gafas por culpa de un astigmatismo pronunciado. Es igual que él: seria, apasionada, sincera. Tiene en las comisuras de la boca dos arrugas como medias lunas, paréntesis de sus continuas sonrisas.

Bernard y yo nos casamos cuando ya estaba embarazada de Clara. Nos casó el capellán del Hospital Indígena, en una ceremonia discretísima a la que sólo asistieron *soeur* Thérèse, la pequeña Lu y mi padre, más serio que nunca.

Durante mucho tiempo, nada nos puso nunca a prueba.

Cuando nos encerrábamos detrás de las paredes de la casa de los abuelos, a recaudo de cuanto sucedía en las calles de Hanoi y, más allá, en las llanuras del Tonkin y en el curso de los ríos, en las playas del golfo y en la selva, nos encontrábamos más lejos de la guerra que si hubiéramos estado en las antípodas. Se trataba de un juego, sí, pero era el único modo de aislarnos y sentirnos normales. Qué ironía: sentirnos normales en la más falsa de las situaciones y saber que, por voluntad nuestra, como si hubiera sido un conjuro mágico, lo de ahí fuera había dejado de ser la realidad. La realidad estaba aquí, en este cuarto, en esta cama, en las sábanas, en mis dos hijos, en sus risas, en las manos de Bernard.

Sabíamos que una abstracción así sólo era posible gracias a que habíamos convertido la casa de mis abuelos en una fortaleza, en un lugar inmune. Nada lo afectaba, pero nada, ni siquiera un accidental disparo artillero: esa suerte tuvimos. El patio, con su gran fuente y sus animales domésticos, podría haber estado en Roma o en París, daba igual.

Cierto que la pequeña Lu, que era para nosotros lo más visible de este Vietnam que nos retenía, nos lo recordaba a diario, con su sola presencia; había adelgazado y seguía siendo una muñeca de porcelana de bellísimos trazos, vestida con un pijama negro que llevaba ceñido no porque se le hubiera quedado pequeño, puesto que no había crecido más, sino por pura coquetería. Pero podría haber estado con nosotros y nuestra familia en cualquier ciudad de Francia. El viejo mayordomo, por su parte, podría haber sido un sirviente exótico en un palacio de Viena, con su larga coleta y los rasgos cada vez más achinados, con sus zapatillas de terciopelo y el largo vestido de ceremonial.

Mientras tanto, nos encontrábamos en un territorio que habíamos hecho neutral, aquí no había guerra ni muertos ni heridos ni quemados con napalm. No había destrucción ni miedo. Sólo dos amantes feroces que hacían el amor con una pasión inagotable, empujados el uno contra el otro por la histeria y el vacío de allí fuera.

Claro que éramos conscientes de que todo aquello tenía que ser malsano. ¿Y qué? Los dos sabíamos que nuestras lealtades seguían siendo las mismas fuera de esta casa, las que nos enfrentaban como adversarios. Claro que sabíamos que la representación de esta comedia (de este drama lleno de equívocos) acabaría haciéndonos pagar un precio que ni queríamos imaginar. ¿Sí? ¿Y las pieles rozándose, los orgasmos, los gritos y los desmayos de pasión?

Jugábamos a un juego, seguro que inmoral, en el que evitábamos confesarnos nuestras traiciones. Todos los días me preguntaba cuánto daño nos estábamos haciendo, cuánto de nuestro futuro estábamos destruyendo con las mentiras, pero cerraba los ojos y no me contestaba.

No quería saber qué hacía Bernard cuando se marchaba temprano, cada mañana. Me dejaba entre las sábanas, despidiéndole en un murmullo, como si se estuviera yendo a una pacífica, estúpida y aburrida oficina. Me contaba que seguía con su trabajo en el Estado Mayor de la fuerza expedicionaria. «Cosas de guerra», me decía. Yo sonreía y, cuando me preguntaba a su vez, le contestaba: «Cosas de arroz».

¿Era justo mentirnos? ¿No nos acabarían dando alcance los embustes?

«La larga resistencia vencerá», era la máxima de *bac* Ho en aquellos años, puesto que *sólo* había resistencia. O, dicho de otra manera, la perseverancia nos haría invencibles: «No tenemos armas, es cierto, pero podemos conseguirlas si queremos. Nuestros enemigos parecen ignorar que el espíritu del hombre es más poderoso que sus propias máquinas. Lo que se avecina es una guerra entre un tigre y un elefante. Si el tigre se detiene, el elefante lo atravesará con sus poderosas defensas. Sólo que el tigre nunca se detiene. Espera escondido en la selva a que sea de noche y entonces se lanza sobre el elefante y le arranca grandes trozos de piel y músculo de la espalda. Y vuelve a esconderse en la selva oscura. Y, muy despacio, el elefante morirá de agotamiento; habrá perdido toda su sangre. Así será la guerra de Indochina».

Un día, no mucho tiempo después del nacimiento de *petit* Jean, mi padre me vino a ver a la casa de la calle de los Ladrillos. Quiso saber cómo marchaba el negocio del arroz y si seguíamos abasteciendo los silos subterráneos sin que los franceses nos molestaran o se hubieran enterado siquiera de su existencia.

—Creo que vamos a tener que dar un paso más —dijo después.

—¿Sí?

—Es algo más complicado que el simple traslado de arroz —sonrió—. Tus bueyes deberán seguir moviéndose por la noche, pero su carga será más delicada.

—¿Qué carga, padre?

—Estamos haciendo medicamentos en el laboratorio del hospital, incluso antibióticos, penicilina y estreptomicina. Lo hacen los dos médicos y el biólogo venidos de Francia ahora que ya no estás tú. Lo siento, porque eras más rápida y más precisa, pero qué se le va a hacer. También nuestras tejedoras en Hanoi fabrican vendajes y gasa. Y como recuerdas, trajimos de Francia esparadrapo, yodo, alcohol, desinfectantes... Todo eso hay que llevarlo desde aquí a las zonas de guerrilla. Las batallas están siendo muy duras y los hospitales de campaña en los túneles no dan abasto.

—¿Y cómo quieres que lo hagamos? ¿En los carros y de noche? —pregunté, no sin alarma.

—En los carros, hasta pasados los controles a la salida de Hanoi. Allí os esperará una camioneta para ir hasta Hoa Binh...

—... porque una cosa es trapichear con arroz, y otra con pertrechos para ayudar a la guerrilla —dije como si no le hubiera oído—. Si nos descubren los franceses...

Me miró directamente a los ojos.

—No tienen por qué descubrir nada, ¿verdad? No tienen por qué descubrir nada.

Tuve que hacer un esfuerzo grande para no desviar la mirada.

—Si a lo que te refieres es a posibles soplos, siempre correremos ese riesgo.

—Lo sé, pero hay que hacerlo. Las cosas están mal y no tenemos suministros ilimitados que nos lleguen de lugares exóticos.

Me dolió el sarcasmo.

—Lo haremos, padre —contesté con sequedad—. No te preocupes.

—No es todo —añadió.

—¿Qué más?

—Al regreso, tus bueyes tendrán que traer otras cosas de las zonas liberadas para abastecer al delta.

—¿Qué cosas?

Titubeó.

—Armas —dijo después.

—¿Armas?

—Sí. El Viêt Minh fabrica hasta *bazookas* en la retaguardia. —Lo dijo con orgullo.

—Muy bien —contesté, intentando no aparentar sorpresa—. Haré los primeros recorridos para ver cómo organizamos todo esto y qué rutas trazamos, cosas así. —Me callé y luego, desviando la mirada, añadí—: ¿Me puedes decir una cosa?

—Dime.

—¿Es verdad que en Hanoi hay... unas brigadas del amor?

—¿Cómo dices?

—Brigadas del amor: mujeres que se infectan voluntariamente de sífilis y luego se acuestan con soldados franceses para contagiarles la enfermedad.

Me miró fijamente, en silencio, con los labios fruncidos. Después levantó la cabeza hacia el techo como si quisiera pensar una respuesta adecuada.

Se dio la vuelta y salió de la habitación.

A los pocos instantes, le oí hablar con el mayordomo.

Dos noches después llevé el primer cargamento de medicinas desde el Hospital Indígena hasta unos kilómetros antes de Ha Dong, en la gran llanura que está en las estribaciones de los montes, al oeste de Hanoi, en la carretera que conduce a Dien Bien Phu, la Ruta 6. A partir de aquí se topaba uno con las tribus de los *montagnards* (las gentes de la montaña), poco amigas de los viet, siempre de un humor desconfiado y taciturno, que desmentía el alegre colorido de sus ropas.

Le dije a Bernard que *soeur* Thérèse me había pedido ir al hospital aquella noche a ayudar en alguna cosa de enfermería: había muchos heridos y muy poco personal. Añadí que pensaba aprovechar el viaje para llevar un par de carretas cargadas de arroz con que alimentar a los internos.

—¿Tiene que ser por la noche? —preguntó, sorprendido.

Hice un gesto afirmativo con la cabeza y, volviéndome de espaldas, aparenté recoger alguna cosa de una de las mesas. Sabía que, si le miraba a la cara, comprendería que le estaba mintiendo. Me sentía fatal.

—¿No te despides? ¿Ni un mísero beso?

Levanté una mano para indicar que tenía prisa, pero él me sujetó con suavidad por un brazo y me obligó a darme la vuelta.

—¿Ni un mísero beso? —repitió.

Me abrazó y luego, separándome, me miró a los ojos.

—No vas a hacer ninguna tontería, ¿eh?

Tragué saliva e hice que no con la cabeza. Me siguió mirando y, por fin, dijo:

—Eres demasiado noble para hacer algo indigno. Ten cuidado, ¿eh?

16

—Elena —dijo Bernard—, te presento al coronel De Castries. Acaba de llegar de París.

—*Madame.*

El coronel me besó la mano. Siempre me había parecido ridículo que alguien quisiera besarme la mano: era un acto de sumisión idiota que los occidentales consideraban muy elegante. Pues vaya. «Es un honor conocerla». Era alto y muy delgado y tenía una gran nariz y un porte tremendamente aristocrático, pero lo más destacable de su rostro eran unas espesas cejas negras que le conferían una expresión ceñuda y algo agresiva, aunque no carente de atractivo. A juzgar por el brillo alegre de sus pequeños ojos y por la sonrisa que parecía encenderse espontáneamente (o, al menos, con gran facilidad), este hombre se sabía un seductor. Sin soltarme la mano, se volvió hacia atrás y señalando a una mujer elegante de rasgos angulosos que estaba a la derecha, añadió:

—Y ésta es mi mujer, Jacqueline.

—Señora De Castries, siempre los he admirado a ambos. —Si creían que iban a hacer de menos a esta campesina del delta, les enseñaría modales—. Saludar al más célebre caballista de Francia es un privilegio.

Todos me miraron sorprendidos.

—He vivido en París quince años —añadí a modo de explicación.

—Ah —dijo el coronel—, eso lo explica todo, pero déjeme que le diga que no es corriente que una mujer tan bella me recuerde por cómo monto un caballo.

—¿No es corriente en una mujer vietnamita? En cualquier caso, no está usted aquí para participar en un concurso hípico, me parece. —Sonreí para quitar hierro a mi respuesta y rebajar el tono galante o insultante, no sé bien (creo que más bien insultante), de este intercambio de aceros.

De Castries rió.

—No, claro —titubeó y me miró con mal disimulado interés—. Claro que no.

Bernard, curado de espanto por las barbaridades que podía llegar a decir esta china sumisa, simplemente sonrió. Eso sí, se había puesto colorado; tardó algún tiempo en conseguir que se le pasara el sonrojo.

Había querido absolutamente que le acompañara a la recepción del gran Palacio del Gobernador general en la que los huéspedes de honor eran los De Castries y el nuevo comandante en jefe del ejército francés en Indochina, el general Navarre. Se había puesto tan insistente que no tuve más remedio que ceder: si eso era lo que le satisfacía, un favor tan nimio no justificaba el drama familiar que habría provocado mi negativa. Nada podía apetecerme menos, pero Bernard me lo había pedido casi de rodillas.

—Estoy harto de que las mujeres francesas de los oficiales y, lo que es peor, sus hijas, me miren como si fuera algo comestible. No les falta más que relamerse como fieras de presa.

—Ah, señor, ¿de modo que me quieren quitar a mi marido?

—Pues sí. Y todas van escotadas enseñando sus pechos, como si fueran ni la mitad de bonitos que los tuyos, y llevan las faldas estrechas exhibiendo las caderas. Ah, y la cara pintada y el pelo oxigenado.

—¿Y eso te tienta?

—Pues no, pero ya sabes cómo son las francesas.

Nunca había querido entrar en el círculo militar francés ni en el de sus estúpidas mujeres, siempre vestidas de seda y con un abrigo de visón al brazo en cuanto la temperatura de Hanoi bajaba de los veinte grados; y además llevaban unos ridículos sombreritos que podían estar de moda en París, pero que en Tonkin desentonaban más que un esquiador en una playa tropical.

No me sentía a gusto con aquella gente: nunca dejaba de recordar que eran los que estaban castigando a mi pueblo, los imperialistas que nos combatían con napalm, el elefante que *bac* Ho tenía que derrotar con sus hormigas más que con el tigre, diría yo.

Bien mirado, sin embargo, mi antipatía nada tenía que ver con la situación en Indochina; tampoco me habría sentido a gusto con todos ellos en París: no pertenecía a su clase social, no pensaba como ellos, no ambicionaba lo que ellos. Pero aquel día, por alguna razón que no acerté a explicarme entonces, decidí que iría a que Bernard me exhibiera en aquellos salones elegantes. Ignoro si mi intención era mostrar desprecio hacia las europeas o desdén hacia las indochinas que acompañaban a los altos dignatarios tonkineses y anamitas. Daba igual. Quise dar a todos una lección de sobriedad, de verdadera elegancia (moral, me dije) vietnamita. No estoy muy segura de haberlo conseguido.

Me vestí con unos pantalones de seda blanca y encima me puse una casaca rosa, un *ao dai* con la botonadura de piedras de luna; el *ao dai* estaba hecho de la más pura seda bordada con hilo de oro y flores casi invisibles, y en la espalda, un rododendro apenas delineado. Me arreglé el pelo en un moño alto, y, así, lucían más los grandes pendientes de jade que llevaba, a juego con un collar de las mismas piedras. Eran unas joyas chinas antiquísimas que habían pertenecido a la abuela Cuc y, antes, a su propia abuela. Con los años se las regalé a Clara, que se las presta a su hija mayor en momentos de celebración muy solemne.

Cuando Bernard me vio aparecer en la habitación del abuelo vestida de este modo, me miró con la boca abierta, como si no me reconociera.

—¿Qué pasa? ¿No me reconoces? —pregunté—. Soy yo, la campesina del delta.

Solté una carcajada y después le saqué la lengua.

Tras el intercambio tan coqueto pero tan arriesgado con él, De Castries me cogió del brazo diciéndome:

—Venga conmigo, que le quiero presentar al general Navarre.

Miré a Bernard y sonreí. Él sabía bien por qué lo hacía. Si el coronel hubiera adivinado que esta joven vietnamita tan elegante a la que, por cómo me miraba, le hubiera gustado comerse con arroz pringoso, dedicaba muchas de sus noches a transportar, no ya medicamentos, como suponía mi marido, sino armas para el Viêt Minh, burlando la vigilancia de las patrullas francesas, le habría dado un síncope.

—Mi general, ¿me permite que le presente al capitán Dejean y a su encantadora esposa?

—¿Capitán? —exclamé sorprendida—. Es teniente. Teniente Bernard Dejean.

Bernard carraspeó.

De Castries rió encantado.

—No desde esta mañana. Ha sido ascendido a capitán de Estado Mayor, *madame*.

Miré a mi marido y fruncí el ceño.

—Mi mujer no tiene una mentalidad muy castrense, mi coronel, y, por suerte para mí, no le impresionan las estrellas en la bocamanga.

Navarre rió de buena gana.

—¡Claro! En caso contrario, todos se la disputaríamos a golpe de condecoración. ¿Cómo está usted, *madame* Dejean?

Me pareció un hombre encantador. Miró a todos y les dijo:

—Privilegios del rango. Me llevo a *madame* a tomar una copa de *champagne* a la terraza.

Era una noche perfecta. Hacía fresco, casi frío, como correspondía a un día de noviembre en el Tonkin. Contemplada desde la gran barandilla de piedra que se asomaba al parque, la Vía Láctea brillaba en el cielo luminoso y limpio con una intensidad que habría impulsado a cualquier romántico a ponerse a contar estrellas y cometas fugaces. En los jardines que estaban a nuestros pies sólo destacaban las siluetas de las palmeras y de las magnolias, recortadas sobre el fondo azul oscuro del firmamento. Un poco más lejos podía adivinarse, apenas, la Pagoda de Una Sola Columna, *Chua Mot Cot*, erigida por el emperador Ly Thai Tong en el siglo XI después de soñar que se encontraba con la diosa de la Compasión sentada sobre una flor de loto. La pagoda, construida en madera y sustentada por una única columna de piedra, parece, en efecto, un capullo de loto, símbolo de pureza, que se alza sobre un mar de tristeza.

—La guerra es un asunto horrible —murmuró Navarre—, y más en una noche tan pacífica como ésta. He perdido la cuenta de los años que llevo batallando, unas veces sabiendo bien para qué lo hago y otras...

Esa afirmación tan íntima me cogió totalmente por sorpresa. Creí que, a solas, me diría que sabía quién era yo y quién era mi padre. Pensé que me diría que estaba dispuesto a discutir con esta hija del Viêt Minh, con la enemiga declarada, para después expulsarla de su lado, incluso para hacerla detener. Y yo estaba preparada para un intercambio ácido y brutal de ese tipo, pero no para esto. Me había latido en balde de puro miedo el corazón.

—Ah, general, la guerra la hacen los hombres. Si no quisieran, no habría guerra —dije entonces.

A nuestras espaldas podía oírse el rumor confuso y apagado de conversaciones que nos llegaban mezcladas con algunas risas a través de los grandes ventanales abiertos sobre la terraza. Solos frente a la barandilla que nos separaba del jardín, parecíamos la frontera entre el ruido y la oscuridad.

Navarre me miró con curiosidad y bebió un poco de *champagne* de su copa.

—Dígame, *madame* Dejean: ¿se siente usted agredida por Francia?

Dudé un momento.

—Soy francesa, general Navarre. Quiero decir que me siento francesa, no sólo por matrimonio, sino porque viví en París durante muchos años, padecí la ocupación nazi contra la que usted luchó, y estudié en la Sorbona. Allí me gradué. Mi familia más próxima vive en Francia y hablo mejor el francés que el vietnamita. Bueno, tal vez no.

—Y, entonces, ¿por qué está usted aquí ahora?

Suspiré.

—Porque soy vietnamita, la casa de mis abuelos está en las Treinta y Seis calles, tengo dos hijos nacidos aquí, me visto como usted me ve y sufro por este pueblo.

—Pero eso es una tragedia... ¿Cómo se llama? Quiero decir, ¿cuál es su nombre de pila?

—Liên. Y también Elena.

Inclinó la cabeza.

—Liên es más musical. No conozco Indochina, Liên. Es la primera vez que vengo, y le confesaré una cosa: no estoy muy seguro de por qué me han enviado aquí.

—Pues váyase, vuélvase a Francia y deje en manos de este pueblo la elección de su destino.

—No puedo hacerlo. Soy un soldado y cumplo órdenes. Creo que la razón de mi presencia, en fin —se interrumpió con cierta amargura—, aunque nadie en París me lo ha dicho con estas palabras, creo que la razón de mi presencia aquí es la pacificación de esta parte del mundo, la derrota de los comunistas y el asegurarme de que Francia pueda continuar con su labor civilizadora en Indochina.

—General, no lo va a conseguir.

—No me queda más remedio que intentarlo. Y usted, ¿por qué no se vuelve a Francia si es tan francesa como asegura?

—Porque también soy vietnamita y en este momento no sé dónde debería estar, si aquí o allá.

—Deseémonos suerte, Liên —dijo, levantando su copa.

—¿Los dos? Me gustaría que fuera posible.

—¿Desde cuándo me escondes cosas? —le pregunté a Bernard esa misma noche. Estábamos en la cama, desnudos; él, tumbado, y yo, sentada en posición de loto.

—¿Esconderte cosas? ¿Qué cosas?

—Lo sabes muy bien. No te hagas el tonto.

—¿El ascenso a capitán?

—Me has hecho quedar como una imbécil.

—No tiene importancia. De verdad, Elena, no tiene importancia. Lo que puedan pensar de ti o de mí unos cuantos militares, francamente, me trae sin cuidado.

—¿Ah, sí? —pregunté con incredulidad—. ¿Cuántas más cosas me escondes? ¡Eh! Mírame a los ojos. Dime: ¿cuántas más cosas me escondes?

Le vi titubear y me alarmé.

Hizo un esfuerzo para sonreír.

—¿Cosas? ¿Qué cosas? ¿Un pequeño lío con una francesita oxigenada? Una cosa sin importancia. No te lo quería decir para no alarmarte.

—No estoy de broma, Bernard.

Y entonces, de golpe, se le apagó la sonrisa y apartó la mirada. Me dio un vuelco el corazón. Desdoblé las piernas y me dejé caer sobre él.

—Dios mío, dime qué es. Dímelo ahora, mi amor.

Negó varias veces con la cabeza, pero no dijo nada.

No pude evitarlo: se me saltaron las lágrimas. Empecé a llorar sin saber por qué, impulsada sólo por un presentimiento horrible.

—Dime —repetí con la voz entrecortada por un sollozo.

Me rodeó con sus brazos y se humedeció los labios.

—Yo...

—¡Por Dios! ¡Dime!

—Me tengo que ir al campo de batalla.

—¿Cómo? —grité—. ¿Qué quieres decir?

—Hay una gran operación militar en marcha... —dejó de hablar.

—¿Y... y... y? ¡Sigue!

—Es la operación definitiva de la fuerza expedicionaria contra el Viêt Minh. Lo ha decidido Navarre. Creo que quiere derrotaros en una batalla abierta... ¿Sabes? Nada de guerrillas, abierta.

—¿Desde cuándo lo sabes?

Hizo un gesto arrugando el entrecejo.

—Desde ayer —carraspeó.

—¿Desde ayer? ¿Y cuándo pensabas decírmelo?

Resopló.

—No sé... Ahora... Más tarde... No sé. No sabía cómo decírtelo.

Se limpió una lágrima mía que le había caído en la mejilla.

—De modo que cuando he estado hablando con Navarre en la terraza del palacio, él ya lo sabía.

—Sí.

—Pues vaya, ha debido de pensar que soy idiota.

—No sé de qué habéis hablado.

No contesté.

—Da igual —dije después—. ¿Y tú te vas con ellos?

—Soy un soldado, Liên. Tengo que ir.

Lo agarré por la cabeza, apretándole las sienes con las palmas de las manos.

—¡No vayas! Busca cualquier excusa, di que estando casado con una vietnamita no puedes ir, di que tienes hijos pequeños, di que no puedes, si quieres voy yo a pedírselo a Navarre, di cualquier cosa, pero te lo suplico, ¡no vayas!

—No puedo hacer eso —me puso una mano sobre la boca—. No puedo hacer eso, Liên. —Se calló un instante y después dejó caer entre nosotros la sentencia más horrible y más inesperada—: Me he ofrecido voluntario.

Creí que me ahogaría.

—¿Voluntario? ¡Pero si esta guerra te parece espantosa e injustificada! ¿Cómo vas a ofrecerte voluntario? ¡Por Dios, no lo hagas! Me estás traicionando —añadí luego en voz baja, con toda la intensidad de que era capaz—. ¿No lo comprendes?, y no tienes *derecho* a hacerlo. ¿No dices que lo único que te importa está en esta casa? ¿Cómo puedes decir eso y después marcharte sin que nadie, *nadie*, me oyes, te fuerce a ello, a..., a..., matar a mi gente? ¿A dejarte matar? ¡Si perteneces más a este país que a Francia! ¿Voluntario? Voluntario, ¿por qué? —Ahora lo agarré por el cuello como si quisiera estrangularlo—. ¿Por qué?

—Yo...

—Entendería que te lo hubieran ordenado, que te hubieran impuesto el destino, pero..., pero... ¿Esto?

De pronto, Bernard se puso muy serio y vi que se le pasaba la confusión de la mirada. Me agarró por los hombros y me separó un poco para poder mirarme mejor a los ojos.

—Liên, Liên, por Dios, Liên, deja de llorar, te lo suplico. Es muy duro decirte todo esto y no me ayuda...

—Sólo dime por qué, dime por qué te conviertes en mi enemigo. ¿Porque quieres? ¿Eh? ¿Sólo porque quieres?

—Por Dios, Liên, no quiero ser tu enemigo. No lo seré nunca, pero igual que tú llevas por las noches armas a la guerrilla...

—¡Ah, es por eso! Es por tomarte la revancha, te desquitas así —y en un susurro, dije—: Creí que no te habías enterado.

—Soy tu marido y no soy completamente imbécil.

—¿Te tomas la revancha? ¿Eso es lo que es?

Hizo un gesto negativo.

—No tiene nada que ver contigo —contestó.

Y era bien cierto que, desde siempre, Bernard y yo vivíamos en el centro de una burbuja que nada era capaz de perforar, a la que nada afectaba. Tanto, que nuestras respectivas ideas sobre la guerra parecían ejercicios de dilettantismo impermeable a cualquier hostilidad en el campo de batalla o en el de las ideologías. Yo llevaba armas para la guerrilla y eso no tenía consecuencias para nadie. Pero hoy, de pronto, una de esas armas iba a ser capaz de matar a mi amante, al hombre que era toda mi vida, y la idea se me hizo insoportable.

—¿Y con qué tiene que ver?, ¿eh?

—Nobleza obliga.

—¿Nobleza? ¿Cuál nobleza? ¿De qué me hablas?

Había vuelto a llorar sin consuelo, sin siquiera sollozar, me caían las lágrimas como un río, sobre la cara y la garganta de Bernard y le resbalaban por un hombro hacia la almohada.

—Nobleza obliga, mi amor —repitió—. ¿Cómo voy a dejar que se vayan todos al desastre y, sabiéndolo, cómo voy a abandonarlos cuando más se necesita la presencia de todos los que podamos estar allí? Sería una cobardía que ni tú podrías perdonarme en todo el resto de nuestras vidas. Equivaldría a aquella vez hace años, si te hubiera hecho caso cuando me dijiste que debía desertar. Pero entonces era una broma. Ahora sería una cobardía.

—Pero si van a perder como dices... —dije sin convicción alguna.

—Precisamente por eso, Liên. No me gusta, pero soy un soldado. Me han enviado aquí, y bendigo el momento porque te vi en la calle de tu barrio el día en que te hirieron —sonrió—. Ese día me enamoré de ti como un idiota. —Se rehízo y su cara se ensombreció otra vez—. Me han mandado aquí y aquí tengo una obligación que cumplir. Por eso debo ir a donde vayan mis camaradas de armas.

—Puedes ayudarlos desde aquí, darles información, ¡yo te daré información! Toda la que necesites sobre la guerrilla, sobre el Vie...

Me tapó la boca con una mano.

—¡Calla! No digas eso. No me tientes, no traiciones a los tuyos por nosotros. Ni tú ni yo nos lo perdonaríamos nunca. ¡Ah!, nuestra tragedia es que a los dos nos obliga más allá del deber aquello en lo que creemos.

—No, tú sabes que lo que creo yo es más cierto, es más verdad.

Cerró los ojos y se encogió de hombros. Y después:

—¿Me odias?

—¿Cómo te voy a odiar si sólo te tengo a ti? —contesté, llorando con más fuerza.

Y de pronto noté que me penetraba, así, sin más, sin esfuerzo. Me rindió, sólo que creo que fue el orgasmo más triste, más desesperado, más huérfano de todos los de todas las veces que nos hemos amado. Después sólo me quedó el espantoso presentimiento, un sabor a muerte y soledad.

—¿Adónde vais? —le pregunté. No nos habíamos movido. Seguíamos el uno dentro del otro. No habría podido soportar estar separados ahora.

—A Dien Bien Phu.

—¡Pero eso está lejos de aquí, muy en territorio Viêt Minh! ¿Qué se os ha perdido allí?

—Bueno, es un valle muy grande, con montañas al oeste, en la frontera con Laos, tiene un buen aeropuerto que hay que asegurar y mantener para defender a Laos de invasiones de la guerrilla...

—¡Pero si ya están allí! —exclamé.

—¿Ah, sí? ¿Los guerrilleros? —sacudió la cabeza—. ¿Están allí? —Quedó pensativo un momento—. Bueno, da igual. El objeto de todo esto es derrotar de una vez por todas al general Giap, no con emboscadas de guerrilla, sino cara a cara, en campo abierto. Ya sabes: cañones a un lado, cañones a otro, cuerpo de ejército enfrente de cuerpo de ejército. Y a matarse. Creo que en eso somos mejores.

—Os van a hacer una encerrona, Bernard.

—No. Para hacernos una encerrona tendrían que instalar la artillería en las montañas. ¿Y cómo quieres que lo hagan? ¿Llevando los cañones a hombros?

No lo sabía entonces, pero eso fue exactamente lo que hicieron.

—No sé, no tengo ni idea de cómo lo harán, pero...

—No hay carreteras. Es imposible.

—No conoces a Giap. —Estuvimos en silencio durante unos minutos y por fin le pregunté—: ¿Cuándo os vais?

Suspiró.

—Mañana.

Y se apartó de mí.

—No —gemí, pero se había acabado.

¿Cómo puedo explicar lo que fueron aquellas horas de agonía? Las recuerdo como una tormenta negra. Me asfixiaba, no podía respirar, pero no como años antes, cuando estallaba de sexualidad y tenía que bañarme en agua fría para no ahogarme. Estuve doblada en dos, sin moverme, encima de la cama de mi abuela, sin oír siquiera lo que me parecía imposible no oír: los ruidos de mis hijos jugando y riendo. Sólo estaba atenta a los movimientos de Bernard, cuando tuvo que ir a la Ciudadela pronto por la mañana, cuando volvió a comer a mediodía y cuando se despidió de mí y de los niños.

No dijimos cosas como que no pasaría nada, que todo habría acabado pronto, que no debíamos preocuparnos. No nos dijimos nada.

Cuando llegó el momento de marchar, Bernard me estrechó entre los brazos y me tuvo así durante mucho tiempo, diez o quince minutos, no sé. Se me acababa el mundo.

A media tarde vino mi padre. Entró en el salón del abuelo, en donde yo había quedado petrificada, y me miró sin hablar.

—Se ha ido a luchar contra vosotros —dije por fin. Sonreí con amargura—. Sabe que van a perder y, sin embargo, se ha ido. Dice que le obliga la nobleza.

Fue la única vez que mi padre habló de Bernard.

—Es un valiente —dijo—. Un hombre recto. Tienes suerte de que sea el hombre de tu vida.

No contesté.

Dice mucho de mi padre que no me preguntara nada sobre los planes del ejército francés.

No le habría contestado, y él lo sabía.

No lo volví a ver hasta varios meses más tarde.

Al día siguiente, 20 de noviembre de 1953, empezó la «Operación Castor». Cinco mil paracaidistas se lanzaron sobre Dien Bien Phu y ocuparon el pueblo y las posiciones defensivas más alejadas: la Isabel, la más al sur del villorrio, a unos seis kilómetros del puesto de mando situado en la cabecera de pista del aeródromo, la Éliane, la Dominique, la Huguette y la Claudine, alrededor de Dien Bien Phu, y las Béatrice, Gabrielle y Anne Marie, en un semicírculo hacia el norte. En realidad, da igual cómo se llamaran; todas tenían el mismo destino de destrucción y muerte. En cambio, los nombres, se dice que los nombres correspondían a jóvenes amantes del coronel De Castries. Frivolidades estúpidas, porque en realidad eran posiciones bautizadas por orden alfabético y establecidas sobre colinas que se suponían inaccesibles. No lo fueron.

Supimos pocas cosas más. Y de las pocas, la mayoría me las contó en la Ciudadela un capitán de transmisiones al que Navarre había dado permiso para hacerlo.

Supimos que los combates fueron encarnizados desde el primer momento, que había muchas víctimas, muchos muertos y heridos. Supe que Bernard había ido en el primer avión, un Dakota, en el que viajaban los tres generales de los que dependían los cuerpos de ejército que iban a establecerse en Dien Bien Phu. A ellos correspondía decidir cuándo se produciría el lanzamiento de los *paras*. El día estaba claro, con apenas una ligera neblina: la orden fue dada para esa misma mañana.

Y nada más.

Cada vez que preguntaba, la respuesta era la misma: «están atrincherándose bien», «es la plaza más inexpugnable que se conoce», «los combates están siendo duros, pero era de esperar».

Sólo a los pocos días empezaron a volver los heridos en los aviones que habían transportado a la tropa en la dirección contraria. En Hanoi, Jacqueline de Castries se encargó de organizar su acomodo en el hospital francés de Lanessan, pero también el Hospital Indígena empezó a recibir su cuota de soldados.

Yo preguntaba y preguntaba y, vestida de blanco como una enfermera, corría al aeropuerto de Bach Mai para escudriñar las camillas, apartaba a los sanitarios que las traían, levantaba sábanas para comprobar primero las heridas, y luego, los heridos. Y, a cada avión que regresaba sin Bernard, respiraba tranquila hasta que minutos después me volvía la angustia para enfrentarme con el siguiente.

Fueron unos días horribles que pasé en el hospital, habiendo dejado los niños al cuidado de la pequeña Lu. Me parece que aguanté, sin dormir, sin sentarme casi, con el único sustento de un poco de arroz y té, gracias a la tensión nerviosa y a la descarga de adrenalina que me producía cada aviso de un nuevo transporte proveniente de Dien Bien Phu.

Más o menos a las dos semanas del comienzo de la «Operación Castor», una mañana temprano, *soeur* Thérèse me agarró de la mano cuando nos cruzábamos por uno de los grandes pasillos de la primera planta.

—Liên... —dijo.

Me dio un vuelco el corazón.

—¿Qué ha pasado, Dios mío, qué ha pasado?

—Nada, no ha pasado nada. Hija mía, como sigas así, vas a enfermar. —Me retuvo la mano entre las suyas, y añadió—: Quería decirte que hay un avión que sale dentro de dos horas para Dien Bien Phu a recoger heridos y que he pedido que vayamos tú y yo como enfermeras voluntarias para ocuparnos de ellos durante el viaje de vuelta.

Me llevé una mano al pecho.

—¡Bernard! Veré a Bernard. ¿Podemos avisarle? ¡Oh, hermana! ¿Le avisará alguien?

—Cuando estemos volando, se lo pediremos al piloto. Y ahora vete a enfermería y que te den una tila, que pareces una dinamo.

Visto desde el aire cuando nos aproximábamos por el valle siguiendo el curso del río Nam Yun, Dien Bien Phu tenía un aspecto inocente y pacífico, como si fuera sólo un poblado agrícola cubierto de vegetación tropical crecida. Lo rodeaban colinas y montículos sobre los que, visto desde la altura, había más arbustos que árboles, aunque eran visibles también bosquecillos de jacarandas y buganvillas. A la derecha, más allá de sus confines, en la falda de la montaña, podían divisarse multitud de arrozales, divididos en terrazas cubiertas de agua y con forma de media luna.

Por todo el pueblo zigzagueaban caminos de tierra roja; a medida que nos acercábamos, estos caminos acababan siendo más barrizal que otra cosa, con grandes charcos de color ocre, restos del aguacero cotidiano. Sobre ellos se distinguían camiones militares y *jeeps* que iban de un lado para otro a gran velocidad. En uno o dos de los montículos y, sobre todo, en las inmediaciones del aeródromo, había unos amenazadores tanques con los cañones apuntando hacia arriba. A lo lejos, a derecha e izquierda, se divisaban las altas montañas rebosantes de selva tropical, oscura en el contraluz de la mañana. Allí, escondidos, estaban los guerrilleros del general Giap, esperando su momento.

Aquellos soldados vietnamitas ya no eran los míos: eran el enemigo.

El aterrizaje fue incómodo. El avión se posó dando sacudidas y bandazos, arriba y abajo, y hacia los lados, y así fuimos rodando velozmente, a tumbos por una pista llena de baches y socavones. Cuando el Dakota llegó al final de la pista, en el extremo norte más alejado de la población, giró sobre sí mismo y volvió hacia atrás. Yo miraba con desesperación por la ventanilla, intentando distinguir a Bernard entre quienes nos esperaban, pero, claro, sólo conseguía divisar lo que estaba al costado del aparato y no lo que había al frente, que era donde debían estar los enfermeros, los heridos que regresarían con nosotros y los soldados que nos ayudarían a subirlos al avión.

Por fin, el aparato se detuvo y dio nuevamente la vuelta sobre sí mismo. Uno de los pilotos bajó por el pasillo hacia la salida: a dos manos hizo girar la manilla y empujó la portezuela hacia fuera. Acostumbrados como estábamos al estruendo de los motores, cuando el piloto cortó el contacto, nos pareció que a nuestro alrededor se hacía un silencio total. Sólo muy poco a poco fueron despertando nuestros oídos al ensordecedor ruido de las explosiones de cañones y bombazos que parecían caer por todos lados, aunque más en la periferia de la ciudad, a unos centenares de metros que en el centro, donde nos encontrábamos. Se elevaban columnas de humo por doquier, puntuadas por ráfagas de ametralladora y gritos. Órdenes urgentes y miedo, sobre todo, miedo, me pareció. Por entre la polvareda rojiza que se levantaba allí donde se habían secado los caminos tras el paso del monzón, unas horas antes, podían divisarse soldados corriendo, doblados en dos. Algunos disparaban a medida que avanzaban; los más, simplemente se sujetaban el casco para ir más deprisa sin arriesgarse a perderlo.

Soeur Thérèse y yo nos bajamos del avión casi al mismo tiempo. Yo estaba tan aturdida, tan angustiada, que miraba a todos lados sin saber bien lo que estaba buscando.

—Allí —me dijo la monjita, dándome un tirón en la manga de la bata blanca.

Volví la cara hacia donde me señalaba y creí desmayarme. Bernard estaba a una veintena de metros, de pie junto a otros oficiales. Estaba sucio y se le había desgarrado una de las hombreras que ahora apuntaba ridículamente hacia arriba; tenía las botas llenas de barro y polvo. Hacía días que no se afeitaba. No tenía buen aspecto. ¡Qué tontería! ¿Cómo iba a tenerlo? Había perdido mucho peso y se le marcaban sobre los pómulos y hacia la nariz unas profundas ojeras violáceas. Seguía llevando, eso sí, sus gafas tan ligeras, sólo que ahora el puente de la armazón iba sujeto con un esparadrapo.

—Bernard —dije, sólo moviendo los labios.

Vi que cerraba los ojos y que sus hombros se relajaban y me puse a correr hacia él. Salté a sus brazos y, sin importarme las risas, aplausos y gritos de ánimo de cuantos nos rodeaban, le cubrí la cara de besos.

—¡Liên, oh, Liên! —exclamó, abrazándome con fuerza.

Desde detrás de mí oí que me decían:

—¡Ajá! Ha llegado de Hanoi nuestra enfermera más fogosa, que se dedica a besar a mis oficiales y a confundir la moral de la tropa.

Me di la vuelta:

—¡Coronel de Castries! Si me deja, también le daré un beso, uno solo, a usted.

—Nunca rechazaré una proposición así proviniendo de la más hermosa de las mujeres. —Me acerqué a él y, poniéndome de puntillas, le di un sonoro beso en la mejilla. Cuando me separé, De Castries miraba con preocupación hacia las montañas—. No pierda el tiempo con un viejo gruñón. Tienen un cuarto de hora y seguro que mucho de qué hablar. Luego quiero ese avión en el aire sin perder un minuto. ¡Dense prisa!

Bernard y yo nos separamos del grupo y, cogidos de la mano, fuimos hacia el borde de la pista.

—¡Dime! —exclamamos ambos al mismo tiempo.

—Tú primero —y le di con el dedo a la altura del estómago.

—¿Cómo están los niños?

—Están bien, están bien... *Petit* Jean te manda muchos besos y dice que quiere venir a la guerra contigo. Clara pregunta si le vas a traer una muñeca.

Sonrió.

—¿Y tú?

—Mi cama está vacía, y mi cuerpo, también —contesté—. Te necesito, necesito hablar contigo, mirarme en tus ojos, dejar de sentir esta amenaza constante de lo que te puede pasar, qué será de ti dentro de un minuto.

—Dentro de un minuto querría arrancarte la camisa, Liên, y coger tus pechos y restregarme en ellos, besarte al fondo de la espalda y...

—¡Basta! —dije riendo—. Voy a acabar dando un espectáculo en el aeródromo de Dien Bien Phu. Y, además, capitán, ¿qué lenguaje es ése? —Le agarré las manos y le pregunté—. ¿Y vosotros?

—¿Nosotros? No sé, Liên. Estamos metidos en esta llanura, dispuestos a atacar a Giap, pero no le vemos por ningún sitio. Nuestros exploradores dicen que hay muchos combatientes, varias divisiones, pero por el momento sólo nos atacan a ratos, como si quisieran desgastarnos. ¿Sabes lo que más miedo me da? Que de pronto empiecen a lanzar oleadas de asaltantes, como en las pesadillas, y que ni nuestras ametralladoras den abasto. Pero, en fin, por el momento, somos nosotros los que lanzamos ofensivas, aseguramos el aeródromo, hacemos trincheras, construimos búnkers, ayudamos a las otras posiciones fortificadas... Esto parece una colmena.

Me apreté contra él.

—¿Estáis seguros aquí?

—Claro que sí. Bueno, nos atacan, pero las defensas son sólidas. No van a poder con nosotros.

—¿Y las gafas?

—Lo más idiota, Liên: se sentó encima un comandante.

—Pero ¿cuánto tiempo vais a estar en Dien Bien Phu?

—No lo sé. Supongo que hasta que Giap nos plante cara aquí, en terreno abierto y le derrotemos y se acabe esta maldita guerra.

—¿Se acabe esta maldita guerra? ¡Pero eso no va a pasar!

—No, me he equivocado. No he querido decir «hasta que se acabe la guerra». En realidad, lo que quiero decir es hasta que podamos negociar una salida razonable para todos.

No me pareció muy convencido de lo que decía.

—Mi capitán —dijo un sargento que había venido corriendo hasta donde estábamos—. El avión debe despegar *ahora.*

—Vendré todas las veces que pueda, mi amor. ¿Y tú podrás venir a Hanoi? ¿Una vez? ¿En Navidad? Sólo faltan diez días.

—No lo sé, no lo sé. ¡Dios! ¿Cuándo se acabará esto?

De hecho, Bernard pasó las Navidades en la posición Isabelle, a seis kilómetros del puesto de mando y bajo un fortísimo fuego enemigo. Había 1.800 hombres metidos allí, entre legionarios, fusileros argelinos, *montagnards*, soldados de caballería, qué sé yo. Me contaron que había ido a la posición a esperar a una agrupación móvil francesa que venía de Luang Prabang, en Laos, y cuyos hombres habían hecho el larguísimo y durísimo camino por en medio de la selva y las montañas, por el barro y los ríos, acampando en la maleza, sin poder hacer fuego para no revelar su posición, sólo para demostrar al Viêt Minh que el ejército francés era tan fuerte y ágil que salía al descubierto cuando quería. Pues vaya una demostración.

Tuve un último contacto con Bernard por radio durante la mañana del día de Navidad.

—Hola, mi amor, te echamos de menos.

—Y yo a vosotros.

—Feliz Navidad.

—Fíjate que los vietnamitas nos tienen preparada para hoy una fiesta con fuegos artificiales.

—Cuídate, por Dios, que te queremos aquí muy pronto.

—¿Sabes que esta noche en el puesto de mando se van a comer un pavo que les ha llegado calentito y con relleno desde Hanoi?

—¿Te estás relamiendo?

—No, porque aquí, en Isabelle, no han llegado los chefs que debían cocinarnos la cena y nos vamos a tener que conformar con las raciones de campaña, pero pasadas por agua. Feliz Navidad, mi amor.

No pude contestar porque las lágrimas no me dejaban hablar.

No volvimos a vernos hasta tres meses después.

17

Me contó mi padre que el día antes de que comenzara el ataque definitivo contra Dien Bien Phu, *bac* Ho, que había acudido al puesto de mando de Giap, se quitó el salacot de paja que siempre llevaba en la cabeza cuando estaba en campaña en la jungla. Mirando hacia la base francesa, allá abajo, en la llanura, puso el salacot boca arriba y metió el puño en él.

—Los franceses están ahí —dijo. Después pasó con ligereza el dedo índice por el borde del ala y, sonriendo, añadió en voz baja—: y nosotros estamos aquí.

Era el 12 de marzo de 1954 e iban a empezar los cincuenta y siete días de combate más duros e inhumanos que puedan concebirse.

Durante casi dos meses, oleadas de vietnamitas asaltaron, una tras otra, las posiciones francesas, las trincheras, los búnkers, las alambradas de espino. A cubierto de la noche y del ensordecedor ruido de los cañones, habían excavado túneles y trincheras que llegaban hasta debajo mismo de las posiciones de defensa. Unas veces los llenaban de explosivos y los hacían estallar. Otras, los utilizaban para encaramarse todos a una sobre los muros de tierra y disparar a bocajarro contra los franceses, que, sin descanso, disparaban sus ametralladoras con los cañones al rojo vivo. Entonces, los vietnamitas se retiraban dejando decenas, centenares de muertos confundidos en siniestros abrazos con los cadáveres de los defensores; allí quedaban todos juntos, pudriéndose, hasta que la lluvia y el barro derrumbaban las paredes de las trincheras y los sepultaban. Ése fue el gran cementerio de Dien Bien Phu.

Y cuando se iba la infantería, empezaba el bombardeo constante de la artillería vietnamita desde las laderas de las montañas. No tenían problemas de munición: los chinos se la suministraban con total largueza. La mayor dificultad había estado en instalar las baterías, haciéndolas llegar a sus emplazamientos tras abrir caminos por la selva y por pendientes inverosímiles. Giap había utilizado para ello a setenta y cinco mil *coolies*, que además transportaron miles de toneladas de arroz en bicicleta para alimentar a los guerreros. Sólo cuando llegaba la aviación francesa callaban los cañones para no desvelar los lugares en los que estaban escondidos, en decenas de cuevas en la falda de la montaña.

Yo iba en el último Dakota que aterrizó el día 28 para recoger a diecinueve heridos graves y llevarlos de regreso a Hanoi. Éramos dos las enfermeras a bordo de aquel avión: una francesa muy valiente, Geneviève de Galad, y yo. A Geneviève, que había hecho cuarenta misiones sanitarias a la base francesa, la acabaron llamando, por su entrega y generosidad, el *Ángel de Dien Bien Phu.*

Aquel día fatídico (que acabé bendiciendo), cuando estábamos a punto de embarcar a los heridos, una bomba dio de lleno en el Medevac, el avión de evacuación médica, y lo partió por la mitad. Lo hundió al suelo, las alas se colapsaron y la cabina del piloto quedó apuntando hacia el cielo. Por suerte, todos, incluida la tripulación, estábamos en tierra.

El infierno era tal en el poblado que, después de bajar del aparato, corriendo como una loca para comprobar el estado de los heridos antes de embarcarlos («¡los más graves primero!», me había gritado Geneviève), ni se me había ocurrido buscar a Bernard. Sólo un momento antes de que cayera la bomba miré hacia el puesto de mando y, por entre la humareda de polvo y explosivos, pude distinguirlo viniendo hacia nosotros en zigzag. La onda expansiva nos tiró al suelo, y varias camillas volcaron e hicieron rodar a los heridos que estaban encima. Nos pusimos a correr empujando las camillas para refugiarnos detrás de las ambulancias. La escena era dantesca: por encima del tableteo de las ametralladoras y las explosiones más alejadas, podían oírse los gritos de los heridos. Uno llamaba a su madre, otro pedía agua y otro más reía histéricamente, otro lloraba con desconsuelo, otro gemía sin poder hablar... Fue horrible. Más de la mitad murieron sólo en ese ataque.

Bernard llegó hasta donde estábamos. Me agarró de la mano, me puso de pie y gritó:

—¡Llevaos las camillas hacia dentro! ¡Deprisa!

Aquella explanada estaba irreconocible. Era el mismo lugar de tres meses antes y, sin embargo, todo era distinto. En el búnker no quedaba un cristal sano. Delante de él habían abierto varias trincheras; el arranque de la pista estaba destruido, y uno de los tanques que habíamos visto haciendo de centinela antes de la Navidad, estaba ahora despanzurrado a un lado de la pista. Las pocas casas que quedaban en pie eran ruinas a medio caer, con las ventanas perforadas como ojos de ciego y los tejados derruidos, algunos con grandes boquetes producidos por los proyectiles de los cañones de ciento cinco milímetros. Vi a dos niños que cruzaban corriendo por entre los socavones. Eran, me dijeron luego, hijos de unos campesinos que habían vivido en Dien Bien Phu toda su vida y que habían muerto en uno de los bombardeos.

—¿Dónde está el hospital? —grité a Bernard.

—¡Detrás del puesto de mando! —hizo un gesto con el brazo para indicarnos que debíamos rodear el búnker.

Empezamos a evacuar a los heridos hacia la entrada de la enfermería subterránea. Durante los meses de construcción de las fortificaciones, los zapadores habían perforado una verdadera ciudad subterránea cubierta por troncos por la que hasta circulaban camiones. En el sótano aquel, las camas y las mesas de operaciones estaban recortadas en piedra calcárea, como si fueran altares. Los paracaídas hacían las veces de sábanas (y también de sudarios en el campo de batalla: los soldados envolvían en ellos a sus camaradas muertos para enterrarlos cuando podían en el mismo lugar en que habían caído).

En pocos minutos habíamos llevado e instalado a los heridos todavía vivos en la enfermería. Un médico con la bata ensangrentada y sucia, y un gorro de quirófano que había sido blanco, me miró.

—¿Qué quieren que hagamos con estos heridos, hermana? —preguntó—. Están muy graves —dijo, para constatar un hecho evidente—. No puedo hacer nada por ellos. Se los tienen que llevar a Hanoi.

—El Medevac ha sido bombardeado, doctor, y no creo que consigamos ya salir de aquí. La pista de aterrizaje está destruida.

Me estuvo mirando fijamente durante unos segundos, como si estuviera decidiendo si debía creerme o no, o si estaba loca por decir cosas irremediables con tanta serenidad, y después se dio la vuelta sin pronunciar palabra.

Olía a sangre.

Bernard me agarró desde detrás, por los hombros, y me hizo girar. Me refugié entre sus brazos y me pegué a él con todas mis fuerzas.

—¡Puaj! —exclamé—, hueles que apestas —y me colgué de su cuello para besarle por debajo de la barbilla—. Y pinchas.

—He perdido la cuenta de los días que llevo sin usar jabón. En este infierno se olvida uno de todo y hasta lo más horrible parece normal.

—Todo esto es espantoso. No hay más que muertos y heridos por todos lados. Mira este pasillo. Dios mío, sólo hay sangre y vendas y sábanas manchadas. ¿Qué vamos a hacer?

—Resistir mientras podamos, Liên.

Lo miré a los ojos.

—¿Qué quieres decir?

Negó con una sacudida de la cabeza y no dijo nada.

—Al menos, limpiémonos mientras nos sea posible. ¿Hay alguna ducha que podamos requisar?

—¿Para ducharnos? No... Bueno, las de los oficiales, supongo.

—¿Con llave?

—¡No! —dijo riendo.

—Pues vas a tener que atrancar la puerta con una silla.

Pasaron varias horas hasta que pudimos ducharnos. Durante ese tiempo, Geneviève y yo tuvimos que cambiar apósitos y vendajes, limpiar las heridas menos graves, ayudar a los médicos a que hicieran lo posible por aliviar los sufrimientos de nuestra carga, y además atender a los heridos leves que estaban en la enfermería. Por heridos leves, quiero decir heridos leves en la batalla: roturas de huesos, cortes profundos en brazos y piernas, desgarros sangrantes en cara y cuero cabelludo, heridas de bala en zonas que no revestían peligro, brazos, pies, pantorrillas, cosas así.

El coronel De Castries nos visitó por la tarde.

—¡Ah, mis ángeles! —exclamó—. No han venido ustedes en el mejor momento. Mucho me temo que de aquí no se sale ya hasta que esto haya acabado.

—Bueno, *mon colonel* —contestó Geneviève—, así podremos hacer algo de provecho y, de paso, nos ganaremos los cupones de racionamiento.

Todos reímos, creo que más de nervios que de otra cosa, y el comandante médico con el que había hablado añadió:

—Coronel, vamos a necesitar suministros sanitarios: vendas, medicamentos, alcohol, todo lo que nos puedan mandar. No nos queda nada.

—Hablaremos con Hanoi para que nos lancen todo eso en los próximos vuelos. —De Castries se apartó un poco de los heridos y, en voz baja, nos dijo—: Las espero a ustedes dos a cenar. ¿Hora y media?

Su tranquilidad ante lo que era una situación militar francamente desesperada me asombró. Allí estaba este hombre galante invitándonos a cenar como si se propusiera llevarnos al hotel Ritz en la Place Vendôme, mientras allá afuera Dien Bien Phu sufría el asalto más bestial posible. Se me hacía francamente kafkiano.

Bernard me explicó que, hasta quince días antes, el ejército francés había sido dueño de toda la cubeta: veinte o veinticinco kilómetros de norte a sur por más o menos doce de este a oeste, todo el enorme valle entre las dos montañas. Una posición segura e inexpugnable. Pues en quince días de ataques incesantes, la cubeta se había reducido al perímetro de la ciudad, una circunferencia de no más de tres kilómetros de diámetro en cuyos extremos se encontraban las posiciones de defensa más sólidas, aunque también las más castigadas: Éliane, Dominique, Huguette y Claudine. Todas las demás, especialmente la más alejada, Isabelle, que se suponía controlaba la pista de aterrizaje de reserva, habían quedado aisladas, a merced del asalto continuo de oleadas de vietnamitas y del castigo de las baterías de la montaña. Para abastecerlas, retirar los heridos y reconstruir trincheras era preciso hacer salidas desde la ciudad a pecho descubierto y con un desgaste terrible de hombres y municiones. Una locura.

Atacado sin piedad por todos lados, Dien Bien Phu se asemejaba a un fruto maduro al que se va apretando a dos manos, que estalla por la presión y chorrea jugo hasta quedar destruido.

—Pero ¿por qué, Bernard? ¿Por qué seguís aquí?

Se encogió de hombros. Nunca conseguí saber si se arrepentía de haber venido ni si la nobleza de la que tanto habíamos hablado le parecía o no una pérdida de tiempo, un sacrificio inútil. Nunca me lo dijo.

Desde luego, en los días que siguieron me sorprendieron; no: me asombraron, actitudes inesperadas, heroicas de desprecio del peligro y de riesgo para las vidas. ¿Tenían que ser así aquellos soldados profesionales? ¿Les enseñaban ese caballeroso estoicismo en las academias militares o se trataba de una especie de mística heredada de los ejércitos nacidos tras la Revolución Francesa? Miraba a Bernard, mi profesor de liceo, intelectual y apasionado, mi marido adorable e inteligente que consideraba que esta guerra era una inutilidad sangrienta, y me preguntaba si, con todo, estaba dispuesto a llegar hasta el fin. Me lo preguntaba, sí, y me aterraba la idea de que fuera cierto. No quería que nuestra vida se acabara en este estúpido e inútil valle. Digo nuestra vida, de los dos, porque estaba dispuesta a correr la misma suerte que él, pasara lo que pasara. Pero ¡qué desperdicio! ¡Teníamos tanto que vivir aún!

Nos duchamos mal disimulados sin modestia alguna detrás de una vieja cortina, sin importarnos que algún camarada de Bernard pudiera sorprendernos. Teníamos tanta hambre el uno del otro que la desvergüenza fue hasta un acicate para la risa y los gritos reprimidos. Después forcé a Bernard a afeitarse y cambiarse de ropa. Yo, en cambio, tuve que vestirme con lo mismo que traía desde Hanoi.

—Estás guapísima —me dijo.

La cena fue tan sorprendente (y tan irritante, considerando lo que estaba ocurriendo ahí fuera) como la invitación. Allí estábamos en torno a la mesa del coronel nosotras dos, Bernard y tres oficiales cuyos nombres no recuerdo, dando buena cuenta de una excelente comida vietnamita a base de cerdo y setas y, curiosamente, mucho picante y un buen arroz frito. Atribuí la poca ortodoxia de las recetas al hecho de que el cocinero fuera un legionario francés. Eso sí: bebimos tres o cuatro botellas de una maravillosa reserva de burdeos traída desde Francia por el propio De Castries. Este hombre parecía estar de excursión, en lugar de batallando por la supervivencia de la Francia colonial. Indochina se les iba de las manos y aquí estábamos, bebiendo un magnífico clarete, como si tal cosa. ¡Y Bernard que se jugaba la vida por esta frivolidad!

Al principio, el coronel quiso que la conversación fuera por derroteros sofisticados y fluidos. Nada de guerras: nos encontrábamos en un salón literario. Hablamos de teatro, de Jean Giono y de Ionesco y hasta de Sartre. Hubo incluso un apunte sobre el existencialismo, pero me parece que sólo Bernard sabía de lo que hablábamos. Me guiñó un ojo sin que los demás lo vieran y, sin solución de continuidad, recordé cómo diez años antes De Castries había batido el récord mundial de salto de longitud sobre su caballo.

—Debo repetírselo, Liên: no sabe cuánto me halaga que lo recuerde —sonrió.

—Bueno, es que me impresionó mucho. Para una campesina vietnamita recién llegada a París, un caballo equivalía a muchos filetes para toda la familia o, todo lo más, para que el emperador Bao Dai se subiera a uno y presidiera una parada militar.

Rieron de buena gana, pero enseguida el buen humor, tan forzado, al menos en mi caso, se apagó con el temblor de las bombas cayendo a no tantos metros de donde estábamos. Alargué la mano para que me la cogiera Bernard.

—¿Qué va a pasar, coronel? —pregunté.

—¿Aquí? Buf... Resistiremos. Resistiremos el tiempo suficiente para consolidar la posición de Francia en la mesa de negociaciones de la conferencia de paz.

—Pero ¿no le parece un poco cruel que le fuercen a quedarse aquí sólo para consolidar una posición negociadora?

—¿Cruel? No. Desde luego que no. Es el oficio del soldado, mi querida Liên. Para eso nos pagan. Y si debemos resistir porque Francia lo requiere, sea cual sea la razón de la exigencia, resistimos sin rechistar... —sonrió— ... demasiado.

—Pero, coronel —insistí—, usted manda en una plaza en la que ve hora a hora la gravedad de lo que está ocurriendo y supongo que las razones...

—Cuando se manda una plaza como ésta, querida Liên, no se hace geopolítica.

—Esta guerra es, desde luego, cruel —interrumpió Bernard—. Cruel y no muy razonable. —Me apretó la mano y me lanzó una mirada de advertencia: no debía pasar de ahí. —Pero... hay tantas cosas en juego: prestigio, civilización contra civilización, libertad contra comunismo...

—¡Exacto! —exclamó De Castries—. Todo eso está en juego y la llave parece estar precisamente en esta llanura sin sentido. Aun así —señaló con un dedo hacia fuera—, cuando tenemos que hacer frente con entereza a esta locura, muchas veces me pregunto qué hemos venido a hacer en este agujero perdido del altiplano tonkinés si no ponemos los medios verdaderamente indispensables para salir victoriosos de él —abrió las manos—. No tengo la respuesta. Y sin embargo, aquí estamos, cenando entre amigos, en la víspera de la batalla. El peligro no importa, sólo la honra —nos miró uno por uno—. Quisiera levantar mi copa para brindar por Francia.

Más tarde, antes de regresar a ver a mis heridos, pedí a Bernard que me enseñara algo de la ciudadela subterránea. No era muy complicada: solamente funcional y bastante primitiva de concepto.

En la primera revuelta, una galería se abría hacia la izquierda, apenas iluminada por una débil bombilla roja.

—¿Qué hay ahí? —pregunté.

Titubeó un momento. Luego sacudió la cabeza y acabó riendo.

—No me parece que quieras explorarlo. Es el BMC, burdel móvil de campaña.

—¿El qué?

—El burdel.

—Ya te he oído.

—Bueno, ya sabes, sirve para lo que sirve.

—¿Pero cuántas chicas hay?

—Dieciocho, entre argelinas y vietnamitas.

—¿Y a cuánta gente, esto, sirven?

—En este momento, la fuerza francesa se compone de trece mil hombres.

—Pues deben de trabajar a destajo. ¡Qué barbaridad!

—Bueno, no están para todos, sino más bien para los oficiales.

Lo agarré por las solapas.

—Atrévete.

—Mi sexo es sólo para ti —y frunció el ceño—. Aunque hay una argelina...

—Te mato.

Rió.

—Pobres chicas —dijo—. ¿Qué será de ellas?

—¿Y hacen más... cosas que yo?

—¿Qué quieres decir?

—Bueno, ya sabes, posturas y porquerías.

—Nadie hace...

Le di un cachete.

—No te atrevas.

Creo que fueron los últimos momentos en que nos reímos en mucho tiempo. Después me espanté de que pudiéramos tomarnos algo, cualquier cosa, tan a la ligera. ¡Qué horror!

18

Los cuarenta días que transcurrieron hasta la capitulación de Dien Bien Phu, el 7 de mayo de 1954, fueron un infierno.

Me gustaría poder explicar lo que se siente, lo que se sufre sometido a un ataque sin descanso, sin un resquicio de calma, sin un momento de respiro. Pero no puedo: después de tantos años, el recuerdo sigue siendo espantoso, todavía demasiado ensordecedor para poder hablar de él con serenidad. Sólo puedo decir que hubo momentos en los que habría preferido estar muerta con tal de recuperar el silencio, aunque fuera durante unos segundos. Me recuerdo llorando e implorando a nadie unos segundos de silencio. Mejor la muerte, me decía. Pero luego recordaba por qué estaba aquí, me acordaba de Bernard, unos metros más allá, defendiendo esta posición militar idiota y quería que todo aquello acabara, no por el ruido, sino por sobrevivir. Y decidía resistir un poco más, unas horas más, bueno, a lo mejor un par de días más, si conseguía taponarme los oídos y hacer que el pecho dejara de retumbarme a cada explosión. Yo no era militar y, antes de aquellas semanas horribles, no sabía lo que significaba estar inmersa en una batalla. Pues lo aprendí con creces.

Me es muy difícil contar lo que era la aglomeración de gentes, excesiva para el tamaño del pueblo fortificado, lo que fueron los gritos, los médicos, los reporteros, las salidas temerarias para recuperar una colina perdida, el progreso, de la noche a la mañana, de las trincheras excavadas por los viet, como si un enorme bicho se hubiera ido tragando la tierra a toda velocidad, los heridos que nos llegaban en un goteo constante, sus alaridos desgarrados, los continuos vuelos de los aviones franceses, que ya no podían posarse, pero que sembraban los puntos de lanzamiento próximos al aeródromo derruido de paquetes de todas clases: de armas y municiones, de vehículos, de hombres...

Todavía tengo la sensación de haber pasado aquel tiempo hundida en el barro, montones de barro y sangre y suciedad, vendajes malolientes, heridas supurando. Constantemente tenía hambre y sed y sueño. Hubo días en los que sólo pudimos beber agua hervida de la que bajaba por el río, añadiéndole algunas gotas de lejía; era mejor no mirarla con excesivo detenimiento, no fuéramos a distinguir lo que flotaba en los cubos que nos traían los legionarios.

De vez en cuando me rendía el cansancio y me quedaba en estado catatónico, hasta que alguien me sacudía por un hombro. Entonces me levantaba como un robot para ponerme a restañar heridas de manera automática, sin saber bien lo que hacía.

Bernard había dicho que al comienzo del asalto del Viêt Minh había unos trece mil soldados defendiendo la plaza. A finales de abril quedaban seis mil, incluidos enfermos y heridos que pudieran empuñar un arma, todos desfallecidos de hambre y cansancio. Del resto, casi tres mil habían muerto y los demás, heridos o sanos, se habían ido replegando a medida que las defensas caían y se reducía el tamaño del territorio que defendíamos.

Otros mil... otros mil eran desertores.

Me dolió que los hubiera: me indignó saber que mil soldados habían abandonado su puesto sin ninguna consideración hacia sus camaradas de armas. «Espera, espera un momento», dije. «¿Adónde han ido? ¿Qué ha sido de ellos? Porque desertar está muy bien, pero cuando se está en Dien Bien Phu, cercados como estamos, ¿hacia dónde se deserta? A centenares de kilómetros de territorio amigo, rodeados por el Viêt Minh, ¿adónde podrían ir? Porque te encuentras con un guerrillero vietnamita que acaba de pelear por su vida en las trincheras y le dices: "Perdone, soy un desertor, ¿cómo se llega a los Campos Elíseos?"».

Rió sin humor.

—Están aquí, Liên.

—¿Cómo?

—Sí, en el centro de la base, sentados sin hacer nada mientras a su alrededor ocurre el fin del mundo.

—No lo entiendo. ¿Y les dan de comer?

—Ninguno comemos mucho.

—Quiero decir: ¿fueron a sus jefes y les dijeron que querían desertar pero que como no podían ir a ningún sitio, abandonaban las armas y se sentaban ahí en medio a esperar tiempos mejores? —insistí con incredulidad.

—Es exactamente lo que hicieron. Unos se relajan, juegan a las cartas y, de vez en cuando, acuden al burdel, y otros se cansan de esperar y vuelven a la batalla. Pero muchos no: los argelinos, los marroquíes, nuestros vietnamitas, prefieren quedarse descansando.

—¿Y la nobleza de la que hablabas?

No contestó.

¿Y yo quién era? ¿A quién debía lealtad?

La agonía de Dien Bien Phu fue espantosa, y la derrota final, insufrible.

A mediodía del día 7 de mayo sólo quedaba en pie el puesto de mando de De Castries (a quien la mañana anterior habían enviado las estrellas de general de brigada en un paquete lanzado en paracaídas). A su alrededor, algún edificio derruido que defendían los restos de las tropas de élite y, en el subterráneo, cubierta de sacos terreros, la enfermería donde yo estaba.

Eran las tres de la tarde del 7 de mayo. Quedaban dos horas y media.

De pronto, un sargento de *paras* entró corriendo en la enfermería. Tuvo que gritar para hacerse oír:

—¡Hermana! ¡Corra! El capitán Dejean está herido.

Así, sin previo aviso. La herida que acaba con todo no se anuncia ni prepara. Estuve un segundo paralizada de terror, pero enseguida me sacudí, recogí de la mesa de operaciones lo que encontré para efectuar una cura de urgencia y salí corriendo.

El puesto de mando era un caos completo. Casi nada quedaba en pie. En una esquina empezaba a posarse una cortina de polvo blanco provocada por un trozo de pared que acababa de desplomarse, derruido creo que por un impacto de mortero. Vi a Bernard allí mismo, caído en el suelo, con los ojos cerrados. Estaba horriblemente pálido, ¡Dios mío!, y por todo su costado derecho se extendía una gran mancha de sangre por momentos mayor.

—¡Sargento! —grité—. ¡Llame al doctor! ¡Que venga el doctor! —Me decía a mí misma que no debía ceder a la histeria, pero sabía que iba camino de no poder contenerme—. ¡Dios mío, Bernard! —Me pareció que una mano helada me tenía agarrado el corazón—. Bernard, por Dios, ahora no, ahora no...

Parpadeó y abrió los ojos, pero los tenía extraviados. Murmuró algo que no acerté a comprender. «Bernard, oh, Bernard. Vas a estar bien, ya lo verás, vas a estar bien», le dije. Intentó hablar de nuevo, pero no fue capaz. Cerró los ojos.

Sólo pude rasgarle la camisa con unas tijeras quirúrgicas, apartar la tela empapada de sangre y comprobar que la herida era horrible: en forma de estrella, sobre el hombro. No sangraba a borbotones, con lo que me pareció que no había afectado a ninguna arteria. Pero no podía ver más. La hemorragia era demasiado fuerte. Taponé la herida como pude, con una gasa grande mojada en yodo.

Ahora Bernard respiraba muy rápidamente, sí, a jadeos. Le temblaban los párpados. Y yo le susurraba «por Dios, Bernard, abre los ojos, dime que estás bien», pero seguía sin moverse.

Le tomé el pulso y le latía a toda velocidad.

—Apártese, por favor —dijo entonces el médico. Acababa de llegar—. Déjeme que vea —levantó la gasa—. Vaya. Vamos a limpiar y a desinfectar esto, Liên, y luego comprobaremos la gravedad de la herida, ¿eh?

—¿Cómo está? —preguntó De Castries desde detrás de la mesa, sobre la que, encima de cartas y planos estaba la radio y también varios tazones y unos ceniceros llenos de colillas.

—No muy bien, *mon général*.

Entonces me estremecí y se me escapó un sollozo muy largo y muy ronco. El médico me miró durante unos segundos y luego dijo:

—Es muy fuerte. Saldrá de ésta, pero ahora necesito su ayuda. Debe usted calmarse. No moveremos al capitán. ¿Para qué? Mejor hacerle la cura aquí.

Por un momento pensé que hiperventilaba y que sería incapaz de asistir al médico, pero bajé la cabeza, respiré con lentitud por la nariz y me serené. Me pasé la manga de la bata por los ojos para apartar las lágrimas y poder ver mejor. En ese instante, hubiera jurado que se había establecido un absoluto silencio en torno a nosotros. Había dejado de oír bombazos, gritos, estallidos, todo, tan absorta estaba en contener la vida que se me escapaba.

Bernard había tenido suerte. Dos o tres centímetros más hacia el pecho y la metralla habría reventado una arteria;

antes de que pudiéramos contener la hemorragia, se habría desangrado. Por fortuna, el impacto de mortero que había tirado la pared lo había alcanzado sólo de refilón: el muro había actuado de escudo, salvándole la vida.

La herida era muy grande: iba desde la parte superior del hombro hasta medio brazo. Por lo que había visto en otras ocasiones a lo largo de las pasadas semanas, supuse que la metralla había desgarrado el músculo deltoides y machacado la vena cefálica.

—Parece como si le hubiera seccionado el bíceps —dijo el médico, hablando para sí—, pero no lo puedo ver. Hay demasiada sangre. Vamos a darle éter. Coja la mascarilla que está en mi bolsa y póngale éter. Muy bien. Ahora aplíquesela a la boca. Asegúrese de que también tapa la nariz.

—Lo he hecho muchas veces, doctor.

—Ya, pero considerando que es su marido y que está usted temblando, me parece mejor ir recordándole los pasos a dar. Muy bien. Así está bien. Bueno, creo que no vale la pena coser la herida. Paremos la hemorragia primero y luego le pondremos un vendaje compresivo y nada más. Está débil pero..., vamos a estabilizarlo. Deme su mano, ponga estos dos dedos aquí... —no veía nada y dejé que el médico guiara mis dedos a un punto que estaba debajo del hombro—. ¿Nota la vena?

—Sí.

—Bien. Mire aquí. ¡Mire aquí! No mueva su mano. Sólo cuando se lo diga, quitará los dedos para que yo pueda coser y cortar la hemorragia. No se preocupe —añadió en un murmullo—, todo irá bien.

Estuvo trabajando un rato largo, más de media hora, cosiendo, limpiando la sangre, haciendo presión sobre la zona, reparando el manguito, también desgarrado. Por lo que dijo, había dos fisuras en el hombro y no iba a hacer nada por repararlas.

—Todo irá bien si la herida no se infecta.

—¿Y el trozo de metralla? ¿No habría que quitarlo, doctor?

—No. No es fácil llegar hasta él. Sin luz ni quirófano, no. Demasiado riesgo en estas condiciones. Ahora quédese con el capitán. Vamos a ponerle penicilina, un frasco de éstos cada seis horas; hay suficiente para cuatro días —y me entregó una bolsa pequeña en la que tintineaban los frasquitos—, y si le sube la fiebre, dígamelo, aunque no sé dónde me lo va a decir, la verdad sea dicha.

—Gracias, doctor.

Me miró y no dijo nada. Se levantó y se fue por donde había venido.

Bernard estaba dormido. De vez en cuando gemía o intentaba moverse. Arrodillándome, cogí su cabeza y la coloqué sobre mis muslos. Estaba tan pálido como la pared que había enfrente y le caían goterones de sudor desde la raíz del pelo hasta las mejillas. Le pasé una gasa empapada en alcohol por la cara.

—El fuego de morteros y artillería continúa —dijo De Castries. Sorprendida, levanté la cabeza para ver con quién hablaba. Tenía el micrófono de un radioteléfono de campaña en la mano y, por lo que deduje, estaba en comunicación con el cuartel general en Hanoi. Me di cuenta de que hablaba con el general Cogny, su jefe directo—. Los viet, están asaltando en masa nuestras defensas. No vamos a poder resistir durante mucho más tiempo, general.

—Le voy a pasar con Jacqueline, Christian. Está aquí a mi lado.

—¿Christian? —dijo una voz de mujer.

—¿Jacqueline? —contestó De Castries—. Me parece que esto se acaba.

—Aguanta todo lo que puedas, por Francia.

—Ten fe..., ten fe por nuestros heridos... *Au revoir* —dejó el micrófono sobre la mesa y se volvió hacia mí—. ¿Cómo está Bernard?

—Dormido. La frente está muy caliente. Debe de tener mucha fiebre, pero por lo que dice el doctor no está tan mal como parece. —Resoplé.

Vi que De Castries suspiraba. Supuse que pensaba: «para lo que le va a servir».

Entró corriendo un capitán al que en los últimos días había visto en el perímetro defensivo más cercano y que había sido los ojos de todos los oficiales que se reunían en el puesto de mando, dándoles información sobre movimientos del enemigo, desplazamientos, progreso de las trincheras, objetivos alcanzados por el fuego del Viêt Minh... Detrás del capitán venía un teniente. Ambos estaban cubiertos de barro y el teniente sangraba por un profundo corte en el brazo izquierdo. Con la manga de su guerrera se había hecho un torniquete. En algún momento, el capitán había perdido la camisa. En posición de firmes, dijo:

—Los viet lo arrasan todo, mi general, traen bayonetas, navajas, granadas de mano... A los nuestros no les quedan ya municiones y se defienden con palos y barras de hierro. ¡Dios mío, mi general, es como un circo romano!

—Está bien, hijo mío. Vuelva a su puesto —contestó De Castries. Dirigiéndose al teniente, dijo—: Vaya a que le curen eso en la enfermería. —Volvió a coger el micrófono y dijo—: ¿General Cogny? René, los viet están por todos lados. El puesto de mando está a punto de caer a manos del enemigo. El fin está cerca, pero combatiremos hasta el final.

—Comprendido. Combatiréis hasta el final. ¡Sin bandera blanca! No, después de vuestra resistencia heroica, no izaréis la bandera blanca.

—A sus órdenes, mi general. No habrá rendición. Destruiremos nuestras armas a las diecisiete treinta. Ahora inutilizaremos el radioteléfono. Lucharemos hasta el final. Adiós, mi general; adiós, camaradas. ¡Viva Francia!

Me miró nuevamente.

—Vamos a trasladar a Bernard a la enfermería. Esto se va a poner francamente irrespirable. —Se volvió hacia el operador de radio—. Dé orden a la posición Isabelle de bombardear este puesto de mando a las diecisiete treinta exactamente.

—Sí, mi general.

—Vamos —me dijo.

Uno de los sargentos de comunicaciones, un barbudo veterano de mil campañas con el que alguna vez había tomado un café, me ayudó a trasladar a Bernard a la enfermería.

Mientras salíamos del puesto de mando, pudimos oír al operador que decía:

—Se combate en la puerta misma. El general me ha ordenado que destruya el equipo de radioteléfono. Saludad a París de mi parte. *Au revoir!*

En la enfermería nos dispusimos a esperar el final. No hay fatalismo en estas esperas, ni miedo ni rebeldía. Cuando llega el momento, hay una cierta resignación estoica: ocurrirá lo que tenga que ocurrir.

De Castries se sentó en una silla, con el codo apoyado en una camilla. Detrás de él se habían ido colocando sus oficiales de más alta graduación. Entonces miró a su alrededor, contemplando a la veintena de heridos de la enfermería.

—¿Dónde están los demás? —preguntó al capitán médico.

—Repartidos por las galerías. Los más graves están en las tres salas que hay aquí detrás. Geneviève se ocupa de ellos.

—Muy bien. Caballeros —dijo entonces, poniéndose en pie—, quiero que sepan que hemos resistido hasta el fin. No nos rendimos. Hemos depuesto las armas simplemente porque ya no queda munición con la que disparar. También quiero que sepan que ha sido para mí un honor luchar codo con codo con ustedes. Recordaré la batalla de Dien Bien Phu como el momento en que los soldados de Francia se cubrieron de gloria, luchando con un valor y una entrega que han ido mucho más allá de lo que les pedía la lealtad a la patria.

Seis de los soldados que estaban en la enfermería, me pareció que los únicos seis que pese a sus heridas podían mantenerse en pie, se habían levantado para ponerse en posición de firmes. Todos los oficiales hicieron lo mismo.

—¡A sus órdenes, mi general! —gritaron al unísono.

De Castries se cuadró y, también en posición de firmes, saludó marcialmente.

Luego, todos se sentaron o se acostaron, lo que cada cual pudiera hacer, y se pusieron a esperar sin pronunciar palabra. Era una sensación extraña, fantasmagórica, este repentino y total silencio en el campo de batalla. Hasta los gemidos de los más enfermos dejaron de oírse. Sólo alguna piedra que se desprendía en algún sitio cercano, el ruido metálico del cañón de una ametralladora que se enfriaba, el eco lejano de un disparo, nada más. Antes ni los habríamos oído, de puro insignificantes.

No sé quién lo notó primero, pero alguien dijo de pronto:

—No se oye nada.

Vi que Bernard se estremecía. Bajé los ojos. Me miraba. «Oh, Bernard», murmuré. Hinchó los carrillos y sonrió. Quiso decir algo. Inclinándome, me acerqué a su boca. Dio dos chasquidos con la lengua reseca. «Estoy hecho un asco», dijo. Habría podido jurar que no había hablado. «Agua», pidió.

Empapé un algodón en agua hervida y se lo pasé por los labios.

Durante diez o doce minutos no pasó nada más.

Después oímos unos pasos, muchos pasos, avanzando por el pasillo subterráneo.

Por fin, dos vietnamitas se asomaron por el arco tallado en la piedra caliza. Iban armados con metralletas. Nos apuntaron.

—¿Comandante? —preguntó uno de ellos en francés.

19

Lo más desgarrador de aquella noche fue subir a la superficie a los más de 800 heridos graves y dejarlos bajo la lluvia, apenas protegidos por paracaídas montados como si fueran tiendas de campaña. Entre la media docena de jóvenes médicos, Geneviève de Galad (que aquella noche se ganó a pulso el apodo de *Ángel de Dien Bien Phu)* y yo tuvimos que ocuparnos de todos ellos, cuidando de que los colocaran en lugares lo más secos posible, dándoles agua y algún analgésico y, sobre todo, palabras de consuelo.

El espectáculo era dantesco: escayolas podridas por la humedad, piernas y brazos amputados con los muñones mal cubiertos por vendas sucias, tullidos sin muletas, heridas abiertas, muchachos operados del abdomen vomitando y pidiendo morfina a gritos, muchos de ellos, por añadidura, con violentos ataques de fiebre palúdica (afortunadamente les podíamos suministrar nivaquina, que teníamos en cantidad suficiente), garrapatas, piojos, pulgas...

¡Qué epílogo para una batalla tan cargada de heroísmo y sufrimiento!

En ausencia del general De Castries, al que, como supimos luego, mantuvieron encerrado en una celda improvisada hasta tanto Giap decidiera qué hacer con él, el capitán médico y un teniente coronel fueron los encargados de negociar la evacuación de todos estos heridos graves.

No resultó fácil pero, al final, los vietnamitas aceptaron que los heridos en peor estado fueran trasladados a Francia a través de la Cruz Roja. Establecieron así un doble rasero cruel: unos, éstos, eran devueltos en un gesto humanitario que no nos habíamos atrevido a esperar, para ser cuidados por su propia gente; a otros los maltrataron de palabra y obra de un modo verdaderamente insufrible.

En fin.

Debí suponer que ocurriría: a medianoche, una mano apartó uno de los paños del paracaídas que hacía las veces de tienda principal. Y allí estaba mi padre, con su cara seria de pocos amigos. Miró a su alrededor. Dio dos pasos hacia el interior de la tienda para permitir que entrara el capitán médico.

—¿Lo ve, doctor? No podemos evacuar a todos estos heridos en camión. Moriría la mitad.

Mi padre no dijo nada. Empezó a darse la vuelta y, de pronto, su mirada se detuvo en mí. Si le sorprendió mi presencia, no lo dejó traslucir.

—¿Qué haces aquí? —me preguntó en vietnamita.

Junté las manos en señal de respeto.

—Volábamos aquí a recoger heridos que luego llevábamos al Hospital Indígena y yo aprovechaba para ver a mi marido unos minutos cada vez.

—¿Qué ha sido de él?

—Está malherido.

Señalé a Bernard, inmóvil en una camilla.

—¿Es grave?

—No lo sé, padre. Lo hirieron esta tarde. Es demasiado pronto para saber cómo está.

Se me quebró la voz.

Mi padre se acercó a la camilla. Se inclinó sobre Bernard y levantó la sábana que lo cubría. Miró el vendaje. Había vuelto a sangrar y una gran mancha marrón se extendía por todo su costado derecho.

—Debéis cambiarle las vendas y hacerle una cura. No tiene muy buen aspecto. Dadle penicilina para evitar la infección.

Se enderezó y, sin añadir palabra, salió de la tienda. Bernard no había dado señales de vida.

El capitán médico me miraba con curiosidad.

—¿Quién es?

—Uno de los principales médicos de Vietnam.

—¿Lo conocía? ¿Cómo se llama?

—Es Vu Dinh Tung.

—El doctor Vu, ¿eh?, el fundador de la Cruz Roja vietnamita. Sé de él. Es célebre. Y usted parecía conocerlo...

—Es mi padre.

El médico francés se quedó mudo.

—¿Su padre? —preguntó por fin. Miró a Bernard.

—Sí —dije yo—. Tengo lo mejor de cada casa.

Un día después, la Cruz Roja vietnamita empezó a evacuarnos a Hanoi en helicópteros.

Fueron trasladados 858 heridos, cinco médicos y dos enfermeras.

Los 10.863 prisioneros restantes fueron llevados andando de noche, por las selvas y los arrozales, durante un mes. Hicieron quinientos kilómetros hasta llegar a los campamentos de prisioneros en la frontera con China. Tres meses más tarde, los supervivientes de aquella marcha infame fueron devueltos a Francia. Eran 3.280.

V

El busto de Ho Chi Minh

20

Pasaron casi cuarenta años hasta que volví a Hanoi. Cuatro décadas durante las que Vietnam fue para mí una especie de santuario, un remoto lugar de peregrinación al que siempre deseé regresar porque allí había quedado una parte importante de mi vida. Oriente, el amor, las Treinta y Seis calles, la bahía de Halong, la pasión, los inmensos campos de arroz y el color de su hierba, la cortesía, los espléndidos ropajes de los mandarines, el agua del Río Rojo, los rododendros de las tierras altas. Y también, la terraza del Palacio del Gobernador general, la pagoda de una sola columna y la extraordinaria nitidez del firmamento en las noches sin luna. Cosas que, con el transcurso del tiempo, se iban desdibujando cada vez más en mi memoria. Supongo que en realidad evocaba un país que ya sólo existía en mi cabeza. Siempre recordaba la carta de aquel hijo del pintor Le Pho en la que declaraba que, para su padre, era preferible, «antes que la realidad, la imagen idealizada de una tierra que fue la suya hace mucho tiempo y que ha dejado de existir». Con la única diferencia de que Le Pho no pretendía volver, y por eso prefería la imagen que guardaba en su mente, y yo nunca dejaba de pensar en ello, y por eso prefería el regreso, aunque al llegar fuera a encontrarme con un paisaje completamente distinto al que había dejado atrás tantos años antes.

Por supuesto, Vietnam, en el tiempo en que yo había estado ausente, había seguido padeciendo los rigores de su mala fortuna.

Los franceses se fueron definitivamente de Hanoi el 10 de octubre de 1954 (y nosotros con ellos: Bernard, yo y nuestros dos hijos, *petit* Jean y Deyan Liên Khai, *Clara).* Pero nada había acabado. Vinieron los americanos, ahora no ya para asegurar la dependencia colonial, sino para impedir la consolidación del régimen comunista de *bac* Ho; no sólo no lo consiguieron, sino que también ellos fueron derrotados. Dejaron tras de sí una estela de horrible destrucción cuando abandonaron aquella tierra en 1975. Antes fueron las inmolaciones por fuego de los bonzos, con las que todo empezó de nuevo: las batallas inacabables, el napalm, los exfoliantes, la zona desmilitarizada en el paralelo 17, la guerrilla, los túneles, la senda Ho Chi Minh, la ofensiva del Tet, My Lai, ¿quién no se acuerda de My Lai? Y en 1975, cuando se habían ido los americanos, llegó la unificación de Vietnam (y en el país vecino, Camboya, la entrada de los jemeres rojos en Phnom Penh, justo antes de pasar a cuchillo a más de un millón de los suyos), la consolidación del régimen comunista, el hambre, la tiranía y el dolor. «Nos va a castigar todo el mundo», decía un primo mío, cuando supo que el ejército popular comunista entraba por fin en Saigón. Eso sí, a Kissinger y a Le Duc Tho, los dos negociadores del fin de la guerra, les dieron aquel año el premio Nobel de la Paz. Debieron habérselo dado empapado en sangre.

Al regreso de Vietnam nos habíamos instalado en Béziers, en el sur de Francia, cerca del Mediterráneo, una ciudad de provincias luminosa y amable. Bernard había conseguido enseguida una plaza como profesor de Historia en el liceo Jean Moulin; le sobraban los méritos para ello.

Además estaba en una de las capitales del rugby, su verdadero amor de juventud. Siguió jugando durante muchos años; a veces nos reíamos de cómo volvía a casa, cubierto de esparadrapos («para darte algo de trabajo») y en más de una ocasión, con un ojo, o los dos, a la funerala. En algún momento, hasta me enfadé con él.

—Un día de éstos te van a matar —le decía—. No tiene gracia.

Y él me contestaba:

—Estoy en campaña con la Cruz Roja: «Done sangre, juegue al rugby».

En cuanto a mí, abrí la farmacia que quería en la plaza Jean Jaurés, cerca del ayuntamiento. Me ha ido bien.

Tuvimos una hija más, a la que llamamos Hoa Binh, sospecho que un poco porque en la ciudad del mismo nombre, cercana a Hanoi, Yves Rouet, mi violador, había encontrado la muerte en una emboscada aparentemente fortuita. La conexión de una cosa con otra no dejaba de ser morbosa. En todo caso, me parece que las palabras «mi violador» no reflejan adecuadamente el horror de lo que me hizo y los años durante los que le maldije. Y esta niña era un triunfo sobre lo sórdida que puede llegar a ser una existencia mancillada. Pero, sobre todo, la llamamos Hoa Binh porque en vietnamita quiere decir *Paz*. Aquel bebé maravilloso nada tuvo que ver con nuestra historia pasada y fue para nosotros un símbolo de la armonía reencontrada en nuestro regreso. Y de la felicidad.

En casa, en Béziers, seguíamos con apasionamiento las noticias de la guerra y, después, las de la evolución de la situación política. En 1975, cuando murió mi padre, estuve a punto de volver. Me hubiera gustado hablar con él y, por una vez, aprovechando que la edad fuerza a los ancianos a bajar la guardia de sus inhibiciones, preguntarle por los sentimientos que se escondían detrás de su expresión impávida, por una vez preguntarle lo que había sentido por mí. Pero no pudo ser. Se me murió antes. Aun así estuve en un tris de hacer el viaje, aunque no supiera si, además de por mi padre, era por regresar a mi casa del barrio de las Treinta y Seis calles o si por comprobar qué había pasado en Vietnam tras la victoria de *bac* Ho.

No es que Ho Chi Minh estuviera limpio de todas las culpas de las que lo acusaban y de toda la tiranía que había invocado como indispensable para garantizar la salud de su pueblo. Pero al menos nadie podía discutirle el mito del mesías, la pasión por sus gentes y la terquedad a la hora de *defendernos* a todos y ganar nuestras guerras.

No vio el final de la última. Tampoco *soeur* Thérèse. Los dos murieron el 2 de septiembre de 1969, cuando aún faltaban seis años para la paz.

La monjita, me contaron, se apagó aquella mañana con una sonrisa beatífica. Salió al pórtico del Hospital Indígena y se sentó en el mismo banco en el que ella y yo pasábamos breves instantes de descanso bajo los árboles. Dijo: «Estoy cansada. Alabado sea el Señor», agarró las cuentas de su rosario, sonrió, cerró los ojos y respiró tranquila. Un cuarto de hora después, la fueron a buscar las monjitas de su comunidad, extrañadas de que tardara tanto en volver a la enfermería.

Fue un entierro alegre, parece mentira. Concluida la breve ceremonia, sin tiempo que perder, fue la pequeña Lu quien heredó su trabajo como si tal cosa. Se había trasladado un tiempo atrás a vivir al hospital («Liên lo habría querido», le dijo la hermana); durante años trabajó en él aliviando penas y heridas con la misma rapidez y ternura que si *soeur* Thérèse se hubiera reencarnado en ella. Murió de malaria en 1976. Así era como los hados se empeñaban en cerrar todos mis recuerdos.

Ho Chi Minh, *bac* Ho, por su parte, llevaba tiempo enfermo y, cuando murió, nadie estaba muy seguro de su edad.

Cuando haya muerto, no quiero que se organicen grandes funerales de Estado. No deben malgastarse el dinero y el tiempo del pueblo. Pido que mi cuerpo sea incinerado y que mis cenizas sean enterradas en lo alto de una colina. Sobre la tumba no deberá erigirse ni una placa en piedra ni una estatua en bronce, sólo una casa muy sencilla, vasta, sólida y bien aireada, para descanso de los que la visiten. Cada visitante plantará un árbol como recuerdo. Con el tiempo, los árboles formarán un bosque.

Eso escribió *bac* Ho en su testamento. Y, como siempre que los vivos quieren aprovechar las ventajas proporcionadas por los muertos, esta última voluntad fue desoída. Una semana después de su muerte hubo un gran funeral en Hanoi. En lugar de una casa aireada y amplia en una colina, fue erigido un gigantesco mausoleo a la espalda del Palacio del Gobernador. En lugar de incinerar sus restos, fueron embalsamados y colocados en una urna para que todos los adoraran. En lugar de la estatua en bronce que Ho no quería, fue erigida una en piedra, de más de diez metros de altura.

Este final del gran líder y la traición de los que lo rodeaban me impresionaron mucho y me trajeron, más vívido, el recuerdo de mis años en Vietnam y de mis muchos sufrimientos que, de pronto, se me antojaron baldíos.

Más o menos por aquellas fechas, Bernard, tras insistir una y otra vez durante meses, consiguió que aceptara acudir a su clase de Historia en el liceo de Béziers para hablar de Vietnam, de la guerra, de Dien Bien Phu y de *bac* Ho.

Ese día cerré la farmacia, me puse un *ao dai* rojo, me arreglé el pelo en un moño alto y acudí al liceo Jean Moulin a hablar de mi vida, aunque a nadie aclarara que se trataba de mí. Bernard no me quitó ojo durante las casi dos horas que duró mi charla. Los alumnos, tampoco. Luego me hicieron decenas de preguntas y la pasión con que se expresaban me recordó mis discusiones de estudiante en la Sorbona. Entonces íbamos a redimir al mundo.

Cuando salíamos del liceo andando despacio hacia casa, Bernard me dijo:

—Estabas lejos.

—Hmm... Estaba en Hanoi.

—Y estabas allí, en mi aula tan aburrida, como una diosa, para que nos enamoráramos todos de ti.

—Bueno, ésas son las tonterías que dice un marido que me quiere.

—No, no... Bueno, vaya, te quiero, ¿cómo no iba a quererte? Pero es que estabas transformada, como si tu piel se hubiera hecho transparente como el papel de arroz... Resplandecías.

—¿Sabes qué?

—¿Qué?

—Me han vuelto a entrar unas ganas terribles de regresar.

Se quedó callado.

—¿Necesito una excusa para ir? —le pregunté.

—No lo sé, Liên, tú verás. Supongo que debemos pensar en el bebé de Hoa Binh.

Hoa Binh estaba casi fuera de cuentas, después de un embarazo algo complicado. Vivía en París con su marido italiano, y ambos regentaban un estupendo restaurante ítalo-vietnamita (de «cocina-fusión» se llaman ahora), con el que se estaban enriqueciendo de manera escandalosa. Les había prometido ir a ocuparme del bebé. Hoa me había mirado horrorizada, como si Marco, su marido, no hubiera sido capaz de cuidarlo mejor que yo, que era una antigualla. Me apresuré a corregir mi ofrecimiento: perdón, quería decir del restaurante, que me ocuparía del restaurante. Mejor revolver una cacerola que agitar un biberón.

—No, no me refiero a eso. Quiero decir que me han entrado ganas de volver a Hanoi y, una vez que Hoa haya tenido su niño, podremos hacerlo sin preocuparnos de más, ¿no?

No contestó.

Cuando llegamos a casa, sobre la mesa del vestíbulo había una carta dirigida a mí. En el remite ponía: «Vu. Saint-Paul de Vence». Levanté el sobre moviéndolo como un abanico.

—¿De quién es? —preguntó Bernard.

—De la tía Renée. ¡Cuánto tiempo!

Era una misiva muy breve en la que el tío Dam y la tía Renée nos anunciaban su visita. Venían a intentar recuperar, decían, una escultura de barro que Vu Cao Dam había hecho de Ho Chi Minh en el verano de 1946 y que habían escondido en la casa de un buen amigo para evitar que cayera en manos de la policía.

—¡Santo cielo! —exclamé—. Han pasado tantos años que se me había olvidado por completo. ¡El busto! ¡Es verdad! ¡Si yo estuve delante cuando el tío Dam lo modelaba! Bueno, delante, no. Estaba en la calle, mirando hacia arriba, y veía al tío Dam enmarcado en una ventana, modelando. Fue muy emocionante. Después, la policía de París registró nuestro piso en Vanves, buscando cosas que nos comprometieran, documentos y cosas así, y también el busto. Aquella noche lo pasamos fatal. Y cuando después de llegar a Hanoi estuve detenida en la prisión de Hoa Lo, el sádico que me interrogaba me preguntó por el busto, como si tuviera poderes mágicos o fuera la lámpara de Aladino. ¿Te acuerdas? —Le puse la mano en el brazo—. Menos mal que viniste a rescatarme. Cuando te vi sentado, serio, serio, en aquella silla, diciendo que me llevabas detenida al cuartel general, me pareció que eras mi hada madrina. Te adoré.

—Mentira. No me quisiste nada y tuve que pasar varios años más adorándote, yo, en silencio, sin que me hicieras caso. ¡Bah! ¿De quién se tratará cuando hablan de que le entregaron el busto a un amigo de por aquí para que lo tuviera escondido?

—El busto... Espera, espera... Me parece recordar que la tía Renée nos contó en una carta lo que habían hecho con él —intenté hacer memoria—. Pero no estoy segura. Me suena que se lo habían entregado a un campesino para que lo escondiera —sacudí la cabeza—. No me hagas mucho caso. No estoy segura de nada de todo esto.

Hacía mucho que no nos veíamos y la reunión familiar fue cálida y apacible. Encontré al tío Dam envejecido y ligeramente cascarrabias. Se le habían marcado profundas arrugas en torno a la boca y los pómulos sobresalían todavía más de lo que yo guardaba en la memoria. Y me seguían impresionando sus manos de dedos finos y sensibles y la mirada intensa que tanto me recordaba a la de mi padre. En cambio, la tía Renée no había cambiado un ápice de como era años atrás: los mismos ojos negros y directos, la misma decisión en el gesto y la misma sonrisa irónica, calurosa y espontánea. Seguía siendo una bretona fuerte y sencilla. Muertos desde hacía algún tiempo mis padres, no me hubiera importado que Renée pudiera constituirse en abuela de mis tres hijos y en bisabuela de mis cinco nietos.

Preparé un verdadero banquete para la reunión familiar. Y aunque el menú que dispuse resultara un poco elaborado, no me importó la pedantería culinaria, puesto que todos éramos capaces de reconocer y situar cada plato en un contexto muy específico y muy próximo al corazón de cada cual, fueran recetas del viejo *père* Ti o alguno de los platos de tío Dam o los de su anciana tía, que siempre preparaba montañas de deliciosa comida para todo el que quisiera llegar a cualquier hora del día, pero sobre todo las alquimias del cocinero de la casa de los abuelos en la calle de los Ladrillos, e incluso las porquerías sazonadas con habilidad por el cocinero legionario de Dien Bien Phu; creo que todos disfrutamos más que si hubiera sido una fiesta del Tet y el Emperador de Jade estuviera esperando a que el espíritu de Tao Quan le contara cómo había pasado el año aquella familia exiliada en un país tan lejano.

Lo primero fue una sopa de nido de golondrina y, mientras terminaba de preparar el resto del festín con la ayuda de Clara, *Khai*, les di un pequeño plato de aperitivos (flor de calabacín rellena, *nems* de hojas de arroz envueltos con gambas fritas, paté de ave con setas negras y pinzas de cangrejo ligeramente sazonadas al curry).

Alguien puede pensar que lo que hice comer a mi familia fue excesivo, pero conociendo la cocina vietnamita y lo reducido de cada porción, la cena resultó bastante ligera. Había preparado una cacerola de frutos de mar con verduras jóvenes; un pescado de arrozal con champiñones de Sapa (que son relativamente sencillos de encontrar en la tienda vietnamita de Béziers); brotes y pastel de soja rehogados con gambas secas, pollo negro envuelto en hojas de limón, cochinillo ligeramente ahumado al tamarindo y arroz de las cuatro estaciones. Y de postre, un flan al jazmín.

Disfrutamos mucho de aquella cena. Hasta me parece que mi nuera, Marie, casada con *petit* Jean y que era muy particular con la comida exótica, y mi yerno, Jean Paul, casado con Clara, ambos franceses, descubrieron algunos aromas y sabores que les eran desconocidos pero que les agradaron.

—Tío Dam —dije—, ¿cómo os habéis decidido a recuperar el busto de *bac* Ho?

—Bueno, sobrina preferida, ahora que él ha muerto y que no quedan rencores entre Francia y Vietnam...

—¿No quedan? —preguntó Jean Paul.

—No quedan. Se diría que nuestros dos países son los únicos capaces de olvidar. No hay rencor ni ánimo de revancha —señaló a Bernard—. Pregúntaselo a él, que, siendo soldado francés, se casó con la hija de un enemigo destacado.

Bernard sonrió.

—Bueno, tío Dam, me casé con ella porque era la más guapa del lugar. Me daba igual que fuera mi enemiga. Era casarme con ella o meterla en la cárcel. No me lo habría perdonado nunca.

—Un poco de seriedad —interrumpió *tante* Renée, riendo—. Nunca consigo que nos toméis en serio a los ancianos. Vamos a ver: hemos venido a Béziers a recuperar el busto por la sencilla razón de que era bellísimo.

—¡No! —exclamó Dam con enfado—. No era bellísimo. De hecho, no vale nada.

—¿Cómo puedes pensar eso si hace medio siglo que lo dejaste de ver? —replicó la tía Renée—. No puedes acordarte.

—¡Huy, tío Dam! —dije—. ¡Yo sí me acuerdo! Yo lo vi, vi cómo lo hacías. Lo tuve en mis manos y era..., era..., maravilloso.

—¡Bah! No valía nada. Por eso he dejado de esculpir. Ya no soy un artista.

—Has dejado de esculpir porque eres un viejo cascarrabias —dijo su mujer—. Además, sigues pintando sobre seda. Ah, y hasta has creado escuela.

—Lo tuve en mis manos, tío Dam. Y todavía recuerdo que creí sostener la estatua de un dios. ¡Era tan grande el parecido y tan mítico el símbolo! Fíjate que me pareció que habías reflejado el alma de todo un pueblo.

—Tonterías. —Pero levantó la vista del plato y me miró alzando una ceja.

—El hecho es que hemos venido hasta aquí para recuperar el busto. Mañana iremos a visitar a nuestro viejo amigo.

Por primera vez, Dam sonrió con el recuerdo.

—Era comunista, un campesino, no sé qué va antes. Lo conocía de las reuniones sindicales de París. Un compañero espléndido y muy valiente.

La casa, como la mayor parte de las granjas tradicionales del sur de Francia, era de piedra vista color de miel. Delante había un gran patio empedrado, en medio del cual se asentaba un pozo. El patio estaba cubierto por un emparrado de vid. Por la parte trasera de la casa podían verse dos paredes de un granero.

El tío Dam había querido que yo los acompañara, «puesto que lo viste todo desde el principio», me dijo. Y allá nos fuimos los tres en mi coche.

Mi tío se acercó a la cancela que daba paso al jardín de delante del patio. La empujó para que se abriera y se dirigió a la puerta de entrada a la casa. En el marco de la puerta había una empuñadura de latón, obviamente una campanilla y, al tirar de ella, oímos sonar dentro. Al poco, la puerta fue abierta por una anciana casi doblada en dos; lo que mejor veíamos era su coronilla, con el escaso pelo blanco anudado en un pequeño moño. Tenía las manos contraídas y tres dedos de una y cuatro de la otra retorcidos por la artrosis.

La vieja mujer levantó la cabeza para mirarnos. Tenía la cara muy arrugada y la boca, apenas una hendidura, encerrada entre los carrillos y la barbilla.

—¿Qué desean? —no tenía dientes y casi no pudimos entender lo que decía.

—¿*Madame* Lagrange? ¿No se acuerda de mí? —preguntó mi tío.

La mujer nos miró uno a uno con los ojillos negros.

—Soy Vu Cao Dam.

Estuvo un rato en silencio y por fin dijo:

—¿Vu Cao Dam? —hizo un gesto negativo—. ¿Vu Cao Dam? —repitió—. ¡Ah, sí! Sí... Me acuerdo. El escultor comunista. Hace tanto tiempo…

—Mucho, sí. ¿Cómo está usted? ¿Cómo está su marido?

—Bueno… Los años no pasan en balde.

—¿Podemos verle? Me gustaría saludarlo.

—Ah, él no está muy bien. Pero pasen si quieren.

—No queremos molestar, señora Lagrange —intervino *tante* Renée—. Sólo preguntarle si recuerda un busto de

Ho Chi Minh que le entregamos para que lo escondiera. La policía nos andaba detrás y entonces eran tiempos peligrosos.

—Un busto, dice. Ah, el busto de Ho Chi... —se interrumpió de golpe y empezó a inspirar aire con un estertor estrafalario, como si se estuviera ahogando. Y cuando consiguió respirar por fin, le entró un violento ataque de tos asmática. Hacía gestos con los brazos para intentar explicar algo, pero no pudo volver a hablar durante lo que me pareció un tiempo interminable—. Ho Chi... —de nuevo no pudo seguir. Grandes golpes de tos sacudían a la pobre mujer, doblada aún más sobre sí misma. Me acerqué a ella y la sujeté por los codos para enderezarla. Luego le puse una mano debajo de la barbilla y le levanté la cabeza. Estuvo tosiendo un rato más y, poco a poco, se fue calmando.

—¿Quiere un poco de agua?

Asintió. Sujetándola entre el tío Dam y yo, le dimos la vuelta y así pudimos acceder a la casa. Aunque estaba casi por completo a oscuras, me pareció que la habitación en la que habíamos entrado era muy grande. La única fuente de luz era un viejo televisor encendido en una esquina. Olía fuertemente a rancio y a aire viciado.

Poco a poco, nuestra visión se fue acomodando a la falta de luz y pudimos empezar a distinguir algo del mobiliario, un par de espejos colgados en paredes opuestas y un gran candelabro de hierro que pendía del techo.

Delante del televisor, sentado en una mecedora destartalada, había un anciano completamente inmóvil. Llevaba pantuflas en los pies y unos pantalones de gruesa pana. Hacía bastante tiempo que no se había afeitado.

—Michel, Michel —dijo la mujer con voz estrangulada—, tienes visita.

Me acerqué a la esquina opuesta a la del televisor. Allí había un pequeño lavabo, con un único grifo y un vaso. Lo llené de agua y se lo llevé a la anciana señora Lagrange, bebió un sorbo y dijo «gracias». Se volvió para señalar al hombre.

—Ya ven cómo está mi viejo. Michel, Michel... —repitió con desánimo—. Está así desde hace tres o cuatro años... así, con Alzheimer. Casi nunca atiende. Ya lo ven. Michel, Michel...

—Vaya por Dios —dijo el tío Dam. Se acercó a la mecedora y levantando la voz quiso llamar la atención del anciano—: ¡Michel, compañero! —se encaró con él—. Michel, compañero: he venido a verte, camarada. ¿Cómo estás?

Todos nos habíamos inclinado hacia él para no perdernos cualquier reacción que hubiera podido tener. Pero el pobre Michel Lagrange nos miró con los ojos perdidos en algún lugar de su memoria rota. No hizo gesto alguno: nada.

—Así está siempre. No se mueve, no habla, no siente ni padece. Antes, de vez en cuando, le entraban unos terrores que le hacían llorar y, cuando aún podía andar, de vez en cuando se escapaba por el campo sin saber adónde iba.

La pobre mujer hablaba con profunda tristeza.

—Pero ¿está usted sola? ¿Nadie la ayuda? —pregunté.

—Estoy sola, sí, pero todos los días viene una asistente social del ayuntamiento a echarme una mano. Menos mal.

—Michel... —repitió el tío Dam—. ¿No te acuerdas de mí? Soy yo, Vu. ¿No te acuerdas? Hace muchos años te traje una escultura para que me la escondieras. —Esperó unos segundos y luego preguntó—: ¿Dónde está? ¿Dónde la escondiste? ¿No te acuerdas?

Pero era como interpelar a un árbol o a un muro. Ninguna palabra parecía penetrar su consciencia.

—No —dijo la anciana—. No dirá nada. Está así desde hace semanas. Nada le hace volver.

—¡Qué tristeza! —exclamó *tante* Renée—. Lo sentimos mucho. No los vamos a molestar más. Pero díganos si necesita alguna cosa, lo que sea.

—No, no... Ya ve...

El tío Dam fue el único que quedó inmóvil en medio de aquella sala. Parecía como si, de pronto, ser incapaz de recuperar su obra lo desgarrara de forma insoportable, que lo que, por culpa de la enfermedad de Michel, se iba a quedar allí, perdido para siempre detrás de una barrera infranqueable de la memoria, era una parte sustancial de su propia alma, un trozo de su propia memoria, pero, sobre todo, una criatura hecha por él, a la que él hubiera insuflado el alma con el poder divino de la creación. A su imagen y semejanza. Lo vi inseguro, titubeando, con la mirada entristecida, sin quererse mover de allí.

—¿No habría modo de encontrar el busto? —preguntó por fin—. ¿Usted no sabe dónde está?

—No —contestó la mujer—. Nunca me dijo dónde lo escondió. Y después de tantos años… no sabría ni dónde buscar. Estará enterrado…, tenemos mucha tierra, escondido en cualquier sitio..., no sé.

Después de lamentarlo todos una vez más y de intercambiar algunas amabilidades, decidimos irnos por donde habíamos venido con la cabeza gacha y el ánimo contrito. Me acerqué al viejo señor Lagrange y me incliné para mirarlo. No sé por qué lo hice, no sé qué misterioso instinto me lo sugirió.

—Adiós —murmuré.

Entonces, Michel Lagrange levantó la cabeza y, mirándome, dijo con un hilo de voz:

—¡*Madame* Ho Chi Minh! ¡Ha venido! ¡Ha venido!

Todos nos quedamos petrificados.

—¡Ha venido! Después de todos estos años, ha vuelto. ¡Ah, sí! Tengo a su marido, el presidente Ho. Lo tengo guardado para que nadie le haga daño. Lo escondí porque me lo pidió Vu, el viejo camarada Vu. Y yo la estaba esperando, *madame* Ho Chi Minh.

—Gracias a Dios —dije—. Gracias a Dios, Michel... Sí, he venido a buscar a Ho. ¿Dónde lo tiene?

—En el granero, arriba, atrás, en la esquina de la izquierda... ¡Vaya! Antes de que lleguen los demás. ¡Corra!

Fue así de sencillo y milagroso.

El busto de Ho Chi Minh estaba, en efecto, guardado en su caja de madera, debajo de unos listones en la misma esquina trasera del granero.

Con exquisito cuidado, el tío Dam levantó el cajón y pasándole con suavidad la mano por encima, le limpió la paja y el polvo acumulados con los años transcurridos. Después corrió los cierres y alzó la tapa. Contuvimos la respiración. Supongo que temíamos encontrar una escultura rota en mil pedazos. Pero no: allí estaba el busto. De golpe, todo me volvió a la memoria: cómo lo modelaba Dam, cómo yo miraba desde la calle, cómo después lo traíamos metido en la caja, sobre todo, cómo apareció aquella cabeza de barro una vez que hubimos llegado a casa. Pues seguía exactamente igual. Para mí, que había tratado a *bac* Ho en la selva, en los momentos difíciles, todo en aquel montón de barro modelado, la expresión de amable y preocupada ironía, la fuerza de los ojos, la estrecha barba, la alta frente, todo, tenía la misma vida que su modelo original.

21

En un mes de junio de los años noventa por fin volvimos a Hanoi.

Viajaba con nosotros mi prima Yannick, la hija mayor del tío Dam que, considerablemente envejecido, no se encontraba ya muy bien ni en condiciones de viajar. Yannick llevaba consigo el busto de Ho Chi Minh, encerrado en su cajón original de madera. La escultura no era ya de barro. Había sido fundida en bronce en un taller de Barcelona. Cuando miro las fotos que tengo de ella, aún me asombra la absoluta belleza de los rasgos, la fuerza de cada ángulo de la cara, la compasión de la mirada. La potencia del símbolo.

En Hanoi, mi prima se disponía a entregar el busto al Museo Ho Chi Minh en una ceremonia solemne en la que Vietnam recibía este regalo en recuerdo de tantos de sus hijos marchados al extranjero pero aún unidos a la tierra de sus mayores por lazos de amor y lealtad. Al menos eso fue lo que dijo el ministro de Cultura durante la ceremonia.

Nos alojaron en uno de los grandes hoteles americanos o franceses levantados en el centro de la ciudad, probablemente como irónico recordatorio de quienes habían peleado, y, en realidad, a juzgar por los resultados, vencido en las guerras que nos habían enfrentado.

Hubiera preferido vivir durante nuestra estancia en la casa de los abuelos, en la calle de los Ladrillos, pero no fue posible. Una decena de familias la ocupaban desde hacía tiempo. Era justo que así fuera: en un país donde la extrema pobreza no había sido derrotada aún, no parecía correcto que pudiera mantenerse intacto el símbolo de la riqueza de unos pocos privilegiados.

Correcto, pero triste.

Bernard y yo sentimos gran nostalgia cuando nos detuvimos frente al portalón de acceso al patio de la casa. Di unos pasos hacia el interior y me detuve delante de la fuente. Miré a mi derecha, hacia los almacenes de trigo. Luego rodeé la fuente para ver la habitación de mi abuelo.

Me volví hacia Bernard y le ofrecí mi mano antes de adentrarnos en los grandes jardines. Eran un pálido reflejo de su pasado esplendor, pero también me resigné. Era, me confesé, el signo de los tiempos.

Despacio, recorrimos el barrio de las Treinta y Seis calles, deteniéndonos aquí y allá para rememorar algún momento o alguna anécdota de nuestra juventud.

—¿Sabes? Me acuerdo de haber pasado por aquí con el tío Khuê camino del templo de la Literatura. Era un día de Tet y me regañaba porque yo iba dando brincos por los charcos sin atender religiosamente, como él quería, los cuentos que me iba relatando. Tendría seis o siete años.

Bernard quiso que nos acercáramos a la prisión de Hoa Lo. Al principio dije que no, pero por fin me dejé convencer. Montamos en un taxi que nos llevó hasta la entrada, sobre la que todavía está el cartel semicircular en el que pone *Maison Centrale.* Detrás no queda nada más que un pequeño museo, dedicado, sobre todo, a la guerra contra Estados Unidos y a los presos americanos que con humor macabro la bautizaron como *Hanoi Hilton*. No me quise bajar, y, entonces, Bernard dijo al taxista que nos llevara al antiguo Hospital Indígena.

—¡Dios mío! —exclamé—, ¿te das cuenta de cuántas cosas nos han pasado aquí?

Lo recorrimos paso a paso, contándonos de nuevo las historias y las anécdotas, intentando evitar la tristeza de cada recuerdo. Creo que fue una visita más bien dolorosa, porque con cada paso nos asaltaba una cascada de recuerdos melancólicos. Sí nos detuvimos en el gran vestíbulo del hospital, en donde una placa de mármol con la inscripción en vietnamita rezaba:

> Al doctor VU DINH TUNG, nacido en 1895 y muerto en 1975, cirujano eminente, fundador y presidente de la Cruz Roja de Vietnam, ministro de los Inválidos de Guerra en el Gobierno de HO CHI MINH, que siempre protegió y ayudó a este Hospital Indígena, el agradecimiento perenne de cuantos pasaron por él.

Bajé la cabeza.

—Mi pobre padre. Todo el mundo le agradece su bondad y su generosidad, y él nunca disfrutó cuando la daba a los suyos.

Bernard me acarició la cabeza.

Después fuimos al pequeño cementerio católico que hay detrás del hospital. No quisimos rezar ni recogernos ante la tumba de *soeur* Thérèse. Sólo estuvimos plantados allí un buen rato hablando de ella.

La ceremonia de entrega del busto en el mausoleo fue muy sencilla y muy emotiva. Yannick, la hija del tío Dam, pronunció un discurso corto y muy sobrio. Era lo que requería la ocasión.

El busto estaba en medio de la sala, colocado sobre un pedestal de madera muy sencillo e iluminado por un único foco. La luz que irradiaba el bronce era tan potente, tan brillante, que nada de lo que había en la estancia ni ninguno de los que la ocupábamos conseguíamos destacar o simplemente ser vistos.

—Mi padre está feliz —concluyó Yannick—. Hasta el último momento no conseguía creer que la escultura pudiera llegar hasta aquí. Incluso había llegado a soñar que, cuando el cajón llegara a Hanoi y fuera abierto, de él no saldría más que un montón de piedras. Para mí es una tranquilidad, puesto que al verlo aquí hoy, por fin, recuerdo que este busto fue realizado cuando el presidente había viajado a París llevando un mensaje de paz que ha tardado tantos años en ser escuchado.

Tras la ceremonia hubo una recepción en el antiguo Palacio del Gobernador. En cuanto pude, viendo que Bernard hablaba con algunos militares de la embajada francesa, me escabullí y salí a la gran terraza.

¿Cómo iba a poder olvidar que cuarenta años antes había brindado en este mismo lugar con el general Navarre? Él había levantado su copa de *champagne* diciendo: «Deseémonos suerte, Liên»; y yo le había respondido: «¿Los dos? Me gustaría que fuera posible».

Recordándolo después de tanto tiempo, comprendí que mi parte de la fortuna se había cumplido con creces. Me apoyé contra la misma barandilla, en el mismo sitio de entonces, mirando hacia el jardín y hacia la Pagoda de Una Sola Columna. Entre los dos ahora podía verse la choza erigida sobre pilares de madera en la que había vivido sus últimos años *bac* Ho.

—¿Cómo está mi pequeño cuenco de laca? —preguntó detrás de mí una voz anciana y algo aflautada.

Con un sobresalto, me di la vuelta. De pie, frente a mí, un hombrecillo de gran edad y ojos tan rasgados que parecían incapaces de ver, se puso a reír con una carcajada que era como el cacareo de una gallina.

No lo dudé un momento. No hacía falta que nadie me recordara quién era ese personaje y dónde lo había visto por última vez: sentado en una de las bancadas de la celda 3 de la prisión de Hoa Lo, escribiendo sobre el reverso de una hoja de camelia y mojando la pluma de ave en un modesto tintero de laca.

—¡Do Muoi! —exclamé—. ¡Do Muoi! —Junté las manos en señal de respeto.

—¿Y cómo está *mademoiselle* Liên, hija del doctor Vu Dinh Tung?

—Ya lo ve: un cuenco de laca envejecido y descascarillado que ha resistido mal el paso del tiempo.

—Ah, veo que no has olvidado la lección de la cárcel de Hoa Lo.

Sonreí.

—Los vietnamitas —dije— son como aquel humilde tarrito, que no es nada y que apenas cuesta unos míseros *dong*, pero que es el fruto de años y años de pulido y pulido y pintado y pulido...

—Sí. Pequeño pero indestructible, al sol y bajo la lluvia, nada es capaz de descascarillarlo...

—... tiene la dureza del diamante... —sonreí más.

—... Y... y... es un pequeño objeto sin valor alguno, ya ves... Sin embargo, Liên, contiene más sabiduría y más paciencia que las joyas de los orfebres de la corte de San Petersburgo. Los vietnamitas somos pequeños, menos tú —dijo mirándome—, no valemos nada y somos más pobres que un ratón de campo, sufrimos penurias sin cuento, casi no tenemos qué comer y se diría que tampoco tenemos nada que perder, más que la vida, y ni a eso damos valor. Como un pequeño objeto de laca. —Levantó una mano para que no lo interrumpiera—. Y así nos ves: un pueblo por fin unido y que ha salido victorioso de las peores guerras. La hormiga venció a los elefantes. Me alegra que hayas vuelto para recoger tu trofeo.

Metió la mano en el bolsillo de su chaqueta Mao.

—¿Mi trofeo, Do Muoi?

—Sí, Liên. Te lo ganaste.

—¿Yo? —pregunté confusa—. ¡Pero si nunca hice nada! Soy más bien el tarro defectuoso que se descascarilló y se rompió —reí avergonzada.

—No. Eres como el resto de tu pueblo: humilde e inquebrantable. Y tan delicadamente bella como este objeto sin valor.

Alargó la mano y en ella descansaba un pequeño cuenco de laca negra, decorado con una camelia blanca.

UNA NOTA DEL AUTOR

En la cultura de Vietnam, un cuenco lacado resume la filosofía oriental. Cada cosa ocupa el lugar que le corresponde en el orden cósmico: el continente —el cuenco—, fuerte y delicado a la vez, y el contenido —sea la receta más refinada o una simple camelia— que realza el espacio en que ha sido depositado. Además, las formas son de gran importancia: así como en Occidente el modo en que se sostiene un tenedor o se pasan las páginas de un libro denotan la delicadeza de alma o la educación que se ha recibido, en Vietnam, la forma de sostener un cuenco en la mano revela la clase social a la que se pertenece y las enseñanzas aprendidas en los templos de la literatura.

En muchas ocasiones, las historias nacen, germinan y se desarrollan porque así lo dictan la casualidad o una circunstancia afortunada, un rostro, un viaje, el susurro de un recuerdo. *El cuenco de laca* es hija de uno de estos momentos afortunados.

Hace unos años, en una tarde de primavera almorzaban conmigo en Mallorca Yannick Vu y Ben Jakober, el matrimonio de artistas que viven en la isla. Yo acababa de regresar de un viaje a Vietnam y aún tenía los ojos y el espíritu llenos de la belleza de aquel lugar maravilloso y tan torturado por la historia. Como Yannick es franco-vietnamita, una combinación frecuente en una civilización que tiene tanto de ambas culturas, fue obligado que nos pusiéramos a hablar de mi viaje y de sus recuerdos. E, inevitablemente, la conversación nos llevó hacia derroteros del arte. Y de ahí, a lo único que consideré realmente feo de todo aquel país.

—Sí —dije a Yannick—: el mausoleo de Ho Chi Minh en Hanoi es un engendro de mal gusto. Nos pareció un pastel insultante, doblemente insultante por estar al lado de la modesta casa que ocupó Ho en el jardín contiguo en los últimos años de su vida. ¿Y sabes qué? Como hacía muchísimo calor y no se permite a las mujeres llevar los brazos desnudos, la mía tuvo que comprar allí mismo un horroroso chal e, ironías del destino, le obligaron a pagarlo con moneda americana. Le costó un dólar, no sé si como penitencia por la derrota americana o como muestra de lo inevitable de la dolarización de las economías revolucionarias; pasa lo mismo en Cuba.

Yannick sonrió y, después de un breve silencio, añadí:

—El mausoleo de Ho Chi Minh... ¡Qué horror! Sólo salvaría una cosa de ese espantoso monumento: en la entrada, en un lugar de honor ante el que desfilamos todos en silencio, hay un bellísimo busto de Ho en bronce. Una maravilla.

—¿Sabes? —dijo Yannick—, mi padre esculpió ese busto.

Debo a Yannick esta novela. Le debo la inspiración para escribir una historia que es marginal a la de su familia, puesto que todos los personajes, aun cuando lleven nombres muchas veces verdaderos, son fruto de mi imaginación. Nunca me alejo demasiado, sin embargo, de las manos de Vu Cao Dam, su padre, y de su maravillosa capacidad para plasmar la vida en un barro modelado por sus dedos y su mirada.

El relato no es una biografía de Vu Cao Dam, padre de Yannick Vu; es una novela con retazos de historia, una historia novelada o, mejor dicho, una novela historiada.

Debo a mi mujer, Anna Sandra, su apoyo constante, su crítica ajustada y, sobre todo, el amor por Vietnam que me transmitió y que es perceptible en cada una de las páginas de este libro. A mi editora, Ana Rosa Semprún, el entusiasmo con que acogió el proyecto y el estímulo constante. A Miguel Arias, amigo firme y *restauranteur* emérito, la generosidad con que siguió el nacimiento de esta historia en una de las mesas de su establecimiento en Mallorca. Y a mi agente, y sobre todo amigo, Basilio Baltasar, que además de la amistad, cuida y ama la literatura.

Valldemossa, 2006-2007

Otros títulos Espasa Narrativa

PREMIO PRIMAVERA 2007

«Hay una literatura que ayuda a olvidar y otra a comprender», dice Paula, la protagonista de este libro. Como ella, Nativel Preciado decide jugársela en una novela sin concesiones, pero llena también de emoción y ternura. Un canto al ser humano y lo más sublime de su esencia, a su capacidad de sobreponerse a la desgracia y de enfrentar el conocimiento de sí mismo.

FINALISTA *PREMIO PRIMAVERA 2007*

Cuando, tras la muerte de su tía abuela, la joven Mónica hereda el viejo caserón familiar, para ella se inicia una dramática aventura que la llevará a entrar en contacto con un universo paralelo, el que separa la existencia de los vivos de la de los muertos, y que le trasladará a través del tiempo a una vida anterior, en los albores de nuestra era, en que se produjo un crimen execrable.

Jorge Martínez Reverte combina una vez más su indiscutible talento narrativo con un magnífico conocimiento de la historia reciente de España para narrar las aventuras (siempre al filo de las desventuras) de Mariano Fernández, un modesto periodista que, en un momento decisivo de la Guerra Civil, cuando todavía nada estaba decidido, se ve forzado a asumir el papel de espía.

INDOCHINA
Escala
0 100 200 300 400
Kilómetros
Mer. de Greenw. 110
CHINA
TONKIN
GOLFO DE TONKIN
HAINAN
Estados Shans
SIAM
ANNAM
CAMBODGE
COCHINCHINA
GOLFO DE SIAM
MALACA
MAR DE LA CHINA MERIDIONAL
(NAN-HAI)
Keng-hung
Luang Prabang
Vien-tiane
Nong-khay
Utaradit
Nakon Sawan
Korat
Ayuthia
BANGKOK
Battambang
Shantabun
Siem-reap
Pnom-penh
Kampot
Phu Quoc
Saigon
Tholon
My-tho
Hanoi
Hai-phong
Nam-dinh
Lang-son
Cao-bang
Lao-kay
Thanh-hoa
Vinh
Ha-tinh
Quang-binh
Quang-tri
Hué
Tourane
Quang-nam
Quang-ngai
Binh-dinh
Phu-Yen
Khanh-hoa
Nha-trang
Phan-rang
Binh-thuan
Phan-tiet
Bassac
Khong
Stung-treng
Kratie
Savanaket
M. Ubon
Soc-trang
Bac-lieu
Ca-mau
C. Ca-mau
Pº Condor
Boccas del Mekong
Nan-ning
Lien-chow
Lei-chow
Mong-tsze
Sz-man
Koh chang
Koh Kong
Ha-tien
Rach-gia
Can-tho